법학박사 이 종 상 칼럼집

강한 대한민국으로 가는 전향적 좌표

이 종 상 지음

머리말

영국의 세계적 역사 철학자인 토인비 교수는 지상에서 위대한 업적을 남긴 민족은 반드시 3가지의 요인을 갖는다고 하였다.

첫째는 왕성한 활동력이고, 둘째는 굳건한 단결력이며, 셋째는 진실한 국민성이라고 하였다. 근면·단결·정직이 민족번영의 원리이고 개인성공의 원리이기도 하다.

선진 강국의 대한민국이 되기 위한 3가지 요인에 자신이 있는지 스스로 반성해 보라. 나태와 분열과 부정이 만연하다면 선진국의 진입이나 강한 한국은 허상에 지나지 않을 것이다.

세계2차대전 이후 선진국으로서 산업화·민주화에 성공한 나라 가운데 독일과 이스라엘을 들 수 있다. 특히 독일은 나치의 만행에 철저히 반성하고 3가지 요소를 충족시켜 통일과 번영을 이룩하여 위대한 국가의 반열에 올랐다.

대한민국도 제2차대전 이후 탄생한 신생국가 가운데서 산업화와 민주화에 성공한 나라로서 중진국에서 선진국으로 진입하고 있다. 국민들의 근면으로 산업화를 달성했고 독재에 피의 투쟁으로 민주화를 쟁취했다. 그런데 지금 우리는 근면하고 단결하여 부패척결에 자신이 있느냐고 묻고 싶다.

국가 번영의 중심에는 최고지도자가 있다. 그의 역할이 국운을 좌우한다고 볼 수 있다. 미국의 제16대 대통령 링컨은 남북전쟁을 승리로 이끌어 연방을 고수하고 헌법을 개정하여 노예해방을 시켜 미국 역사상 가장 위대한 대통령으로 추앙 받고 있다. 남북전쟁에서 남부가 승리했다면 연방이 해체되고 소수 국가들이 난립하여 오늘의 세계 제일의 미합중국이 탄생하지 못했을 것이다.

세계2차대전에서 패망한 독일의 초대 수상 아데나워는 14년 집권 동안 탁월한 영도력으로 경제를 부흥시켜 라인강의 기적을 이룩하고 민주화에 성공하여 통일의 터전을 닦았다. 우리의 역사상 가장 위대한 지도자는 세종대왕이다. 절대군주국의 시대에 민주적으로 통치하고 한글 창제, 세제개혁, 최적의 인사, 육진정책, 과학과 예술 진흥 등을 통해 태평성대를 이룩한 최고의 왕이었다. 최고지도자를 강조하는 이유는 이들이 국가의 흥망을 좌우하고 있기 때문이다.

해방 이후 우리나라는 제2공화국의 장면 정권 하의 9개월의 의원내각제 기간을 제외하고는 대통령제로 일관해 왔다. 민주화 이후 우리나라의 5년 단임제 대통령제의 현행헌법이 미국 대통령제와 달리 대통령의 독주를 억제할 방법이 없다. 미국은 연방제이기 때문에 각주에 교육·재정·경찰권을 위임하고 있다. 장관의 고위직 인사는 대통령의 지명과 상원의 의결로 대통령이 임명하게 되어 대통령이 인사의 전횡권을 행사할 수 없다.

지구상에 대통령제를 수입하여 성공한 나라가 없다. 변형된 형태에 형식만 따르고 실제로는 독재정치를 하고 있기 때문이다. 우리나라도 미국식의 순수한 대통령제가 아니다. 변형된 대통령제이다. 선진국 진입에 우리나라의 대통령제가 장애요인으로 진단이 났다면 개헌시 독일식 의원내각제가 고려 대상이 되어야 할 것이다. 타협의 정치가 실종된 극한대립의 오늘의 정치에서 책임정치와 민주주의의 타협의 정치를 위해서이다.

본서는 필자가 신문 등에 발표한 칼럼 가운데서 우리의 선진화와 강국으로 가는 길에 장애되는 요소들을 정치·법·문화·교육·국제 등의 분야에 문제점을 분석하고 합리적·개선방법을 제시하여 문제 해결의 실마리를 찾으려고 노력하였다.

위대한 한국으로 진입하려는 여정은 지금으로는 이상이고 목표이다. 희망을 달성하기 위해서는 국민 각자가 자신에게 주어진 임무에 최선의 노력을 다해야 한다. 자기의 분야에 최고가 되기 위해 전력투구해야 한다. 국내의 경쟁을 넘어 세계의 최고 권위자가 되기 위해 분골쇄신해야 할 것이다. 경쟁은 신뢰와 정직한 경쟁이 되어야 한다.

민주사회는 공정한 경쟁사회이다. 조직사회는 서로 경쟁하면서 화합하고 단결해야 한다. 여야 간의 극한대립과 정당 내부의 갈등은 정치 발전의 저해요인이고 국익에 전혀 도움이 되지 않는다.

선진 강국으로 가는 길은 험하고 먼 길이지만, 우리 국민의 저력으로 달성하리라 확신한다. 분단된 최빈국의 대한민국이 6.25한국

전쟁의 비극을 딛고 단시일 안에 산업화와 민주화를 이룩한 국민의 저력을 보면, 우리의 목표가 이상이 아닌 현실로 다가 올 것임을 확신하고 싶다.

2016년 10월

저자 씀

법

부정의 척결은 인치 아닌 법치의 제도와 실천

문화

근면과 민주의 열정으로 이룩한 산업화 민주화에
문화진흥 뒷받침 돼야 강국으로 진입가능

교육

주입식 아닌 창의적 토론식 수업돼야

국제

굳건한 단결과 국력을 바탕으로 남북대치와
국제사회에 신뢰와 위상을 강화해야

정치

최선의 선택을 위한 투쟁 아닌 타협의
정치는 내각책임제

반신불수 대통령제 청산해야

1. 머리말

금년은 대한민국 건국 50년이 되는 해이고, 우리 헌법제정 50주년이 되는 뜻 깊은 해이기도 하다. 우리는 지난 반세기 동안 타민족들이 겪지 못한 엄청난 비극 속에서 살아 왔으며, 지금도 그 불운은 계속되고 있다. 이 같은 재앙은 누구에게도 돌릴 수 없는 나의 탓으로 여기고, 이 어려운 국난을 우리 국민 모두의 힘과 지혜로써 넘겨야 할 것이다.

우리의 헌정사를 돌이켜 보면, 50년 동안 9번의 헌법 개정을 단행하였는데 한 번도 진정한 국민의 여망을 담은 개정다운 개정을 한 적이 없다고 해도 과언이 아니다. 헌법 개정이 집권연장이나 강제집권 등에 초점이 모아진, 바르게 고친 개정이 아니고 헌정사를 후퇴시킨 개악의 개정이었다는데 특징이 있다고 하겠다.

우리의 헌정사를 평가할 때, 1948년 초대 국회의원 선거할 당시의 국민들의 의식수준이나 정치인들의 자질·정치수준보다 지금이 더 낫다고 자신 있게 말할 수 없다는데 더 심각한 문제가 있다고 본다.

오늘의 이 난국에 정치인들이나 국민들이나 기업인들이 먼저 그

원인을 분석하여야 할 것이다. 역대 대통령과 정치인들의 정경유착, 대기업들의 한없이 방만한 문어발식 경영과 국민들의 분수에 넘치는 지나친 과소비 행태를 탓하지 않을 수 없다. 나라가 왜 부도위기에까지 왔는지 뼈아픈 반성을 하고, 여기에서 우리 모두는 대안을 찾아야 할 것이다.

먼저 헌정 50년의 악순환을 돌아보고 이것이 우리에게 남긴 교훈을 짚어 볼까 한다.

2. 헌정의 악순환

우리 헌정의 악순환은 헌법제정 당시에 움트기 시작했다고 해도 과언이 아니다. 유진오 박사가 의원내각제의 권력구조로 헌법을 초안하고, 이를 국회에서 심의하였는데 이승만 박사의 고집에 의하여 하루아침에 대통령제로 변경되고 말았다. 헌법안이 국회를 통과하고 난 이후에도 유진오 박사가 "나의 의원내각제 소신에는 변함이 없다"고 주장한 배경은 이 지구상에서 대통령제로 성공한 나라는 미국뿐이라는 데 그 의의를 찾았다.

즉, 우리의 헌법 개정사를 보면 제정에도 문제가 있었지만 첫 단추가 또한 잘못 꿰어졌다. 제1차 발췌개헌과 제2차 사사오입개헌은 위헌을 무릅쓰고 단행한 개헌으로, 이승만 재집권과 장기집권 시나리오의 일환이었다. 이승만의 장기집권은 4·19학생 의거로 무너지고 제2공화국의 민주당 정부가 탄생하였다.

4·19학생 의거로 자유당 정부가 무너지고 민주당이 집권한 것은, 정당간의 정권교체가 이루어진 최초의 정권교체였다고 볼 수 있다. 민주당의 장면 정권은 집권 9개월 만에 무능으로 야기된 5·16 군사 혁명에 의해 정권을 내놓게 된 것이다. 박정희 정권의 제3공화국 헌법의 개정은 헌법개정절차에 의한 개정이 아니었기 때문에 개정이냐 제정이냐의 논란이 있다. 이것은 제4공화국의 유신헌법의 개정도 마찬가지이다. 이것도 헌법개정절차에 의한 개정이 아니었다.

헌법유린은 제1공화국이나 제3·4공화국도 마찬가지이다. 헌법의 존엄성이 살아날 수 없었다는 것이다. 10·26 사태를 거쳐 12·12 사태로 제5공화국이 탄생되었는데 여기서는 형식적 개헌절차를 밟았지만 통일주체국민회의와 마찬가지인 대통령 선거인단에 의한 대통령 선거는 선거 자체에 민주적 정통성과 정당성을 인정할 수 없기에 독재라는 비난을 면키 어렵다.

6·29 선언 이후 제6공화국의 헌법 개정은 여야합의에 의한 헌법 개정이라고 하지만 이 개정도 진정한 민의를 수렴한 개헌이라고 하기는 어렵다. 대통령제 정부 형태에서 문제점을 찾는다면 우선 부통령제, 대통령 선거에서의 결선투표제 도입문제, 대통령 임기, 양원제, 의원내각제요소 삭제 등이 있다.

우리나라의 헌정의 악순환은 제도외적 요소도 있겠지만, 제도자체도 문제를 갖고 있다. 미국의 대통령제의 제도적 내용을 반 이상도 수용하지 않고 있다. 행정부의 일원성과 대통령과 의회의 성립과 책임의 독립 이외는 전혀 수용하지 않고 있다.

즉, 앞에서 언급한 국회의 양원제, 부통령제, 국회와 정부와의 기능상의 독립 이외 연방제, 대통령의 임기, 대통령의 간접선거 등을 들 수 있다. 미국 대통령제와 비교한다면 반신불수의 대통령제라고 볼 수 있다.

여기서 눈여겨 보아야 할 점은 미국의 연방제이다. 연방이 가지고 있는 권한이 국한되어 있기 때문에 대통령이 독재를 할 수 없고, 국회도 양원제이기 때문에 독주할 수 없다. 따라서 국회의 의사결정에 신중을 기할 수 있다.

특히, 미국은 정당의 위계가 결여되어 있기 때문에 국회의원의 국회활동이 자유롭다. 정당에 보스가 없다. 우리와 같은 정당의 총재가 없다. 그렇게 때문에 여소야대가 되어도 국정은 제대로 굴러간다. 우리는 정당의 위계가 확립되어 있기 때문에 여소야대가 되면 국정이 어지러워진다. 오늘의 여소야대가 뼈저린 경험으로 대두되고 있는 현실이다.

우리는 여소야대가 되면 국정이 완전히 표류한다. 대통령제가 문제가 있다는 것이 여기에 있다. 심각한 국정의 혼란이 아닐 수 없다. 대통령의 고급공무원 임명동의권을 상원이 갖고 있다. 대통령은 인사를 좌지우지 못한다. 우리의 대통령 인사의 난맥상을 막기 위해서도 제도의 보완이 필요하다. 양원제의 제의도 여기서 타당한 근거를 찾게 된다.

3. 헌정의 뼈저린 교훈

헌정 50년의 교훈은 우리에게 많은 것을 남기고 있다. 독재와 장기집권의 말로가 처참하다는 것을 보여주었으며, 부패와 독재가 어떠한 심판을 내린다는 것을 당대에 이를 보여주고 있다. 인류에게 가장 무서운 것이 역사의 심판이다. 역사의 심판은 물론 당대에 내려지는 것은 아니라고 보지만, 지금 당장 국민이 내리는 심판은 역사의 심판은 아니라도, 이것 또한 가장 무서운 심판이라고 보아야 할 것이다. 우리나라 대통령제 하의 대통령이 거의 모두 불행했다는데 대통령제의 제도 자체가 문제가 있지 않으냐는 진단이 나온다. 유진오 박사의 '대통령제는 안 된다'는 그 말은 음미해 볼 만한 과제라고 판단된다. 역사의 교훈은 교훈으로서 끝나서는 안 된다고 본다. 이승만 장기집권의 교훈은 박정희 대통령이 이를 겸허히 수용했어야 했다는 아쉬움을 남긴다.

헌정의 교훈에서 위정자들이 각성해야 할 것은, 민의에 따른 민주주의를 하지 않고 독재를 강행할 경우, 위정자의 말로가 처참하다는 뼈저린 교훈을 남기고 있다는 점이다. 4·19학생 의거와 10·26사태가 그것이고, 민의는 결국 승리한다는 점도 동시에 일깨워야 할 하나의 교훈이다. 위정자는 진정한 민의에 따른 정치를 꼭 실천해야 한다.

4. 맺는 말

우리는 헌정 50년의 교훈에서 전직 대통령이 하나같이 불행했다는 점을 상기할 때, 이제 여당의 공약대로 의원내각제의 개헌이 이루어져야 하지 않나 생각된다. 지금 세계가 급변화·다면화·전문화되어 가는 격변기에 홀로 서 있는 우리로서, 전지전능한 신이 아닌 대통령 한 사람에게 4,700만 국민의 운명을 맡겨서야 되겠는지 깊이 생각할 시점에 도달해 있는 것이다. 대통령 재임 중에 아무리 국정을 어지럽혀도 책임 하나 지지 않는 대통령제가 과연 민주주의에 적합한지 한 번쯤 돌아보아야 한다. 의원내각제가 유약한 제도가 아님은 독일의 경우가 이를 증명하고 있다.

(1998.8.31.)

대한민국은 민주공화국이다

　대한민국은 민주공화국이다. 대한민국은 인민공화국이 되거나 되어서는 안 된다. 민주공화국은 우리나라의 국호임과 동시에 국체이다. 이것은 주권이 모든 국민에게 있다는 것을 의미한다. 주권이 국민에게 있기 때문에 국가권력은 국민으로부터 연원하고 국민은 정부와 국회를 선거를 통해 선택한다. 그러나 북한의 인민공화국은 형식상으로 주권이 노동자 농민에게 있다고 헌법상 규정하고 있지만 실질적으로는 김정일 1인에게 속한 전제주의 독재국가이다. 우리나라의 헌정질서는 자유민주주의를 골간으로 하고 있다.

　자유민주주의란 자유주의와 민주주의 합성어이다. 자유주의란 자유권 등 기본권 보장을 의미하고 민주주의란 국민주권을 말한다. 우리 헌법은 기본권 보장과 민주주의의 구체적 실현을 위한 규정으로 되어 있다.

　광복 이후 우리나라는 자유민주주의 정체성 실현으로 국민의 기본권 신장과 민주주의 실천의 근간인 평화적 정권교체와 세계 제11위인 경제적 부강을 이룩했다. 그러나 공산국가인 북한은 국민의 인권과 민주주의와 동떨어진 나라로 세계에서 최빈국의 국가로 전락하고 말았다. 남의 나라의 도움이 없이는 살아 갈 수 없는 지경에까지 이르렀다. 현대사의 맥락에서 공산주의는 퇴락하여 자취를 감추어 가고 있다.

그런데 민주주의와 공산주의가 대비되는 남북관계에서 남한의 좌경화 현상을 납득하지 못하는 국민이 많다. 이제 적화는 되었고 통일만 남았다는 말이 나오기도 한다. 우리의 김일성·김정일 찬양이 이들이 오판하지 않을까 하는 염려이다.

강정구 교수의 6·25전쟁은 통일전쟁이고 미국이 우리의 주적이고 맥아더는 우리의 원수이고 전쟁광이고, 그의 인천상륙작전이 없었다면 한 달 안에 통일이 되었을 것이라는 주장은 적화통일을 말한다. 이것들의 보안법 위반 여부는 대법원에서 최종적으로 가려지겠지만. 북한이 적화통일은 시간만 가면 저절로 되는 것 아닌가 하는 자만 섞인 판단을 하지 않을까.

강정구 교수 같은 반체제 발언이 북한에서는 허용될 수도 없고. 허용되는 한국이 정상국가로 보지 않을 가능성도 있다. 강정구 교수의 발언에 대한 남한의 대응에 법무부장관의 제동이 미미하여 이 정부가 좌경화됨이 입증된 셈인데 문제는 우리가 북한에 힘이 겹도록 도와주었는데 그들이 우리에게 베푼 반대급부가 무엇인가. 이들은 미군 철수다 보안법 폐지를 주장하고 있는데, 북한은 변하지 않고 한반도의 전면적 적화통일을 규정하고 있는 노동당 규약은 그대로 있다. 북한이 국력이 약하니 다시 전쟁을 일으키겠느냐는 안이한 생각에 좌경화되는 것이 무엇이 큰 문제이겠느냐는 안이한 태도도 금물이다.

지금 우리는 김일성·김정일의 인터넷 홍수에 장군님 노래가 안방으로 울려 퍼지고, 진실을 가르쳐야 할 초·중등 교실에는 반미·미군 철수, 보안법 철폐 등 좌경화 교육이 난무한다면 좌우의 갈등은 심화될 수밖에 없다. 국론분열의 심각성에 우려의 목소리가 높다. 역사는 시간이 지나면 그 진상이 밝혀지고 바로 서게 마련이다. 김정일·김일성의 찬양이나 6·25전쟁의 통일전쟁 논리나 6·25전쟁에 미군 개입과 인천상륙작전의 정당성 여부도 세월이 지나면 진실성 여부가 객관적으로 판명되기 마련이다. 다만 6·25전쟁이 통일전쟁이고 인천상륙작전이 통일에 방해가 되었다는 주장은 우리에게 적화통일을 원하지 않는 한 잘못된 주장임에 틀림없다. 공산주의로 통일이 되었다면 오늘의 대한민국이 있을 수 없기 때문이다.

오늘의 자유와 민주주의는 공산 치하에서 말살되었을 것이고 북한과 같은 고통을 우리는 함께 감수해야 했기 때문이다. 지금 우리 국민들 대부분은 자유민주의 체제를 고수하기를 원하고 있다. 북한 같은 공산주의 체제를 원하고 있지 않다.

토인비 교수는 인류가 만든 정치제도 가운데 가장 훌륭한 제도가 민주주의 제도라고 했다. 미국은 독립 이후 여태까지 민주주의를 고수했기 때문에 세계 초일류국가가 되었다. 공산국가는 국민의 자유와 민주주의를 포기했기 때문에 몰락한 것이다. 지금 우리가 북한과의 관계에서 힘을 쏟아야 할 부분은 북한 주민의 인권문제이다. 김정일 1인 독재의 유지를 위해 강제노동 수용소에서 인간 이하로 희생당하고 있는 북한 주민과 굶주림에 울고 있는 북한 국민의 구출이 우리가 가져야 할 제일의 과업이다. 원조나 교류도 여기에 초점을 맞추어야 한다. 1인 독재자보다 북한주민이 더욱 중요하다. 민주공화국은 헌법 개정으로 불가능하고 자유민주주의의 정체성도 양보할 수 없는 대한민국 헌정질서의 요체이다. 우리는 이를 굳건히 지켜야 할 의무가 있다.

(2005.11.15.)

대통령 직선제 계속해야 하나

7월 17일은 헌법제정 제59주년이 되는 날이다. 우리 헌법은 제2 공화국의 의원내각제 9개월을 제외하고 대통령제로 일관해 왔다. 우리는 대통령제로 성공했다고 할 수 없다. 대통령 모두가 국민으로부터 좋은 평가를 받지 못하고 있기 때문이다. 미국의 대통령제가 외국에 수출되어 그 곳이 모두 입헌민주주의에 죽음의 키스를 했다고 개탄한다. 오는 12월 19일 제17대 대통령 선거를 앞두고 1년 내내 선거전에 함몰되어 민생과 경제와 국가안정 등은 뒷전으로 밀리고 있다.

지금 한나라당 두 유력 대권주자의 네거티브 전략에 따른 치고받는 치열한 혼전양상과 여권의 대권후보 단일화를 위한 열린우리당 해체에 따른 이합집산의 주도권 경쟁의 혼돈사태와 정권 계승을 위해 전·현직 대통령의 노골적인 선거개입 등으로 대선정국은 한 치 앞을 예측할 수 없는 혼미사태에 휩싸여있다. 대통령을 직접 선거한다고 하여 훌륭한 대통령이 갑자기 하늘에서 떨어지거나 땅에서 솟아나는 것도 아니다.

유력 대권주자는 기존 정당에서 나온다. 유력 대권주자가 정당이 없어 낙마한 고건 전 총리와 정운찬 전 총장을 보지 아니 하였는가.

우리는 미국의 대통령제를 도입하면서 간과한 점이 많다. 대통령 간선제, 엄격한 3권분립, 연방과 지방의 수직적 권력분립, 정부 주요인사의 상원 인준동의, 부통령제, 국회 독주방지의 양원제, 사법권 독립의 확립 등의 제도장치가 미흡했다는 것이다.

대통령제는 집권자에게 가장 편리한 제도이나 의원내각제는 집권자에게 가장 거북하고 부담스러운 제도이다. 집권 가능한 자가 가장 선호하는 제도가 대통령제일 수밖에 없다. 막강한 권력으로 자기 마음대로 통치권을 휘두를 수 있기 때문이다. 대통령은 무책임이다. 법적 책임은 탄핵 밖에 없고 국민에게 책임을 진다고 하지만 법적 구속력이 없는 정치적 도의적 책임 뿐이다. 국회에 대한 책임도 없다. 대통령은 국민이 선출하지 국회에서 선출하지 않기 때문이기도 하다.

전국 단위의 1개의 선거구인 대통령 직선제는 막대한 선거비용, 지역과 국론의 분열, 줄서기 경쟁, 네거티브 선거 전략에 의한 막판 뒤집기, 전부 아니면 전무인 사생결단의 선거전은 피해가 막심하다 아니 할 수 없다.

선진국 대부분이 의원내각제이다. 영국을 비롯한 독일·일본·호주·캐나다·이스라엘 등은 모두 의원내각제 국가이다. 독일은 서독의 의원내각제로 라인강의 기적을 이룩했고 통일이 되었으며, 지금은 서독의 본기본법이 통일 독일의 기본법으로 그대로 시행되고 있다. 분단국가인 우리에게 시사하는 바가 크다.

흔히 의원내각제가 정국의 불안을 가져오는 권력구조라고 평가하기도 하나 지금 선진국의 의원내각제는 여대야소의 의회가 뒷받침되어 정국이 더 안정되고 있다. 영국은 여당의 당수인 수상이 정당과 하원과 정부를 모두 장악하고 있어서 수상정부라고 한다. 영국과 일본 등은 의회의 정부불신임에 관계없이 하원의 안정의석 확보에 가장 적합한 시기를 자유롭게 선택하여 하원을 해산하여 총선을 실시하고 있으니 정국의 불안 같은 것은 심각한 고려의 대상이 되지 않는다. 고이즈미·콜·블레어 수상 등은 5년 내지 10년 이상 장기집권했다. 대통령제 하의 여소야대가 더욱 심각한 문제가 된다. 정당의 위계질서가 없고 정당의 총재가 없는 미국도 여소야대의 경우 대통령의 통치권 행사에 지장을 받는다. 정당의 위계가 확립된 우리의 대통령제 하에서 대통령의 통치권 행사는 막대한 지장을 가져올 수 있다. 그런데 프랑스의 이원정부제(二元政府制)는 내각제와 대통령제의 중간 형태로 반 대통령제(半大統領制)라고 한다. 여소야대인 경우는 의원내각제로 운영되고 여대야소인 경우는 대통령제로 운영되는 특이한 권력구조인데 행정부가 대통령과 수상으로 실질적으로 양분된 것이 특색이다. 대통령의 수상 임명은 하원의 동의를 받아야 하기 때문에 여소야대인 경우 야당의 당수를 수상으로 임명하지 않을 수 없는 구속을 받는다. 대통령은 국가적 권한인 외교·안보·국방 등의 권한을 갖고, 수상은 행정에 관한 권한을 갖는다. 여소야대인 경우 동거정부(同居政府)라고 한다.

제17대 대통령과 제18대 국회는 제10차 개헌을 해야 할 것이다.

개헌은 제17대 국회의 공약사항이기도 하다. 제헌헌법에서 이승만 대통령의 고집이 아니었다면 우리는 의원내각제의 제헌헌법을 가졌을 것이고, 5·16군사혁명이 없었으면 의원내각제가 지속되었을 것이다. 오늘날과 같이 세계화·개방화·다원화된 시대에 전 국민의 운명을 대통령 한 사람에게 맡긴다는 것은 문제가 있다. 국회의원 선거 한 번만으로 정부와 국회가 구성되고 장관이 되기 위해 국회에 진출해야 하기 때문에 정계에 엘리트가 z모여들고, 정부는 책임져야 할 때 책임지고 물러나는 책임정치를 하는 의원내각제가 절실히 요구된다. 여당과 대통령에 대한 국민의 지지도가 10%로 하락해도 물러나지 않는 제도가 대통령제이다. 의원내각제였다면 벌써 정권교체가 되었을 것이다. 국민을 위해 올바른 정치를 구현하는 민주주의에 가장 적합한 내각제로 개헌해야 할 때가 되었다고 본다.

　문제가 많은 대통령직선제는 이번으로 끝내야 한다. 앞으로 개헌은 몇 년을 두고 신중하게 검토해야 한다. 통일헌법과 연계해서는 독일기본법이 참고가 될 것이다. 인구가 적은 북한은 대통령제를 수용할지 의문이다. 개헌추진을 위한 위원회는 정계·학계 등을 망라한 헌법관계 저명인사로 구성하여 개정사항을 심도 있게 검토하여 다시는 개헌하지 않아도 될 완벽하고 훌륭한 개정안이 마련되어야 할 것이다.

(2007.07.18.)

대통령제로는 안 된다

지금 심각한 것은 대한민국의 4,700만 국민의 운명이 대통령 1인에게 매달려 있다고 해도 과언이 아니기 때문에 대통령은 정말 국가 발전과 국민을 위해 정치를 잘 해야 한다. 직선제로 선출된 대통령에게 막강한 권한이 부여되어 있고 이를 견제할 제도적 장치가 충분하지도 않다. 대통령제는 대통령의 잘못을 규제할 헌법상 장치로는 탄핵제도가 있지만 이는 실현이 거의 불가능한 장식적 헌법규정으로 아무리 대통령이 실정을 해도 국민들은 5년을 억울하게 참아야 하는 무책임의 권력구조이다.

공고한 권력집중

우리의 헌정사를 회고해 보면 너무나도 참담하다. 전임 대통령의 과오를 교훈 삼아 철저히 시정했어야 할 것인데 그대로 답습한 안타까움을 남겼다. 이승만 대통령의 전철을 박정희 대통령이, 김영삼 대통령의 전철을 김대중 대통령이 이어 받았으니 안타깝다.

미국은 1787년 건국 이래 대통령제로 일관하고 있는데, 성공 이유는 연방제, 정당의 위계결여, 국민들의 독재에 대한 반감과 선거의 공정, 민주주의 전통 등이 뒷받침되어 있다. 제헌국회에서 의원내각제를 국회의원들이 선호하게 된 것도 세계에서 대통령제로 성공한 나라가 미국뿐이고, 미국 대통령제를 수입한 모든 나라가 독재국가로 전락했기 때문이었다.

미국은 대통령 선거가 간접선거인데 우리는 직접선거라는데 문제가 있다. 과다한 선거 비용, 지역갈등의 심화, 결선투표의 불인정 등과 여소야대의 경우 국정운영의 어려움을 더하고 있다. 미국의 경우 여소야대가 되어도 정당의 총재·위계가 없기 때문에 국회의원은 교차투표로 정치에 큰 어려움이 없다.

노무현 대통령이 내년 총선에서 과반수 의석을 얻는 정당에 총리를 맡기는 방안을 제시한 것은 2원정부제 운영의 시동을 거는 대목이다. 만약 내년 총선에서 이후 야당이 승리하여 총리를 맡긴다면 이원정부제의 분권형 대통령제를 시도하겠다는 말인데, 그렇다면 제17대 국회에서 개헌의 의지로 비친다. 대통령제 하에서 여소야대는 정치하기가 의원내각제보다 더 어렵다. 프랑스의 경우 2원정부제 하에서 여소야대의 경우 실질적인 행정부의 2원구조의 동거정부(同居政府)는 대통령의 국정수행에 많은 지장을 가져 오게 된다.

생산적 개헌논의 나와야

어쨌든 내년 2004년에는 개헌논의가 일어날 것이고 우리의 실패한 대통령제는 이제 막을 내려야 할 것인데 그 귀추가 주목된다. 이

제 개헌은 어느 정파의 문제가 아니다. 국민들의 합의가 우선되고 신중을 기해야 하겠다. 의원내각제가 유연하고 연약한 정부 형태라고 속단해서는 안 된다.

영국을 수상정부제라고 하는데 수상이 정부·의회·정당 모두를 장악하고 있으니 어떤 면에서는 대통령제의 대통령보다 권한이 더 강하다. 선거에서 제1당이 과반수를 얻지 못하면 연립정부를 구성하여 의회가 과반수가 되어 정국이 안정될 수 있다. 수상이 독재할 수는 없다. 수상이 의회에 출석하여 야당으로부터 혹독한 책임추궁을 당하기 때문이다.

(2003.8.13.)

불법대선자금 주범은 대통령제

지금 이 나라 정국은 한 치 앞을 내다볼 수 없는 여야대치가 혼미사태를 연출하고 있다. 경제나 민생문제는 외면한 채 오직 17대 국회의원 선거에만 몰두하고 있다. 불법대선자금 수사의 공정성 때문에 대통령 측근 비리수사를 위한 특검법이 대통령 거부권 행사에 이어 야당의 찬성으로 재의결되어 특검법에 의한 수사가 진행되고 있고, 대검은 대검대로 불법대선자금 수사가 진행되고 있는데 야당은 검찰 수사의 형평성을 문제 삼아 국회 청문회 개최를 가결하여 이 달 10일부터 3일간 대선자금 청문회를 개최하게 된다.

불법대선자금수사로 현역 국회의원이 구속되는 사태가 빚어지고 대기업 임원들이 줄줄이 소환되어 검찰의 심문을 받고 있다. 이 같은 기업인들의 줄소환 사태는 우리나라 경제의 대외 신임도는 물론 기업인들의 기업의욕을 앗아가고 결과적으로는 경기침체로 이어져 나라 경제를 어렵게 하고 있다. 경기침체가 청년 실업문제로 사회불안 요인으로 등장하고 있는 것도 심각한 문제이다. 여기에다 민주당은 경선자금 수사문제로 열린우리당과 고발전으로 맞서고 있어서 정국의 혼란은 극에 달하고 있다. 오늘의 우리 정치는 모두가 살아남는

상생의 정치는 없고 '너 죽고 나 죽자'는 사생결단의 정치만이 난무하고 있으니 국민의 입장에서는 답답하다 아니할 수 없다.

이 난국을 수습하고 푸는 데는 대통령이 그 중심에 서야 한다. 우리 헌법은 대통령에게 국정수행에 막강한 권한을 부여하고 있어서 대통령의 권한 행사가 국가의 운명과 직결되어 있기 때문이다. 권한 행사가 잘못되면 독단과 독재로 전락할 수도 있다. 정국의 해법으로 첫째, 불법대선자금 수사를 공정하고 빨리 끝내야 한다. 솔직하게 말하면 지금 우리나라에 불법선거자금으로부터 자유로운 정치인이 있느냐고 묻고 싶다. 이번 경험으로 부정을 못하게 제도를 개선해야 한다. 이 수사를 선거기간까지 끌고 가겠다는 생각은 이 나라를 위해 이로울 것이 없다는 점에 유의해야 할 것이다. 둘째, 대통령은 선거의 공정을 위해 선거의 중립을 선언해야 한다. 대통령이 선거에 개입하면 자연히 공무원이 선거에 개입하게 되어 부정선거의 시비에 휘말리게 된다. 야당이 집요하게 문제 삼는 것도 이 점이라는 것에 유의해야 한다.

불법대선자금은 현행 대통령의 선거제도에도 문제가 있다. 미국은 대통령을 간접선거를 하고 있다. 우리나라는 대통령을 직접 선거한다. 국회의원선거에서 '50당 30락'이라는 말이 공공연히 회자되고 있다. 50억 원이면 당선이고 30억 원 쓰면 낙선된다는 말을 비유한 것이다. 국회의원선거에 이 정도의 선거비용이면 전국이 하나의 선거구인 대통령 선거에 얼마만한 선거비용이 들지 않겠느냐는 것이다. 차떼기, 정경유착이 불법대선자금의 근원임이 무리가 아니라는 말이다. 대통령 선거비용은 밑빠진 독에 물 붓기고, 천문학적 액수라는 말이다. 대통령제는 16대 노무현 대통령으로 끝내자는 말이 나올 법도 하다.

제도 개선의 방향

불법대선자금이 대통령제로 인하여 발생하였으니 제도개선을 해야 한다면 대통령제를 개헌을 통해 의원내각제로 고쳐야 한다는 말이다. 의원내각제는 국회의원선거 한번이면 국회도 구성되고 정부도 구성된다. 앞으로 정국이 염려가 되는 것은 선거결과 여소야대로 될 경우 지금처럼 정국의 불안이 계속될 소지가 있다. 그렇기 때문에 노무현 대통령이 국회의석 과반수에 매달리는지 모른다. 17대 총선 이후 야당이 현재처럼 2/3 이상의 의석을 확보하면 개헌을 시도할지 모른다. 그렇다면 자연스럽게 불법대선자금의 잡음이 없는 개헌을 할 것이다. 안 되면 대통령 선거를 완전 공영제로 하여 돈 안 드는 선거제도를 만들어 시행해야 한다. 이번 불법대선자금 수사는 이번으로 끝나게 해야 한다. 조속히 선거법을 개정하여 이번 17대 총선에서부터는 돈 안 드는 선거로 정착하게 하여야 한다.

이번 선거가 선거혁명의 원년이 되도록 돈 안 들게 하고 참신하고 유능한 인물이 등장하게 유권자도 달라져야 할 것이다. 주인인 국민의 의무를 다하고 국정의 중심에 선 대통령이 선거혁명을 주도해 주기를 간절히 바란다.

(2004.2.9.)

개헌과 분권형 대통령제의 난점

이재오 특임장관이 개헌에 불을 붙여 이틀간의 의원총회를 열고 지난 2월 1일 이명박 대통령이 TV 좌담회에서 "개헌이 늦지 않았다. 올해가 적기다"고 말해 이 장관에게 힘을 실어주고 우여곡절 끝에 21일 한나라당 최고위원회는 당 소속 개헌특위를 구성하기로 결정했다. 이재오 장관은 개헌 내용에서 5년 단임제의 대통령 임기를 4년 중임제로 개정하되 대통령의 권한을 대통령과 총리에게로 분산하는 분권형 대통령제가 소신이라고 했다. 그러나 현재 개헌이나 분권형 대통령제는 문제점이 많다.

먼저 개헌만해도 시기를 놓친 것이다. 18대 국회의 개원과 동시에 개헌특위가 가동되고 지금쯤에는 개헌의 절차가 마무리 단계에 들어가야 한다는 것이다. 헌법 개정은 국회 재적의원 과반수 또는 대통령의 발의로 제안된다. 한나라당이 과반수이지만 친박계는 개헌에 반대하고 있고 친이계도 반대하는 의원이 있으니 제안 자체도 어렵고, 국회에서 의결은 재적의원 3분의 2 이상의 찬성이 있어야 하기 때문에 여야 합의 없이는 개헌이 불가능하다. 야당이 반대하고 있기 때문에 국회통과는 어렵다고 본다. 대통령의 제안을 예상하지만 여야 합의 없이 무모하게 대통령이 제안하지 않을 것이다. 개헌의 주체는 국민이다. 개정안은 최종적으로 국민투표에 의해 확정된다. 개헌에 대해 국민들은 별로 관심 없다. 물가, 경제 등의 현안에 관심이 있지 개헌 등의 정치문제는 발등의 불이 아니라는 입장이다. 개헌이 과연 절체절명인가. 현행 헌법은 여야 간의 합의에 의한 별로 흠결 없는 헌법이다. 5년 단임제도 연임제와 마찬가지로 장단점이 있다.

다음, 분권형 대통령제도 문제가 있다. 이재오 장관은 분권형 대통령제를 강조하고 있는데 이 제도는 국민이 직선하는 대통령은 외교 국방 등 외치만 맡고 국회가 선출하는 총리는 내치인 행정을 담당하는 제도를 말한다. 이것은 의원내각제와 달리 실질적으로 행정권을 이원화한다. 의원내각제의 대통령은 형식적 권한만 갖고 실질적 권한은 총리가 갖는다. 분권형 대통령제는 우리 정치인이 만든 용어이고 헌법 교과서에는 없는 용어이다. 프랑스의 이원정부제를 말한다. 반드시 총리(수상)는 국회(하원)에서 선출하기 때문에 야당에서 총리가 나올 수 있다. 이원정부제는 대통령제와 의원내각제를 혼합한 절충형 정부 형태다. 문제는 대통령이 속한 정당과 의회의 다수당이 동일한 경우는 여대야소를 말하는데 이때는 대통령에게 권한이 기울게 되어 대통령제로 운영되고, 반면 수상이 속한 의회의 다수당과 대통령이 속한 정당이 다를 경우에는 여소야대로서 의원내각제로 운영된다. 우리나라의 경우 대통령제 하에서도 여소야대의 경우 정치적 혼란에 휩싸이는데 만약 이원정부제 하의 여소야대인 경우 온

전한 민주정치가 운영되겠느냐는 것이다. 그리고 국민들도 대통령제를 다수가 지지하고 이원정부제는 생소한 데다 대권주자들도 이원정부제를 선호하지 않는다.

현행 헌법도 대통령에게 의지가 있다면 분권형 대통령제를 운영할 수 있다. 국무총리에게 국무위원이나 각부 장관의 실질적인 제청권을 부여하고 행정업무를 실질적으로 위임하면 분권형 대통령제에 접근한다는 것이다.

개헌의 시도가 박근혜 전 대표를 흔들기 위한 것이거나 정권 누수 방지를 위한 것이라는 오해가 가는 정략적인 방법으로 접근해서는 안 된다. 현재의 상반된 여야 간의 견해와 정리되지 않는 한나라당의 내부 사정들을 고려한다면 개헌추진의 동력은 상실위기에 처해 있다고 본다. 지금은 되지도 않을 개헌에 매달려 국력을 소모하기보다 산적한 민생문제 해결을 위해 대통령과 국회는 최선을 다하는 것이 민심임을 명심하고 실천해야 한다.

(2011.3.8.)

연정은 내각제 독일엔 필수, 대통령제와 무관

의원내각제 국가의 하원의원 선거에서 과반수 이상의 의석을 확보한 정당이 없을 경우, 가장 많은 의석을 확보한 정당과 소수의 정당은 연정을 하게 된다. 의원내각제는 의회선거 한번으로 정부와 국회를 구성하게 되는데 총리를 하원에서 재적의원 과반수의 찬성으로 선출한다.

9월 18일 독일 총선에서 유권자들은 슈뢰더 총리의 사민당이나 메르켈의 기민·기사당 연합 어느 쪽도 손을 들어주지 아니하였다. 양쪽 모두 과반수 의석 확보에 실패하여 연정으로 대안을 모색하게 되었다. 양당 모두 처음에는 군소정당과의 연정을 모색하였으나 여의치 않게 되자. 국민의 70% 이상이 대연정을 지지하고 유권자의 성향이 양대 정당이 근소한 4석 차이로 양분된 것은 대연정을 실시하라는 국민의 뜻으로 받아들여 10월 10일 양당의 3차협상에서 슈뢰더가 메르켈에게 총리 자리를 양보함으로써 대연정이 성공하게 되었다. 양당이 추진하는 정책방향은 반 정도가 같고 이를 구현하는 수단에만 차이가 있기 때문에 대연정의 앞날을 낙관하고 있는 분위기이다. 총 614석 가운데 기민·기사 226석과 사민당 222석은 슈뢰더와 메르켈의 어느 주장에도 지나치게 치우치지 않는 중도적이고 합리적 개혁을 국민들은 원하고 있음을 감지할 수 있다. 의원내각제가 연정이 되지 않으면 파국을 맞게 되는데 이번 독일의 경우, 만약 실패한다면 다시 총선을 치러야 하는 홍역을 겪게 된다.

대통령제는 의원내각제와 달리 의회와 대통령을 각각 국민이 선출하게 된다. 정부의 구성을 의회에 의존하지 않는다. 의회의 다수당이 반드시 과반수를 확보해야 하는 내각제와는 다르다. 그렇기 때문에 미국처럼 대통령제는 연정과는 무관하다. 노 대통령이 독일과 영국의 예를 들어 연정을 주장하는 것은 내각제와 대통령제의 근본을 잘못 파악하고 있는데서 나온 주장이다. 내각제 개헌을 염두에 둔 주장이면 차라리 개헌을 들고 나와야 할 것이다. 의원내각제는 정부와 국회가 공조협조 관계에 있고 내각의 성립과 존속이 국회에 의존하고 있다. 그러나 대통령제는 국회와 정부가 기능상으로 상호 독립 관계이다. 국회의 정부 불신임권과 정부의 국회해산권도 없다. 국회가 대통령을 견제해야 한다. 내각제에 있어서는 하원에서 선출되는 총리는 정당의 보스이기 때문에 정당·하원·정부에 군림하여 대통령제의 대통령보다 강력한 권한을 갖고 있다고 하여 영국에서는 총리정부제라고도 부른다. 정당의 위계질서가 확립되어 있다.

대통령제의 대통령도 제도상으로는 정부와 국회가 기능상으로 분립되어 있다고 하지만 정당정치가 발달한 오늘 정부와 다수당인 의회가 합작하여 독재나 독선을 할 경우, 이를 견제하는 것은 오직 야당뿐인 것이다. 3권분립에서, 여·야당 분립을 주장하는 이유도 정부를 견제할 국회가 자기 구실을 충분히 수행하지 못하니 국회에 대신하여 야당이 견제역할을 수행해야 한다. 국민들이 여소야대를 만드는 것도 야당이 정부의 독단과 독선을 바로 잡아 달라는 요구이다. 미국은 대통령 임기 중간에 치러지는 중간선거에서 국민들은 보통 여소야대를 만들어 낸다. 중간선거는 하원의원 전원과 상원의원 3분의 1을 개선한다. 부시 2기는 상·하원 모두가 여대야소이지만 통상 여소야대였다.

우리도 여소야대의 극복에 미국 같이 교차투표가 일반화되어야 한다. 대통령은 야당과 대화와 타협으로 정국타개에 노력해야 한다. 미국 역사상 성공한 대통령은 야당을 존중하고 야당과 잘 지낸 대통령이다. 대통령은 국민의 뜻을 받들어 정말 정치다운 정치를 하면 야당도 협조하지 않을 수 없다. 연정 발언에 앞서 국민을 행복하게 잘 살게 하는 정치를 했어야 한다. 여소야대를 만드는 것도 국민이고 여대야소를 만드는 것도 국민의 뜻이다. 노무현 대통령이 더 이상 연정 제안을 하는 일은 없을 것이라고 한다. 연정은 내각제에는 선택이 아닌 필수이고 대통령제와는 무관함을 노 대통령은 인식해야 한다.

(2005.10.25.)

대통령 대선 중립·법치주의 모범 보여라

대한민국을 구성하는 기본요소는 주권·국민·영역의 3대 요소로 되어 있다. 중요하기 때문에 헌법의 모두인 제1조 주권, 제2조 국민, 제3조에 영역을 규정하고 있다. 3대 요소에 대통령이 끼어들 수 없다. 대통령은 주권자인 국민이 제정한 헌법에 의하여 선출된 공무원일 뿐이다. 주권자인 국민은 모든 국민을 의미한다. 국민에 의하여 선출된 대통령은 국민과 헌법의 하위개념이다. 대통령은 국민과 헌법의 아래 있다는 말이다.

대통령은 국민의 의사와 헌법에 따라야 할 의무가 있다. 헌법을 위반하거나 헌법을 무시해서는 안 된다. 헌법에는 제66조에 헌법 수호 책무와 제69조에 헌법 준수를 규정하고 있다. 대한민국의 정체성의 하나가 법치주의이다. 모든 국민과 공무원은 법에 따라야 한다. 국민의 기본권의 제한도 반드시 법률에 의하여 제한된다. 정치나 행정도 법률에 따라야 한다. 민주국가에 있어서 국민들이나 공무원은 헌법이나 법률에 우위에 있는 것이 아니고 아래 있고 헌법과 법률을 준수해야 한다. 헌법이나 법률을 위반해서는 안 된다. 나아가서 공무원은 국민에 대한 봉사자이고 국민에 대하여 책임을 진다.

국가의 원수이고 행정권의 수반인 대통령은 헌법과 법률을 존중하고 준수할 책무가 있다. 대통령이 그 놈의 '헌법 때문에'라는 헌법 비하 발언은 대통령의 도를 넘긴 발언이다. 헌법을 준수해야 할 대통령의 입에서 나올 발언이 아니다. 현행헌법은 1987년 시민항쟁으로 여야합의로 개정된 별로 손색없는 헌법이다. 대통령은 헌법을 무시할 뿐만 아니라 법률 위반도 다반사로 하고 있다. 16대 국회에서 선거법위반 등의 사유로 탄핵소추가 가결되어 헌법재판소의 결정으로 직권이 정지된 적이 있다. 헌정사상 초유의 사건이 발생했다. 헌법재판소의 기각결정으로 헌정위기의 고비를 넘겼으나 이후에도 여기에 대한 반성이 보이지 않고 있다.

대통령의 법률위반 발언은 계속되고 있다. 탄핵사유 발언은 2003년 12월 24일 '내년 총선에서 민주당을 찍는 것은 한나라당을 도와주는 것으로 인식될 것이다'가 발단이 되었으며, 2004년 2월 24일 '대통령이 뭘 잘해 열린우리당에 표를 줄 수 있는 길이 있으면 정말 합법적으로 모든 것을 다하고 싶다'는 발언이 선거법을 위반한 것이고, 2007년 6월 참평포럼에서는 '한나라당이 정권을 잡으면 어떤 일이 생길까 생각해 보니 좀 끔찍하다'는 발언을 하여 평지풍파를 일으켰다.

대통령은 10월 18일 벤처기업 대상 시상식 특별강연에서 '어떤 정부를 가질 것인가는 여러분의 선택이고 여러분의 책임이라면서 보수주의는 정의가 없고 연대가 없다. 이렇게 되면 정치가 망하고 정치가 망하면 나라가 망한다'고 했다. 진보적 시민 민주주의 한번 해 보자는 것이었고 야당후보가 제시한 기업하기 좋은 나라, 인재양성 교육 공약 등을 비난함으로써 여당 찍으라는 선거법 위반 발언이었다. 대통령의 선거법 위반 여부 판단을 앞두고 청와대에서 선관위가 납득할 수 없는 결론을 내리면 헌법소원을 제기하는 것은 선관위 결정에 영향을 미치겠다는 것이다. 헌재가 행정수도를 위헌이라고 결정한 이래 대통령은 헌재를 무시하는 듯한 언행을 보였다. 문제는 헌재소장이나 중앙선거관리위원장도 대통령과 같이 헌법기관이고 선거와 헌법해석에 관한 한 최고의 유권해석기관이다. 대통령은 이들 헌법기관을 존중하고 인정해야 한다.

10월 25일 고현철 중앙선거관리위원장은 대통령은 선거 중립을 지켜야 하고 필요할 땐 적절한 조치를 취할 것이라고 했다. 이날 한국프레스센터에서 열린 선거자문위원회의에서 '공무원은 부당하게 선거에 영향을 미쳐서는 안 된다. 이 부분은 선관위가 확고한 의지를 갖고 있다'고 밝혔다. 6월 원강대 특강에서 노무현 대통령이 한나라당 이명박 후보를 겨냥해 '대운하를 한다는데 민자가 들어 오겠느냐'는 등의 발언을 한 데 대해 선관위가 선거법 위반 결정을 내리자 위헌이라며 헌재에 헌법소원을 제기해 현재 계류 중에 있다.

지금 얼마 남지 않은 제17대 대통령 선거는 혼탁과 과열양상을 표출하고 있다. 한나라당 이회창 전 총재의 대선출마가 정치권에 새로운 태풍의 눈으로 등장하고 있다. 이회창 전 총재의 출마 가능성이 여론 지지도에서 2위로 급부상하여 정동영 통합신당에 긴장을 고조시키고 있다. BBK의혹의 핵심인물 김경준의 입국이 몰고 올 대선정국의 파장도 선거판도에 지각변동을 가져 올 가능성도 예측할 수 있다. 여기에 가장 중요한 것은 선거가 격랑에 휩싸일수록 중립성이 요구된다. 이에 대한 관리 책임은 대통령에게 있다. 역대 대통령이 선거에 개입한 선례가 없다. 노무현 대통령의 지금까지의 선거법 위반 사례를 본다면 중립실천 의지에 의문을 갖는 국민들이 많다. 이 선관위와 헌법재판소가 내린 결론의 사안임을 대통령은 명심해야 한다. 대통령의 선거개입 발언이 여권 후보에게 조금도 보탬이 되지 않고 오히려 손해만을 가져온다는 데도 유념해야 할 것이다. 우리 헌법 제7조에도 공무원의 정치적 중립성을 규정하고 있다.

대통령이 계속해서 헌법과 법률을 위반하고 선거 운동에 개입하면 헌법과 법률의 위반으로 제2의 탄핵으로 휘몰릴 위험성이 있다. 2004년 대통령 탄핵 사유가 선거법 위반이었음을 상기해야 한다. 대통령은 국민과 헌법 위에 있지 않고 아래 있다고 생각하고 헌법과 법률에 따라 성실하게 모범적으로 법치주의를 실천하여 임기를 마무리해야 할 것이다. 그 책무의 핵심이 제17대 대통령 선거에서 엄정 중립을 견지하여 공정한 선거가 되도록 지도 감독에 최선을 다하여 깨끗하게 마무리 하는 것이 국민 모두가 마지막으로 대통령에게 거는 기대임을 명심하고 실천할 것을 당부하고 싶다.

(2007.11.8.)

한국 대통령제의 문제와 방향

1. 대통령제의 의의

대통령제(Presidentialism)란 엄격한 3권 분립에 상호 권력의 균형을 유지하고, 의회로부터 독립하고 의회에 대하여 정치적 책임을 지지 않는 대통령을 중심으로 국정이 운영되는 정부 형태를 의미한다.

2. 미국의 대통령제

(1) 연혁

대통령제의 모국은 미국이다. 미국은 1787년 헌법제정에서 대통령제를 채택하여 오늘에 이르고 있다. 연방 정부 수립에 대·소 주가 심각한 대립으로 헌법회의가 위기에 봉착했을 때 코넥티카트 주의 Roger Sherman의 타협안을 제시하여 고비를 넘겼다. 코넥티카트 타협안(Connecticut Compromise)이란 상원은 각 주가 동일하게 2인씩 선출하고 하원은 각 주가 인구비례로 직접 주민이 선거한다는 것이다. 전자는 소수 주가 만족하고 후자는 대 주가 만족하며 중대한 위기를 넘겨 연방국가가 성립하는 계기가 되었다.

다음은 정부 조직에 관리하여 2가지 견해가 대립되었다. 대통령을 입법부에서 선출하느냐, 권력분립원칙에 입각하여 국민이 직접선거 하느냐의 주장이 나왔는데, 의회도 국민직선이 아니라 간접선거인 대통령 선거인단 선거로 낙착되었다. 위험한 국민직선제와 권력분 립에 위배되는 의회선출을 함께 피하는 제도라 볼 수 있다.

(2) 제도적 내용

(a) 성립과 책임의 독립

국회와 대통령은 각각 국민이 선출하고 각각 국민에 대하여 독립하여 책임을 진다.

(b) 의회와 정부 간의 기능상의 독립

의회와 정부는 원칙적으로 상호간섭할 수 없고, 자기의 고유한 권한만 행사한다. 국회의원은 장관이 될 수 없고, 정부는 법률 안 제출권이 없다.

(c) 행정부의 일원성(一元性)

대통령은 국가의 원수이고 행정부의 수반이다. 의원내각제의 왕과 수상이 가지는 권한을 함께 가지는 것이다.

(d) 부통령제

의원내각제는 부통령제가 없다. 대통령의 궐위시 혼란을 방지 하기 위하여 바로 직위를 승계하는 부통령제가 필요하다.

(e) 양원제

상원과 하원의 양원제를 둔다. 하원의원의 임기는 2년이며 상원의원의 임기는 6년이고, 2년마다 3분의 1을 교체한다. 대통령의 임기는 4년이다. 이들 임기가 절묘하다는 것이다.

3. 한국의 대통령제의 문제점

(1) 연혁

한국은 1948년 제헌헌법에서 대통령제도를 도입하였고, 제2공화국에서는 의원내각제를 채택하였으나, 5·16 군사혁명으로 제3공화국에서는 대통령제로 환원하였는데, 유신헌법에서는 독특한 절대적 대통령제가 탄생하고, 제5공화국에서는 정당성이 인정되지 않는 대통령제로 개헌되었으며, 6·29선언으로 제9차 개헌은 여야합의로 현행 대통령제가 성립되었다.

(2) 반신불수의 대통령제

(a) 미국 대통령제의 수용상의 문제점

한국 헌법은 미국의 대통령제를 수용하면서 제도적 내용 가운데서 ① 성립과 책임의 독립, ② 행정부의 일원성만 수용하고, ① 의회와 정부 간의 기능상의 독립, ② 부통령제, ③ 양원제는 수용하지 않은 반신불수의 대통령제가 되었다. 5분의 3을 수용하지 아니하였다.

(b) 한국 대통령제의 특색

성립과 책임의 독립, 행정부의 일원성 이외에 우리의 대통령제의 특색은 미국 헌법에서 볼 수 없는 특생이 있다.

ⓐ 국무총리제

국무총리제는 의원내각제에서 볼 수 있으나, 우리 헌법은 부통령제가 없는 대신 행정부의 2인자로서 대통령 유고시에 그 직무를 대행할 국무총리를 두고 있다.

ⓑ 국회의원의 장관 겸임

국회의원의 장관겸직은 의원내각제의 특색의 하나이다. 대통령제에서 장관 겸직은 바람직하지 않다.

ⓒ 대통령 임기 단임제

종전의 대부분의 개헌이 대통령의 계속 집권과 관련된 것이었기 때문에, 단임제로서 계속 연임을 막아보자는 취지에서 단임제로 개헌한 것이다.

ⓓ 단원제

제헌헌법에서 단원제를 채택하여 제2공화국에서 한 번 양원제를 실시하였으나 계속 단임제를 채택했다. 미국은 주(州)가 양원제를 갖고 있으며 대부분의 선진국은 모두 양원제를 갖고 있으며 양원제는 단점보다는 장점이 많다고 한다.

4. 한국 대통령 선거의 문제점

(1) 미국 대통령 선거 - 간선제

미국의 대통령 선거는 간선제이다. 미국의 대통령 선거는 각 주에서 상·하 양원의원 합한 수의 선거인을 선출한다. 하원의원 435명과 상원의원 100명에 워싱턴D.C 3명을 합한 538명인데 과반수는 270명이다. 독특한 선거 방식을 채택하고 있는데 어느 주든지 한 표라도 더 많이 받은 정당이 그 주의 표를 독식하게 된다. 승자독점(Winner takes all) 방식이다. 과반수의 당선자가 나오지 않으면 대통령은 하원, 부통령은 상원에서 선거한다.

(2) 프랑스 대통령 선거 - 직선제

2원정부제(二元政府制)의 프랑스는 대통령을 직접 선거한다. 1차 투표에서 과반수 득표자가 없을 경우 최고 득표자 2인에 대하여 경선투표를 실시하여 당선자를 결정하게 된다. 이것을 절대다수 대표 선거제도라고 한다. 프랑스는 하원의원 선거도 2회제 투표상식인데 1차투표에서 유권자 4분의 1 이상을 득표하고 유효투표 과반수를 득표한 자가 당선되고, 당선자가 없을 경우 1주 후 2차투표를 실시한다. 1차투표에서 12.5% 이상 득표한 자가 후보자가 될 수 있고, 2차투표에서는 상대 다수 득표자가 당선된다.

(3) 한국의 대통령 선거

한국의 대통령 선거의 문제점은 절대다수 대표선거제도가 아니고 상대다수 대표선거제도라는 데 있다. 과반수득표가 아니고 상대적으로 최다득표권자가 대통령으로 당선된다.

노태우 대통령은 유권자 32%로 당선되었다. 이 경우 국민주권 원리와 민주주의 원리에 합치되지도 않고, 집권의 정통성에 문제가 있을 뿐만 아니라, 정국의 안정성도 위협받을 가능성도 배제할 수 없다.

5. 한국 대통령제의 개선 방향

17대 대통령과 18대 국회에서는 개헌 논의가 시작되어 임기말에 10차 개헌이 마무리될 가능성이 높다고 본다. 대통령제를 발전적으로 보완하는 개헌이냐, 아예 권력구조를 의원내각제나 이원정부제로 변경하는 개헌이냐가 문제의 초점이 될 수 있다.

(1) 대통령제의 개선

(a) 부통령제

부통령제가 채택되면 국무총리제는 폐지되고, 대통령 유고시에 바로 대통령직을 승계하기 때문에 60일 내에 선거하는 번거로움이 없어진다.

(b) 양원제

양원제가 일반적인 추세이고 단원제에서 야기되는 독주와 독선을 방지하고, 상원은 고급공무원에 대한 임명동의권을 행사하며 대통령의 인사의 전횡을 방지할 수 있다. 비용이 문제된다고 한다면 현행 299명의 국회의원에 비례대표 56명을 상원의원으로 하고 나머지는 하원의원으로 하면 된다. 하원의원 250명 상원의원 50명으로 하여 상원의원은 시·도에서 100만명당 1명씩 선거하면 될 것이다.

(c) 국회의원 장관 겸직 금지

국회의원의 장관 겸직은 의원내각제의 제도이다. 의원내각제는 장관이 되려고 하면 원칙적으로 국회의원이 되어야 한다. 대통령제에 국회의원 장관 접목은 국회의 정부 예속 내지 대통령의 권한 강화에 기여하는 역기능을 가져오게 된다.

(d) 국무회의의 자문기관화

현행 국무회의는 심의기관인데 심의사항을 심의하지 않으면 헌법위반이 된다.

실제 심의는 하지 않고 의사전달, 통고만 하는 자문기관에 지나지 않으니 미국과 같이 자문기관이 되어야 할 것이다.

(e) 국정감사제 폐지

특별국정조사 이외에 일반 국정감사를 실시하고 있는 나라는 없다. 국정감사가 시도에까지 예산지원이란 명목으로 확산되고 전 행정기관에 확산 실시하는 것이 행정의 낭비고 효용성이 없다는 지적이다.

필요한 자료는 요청하면 되는 것이고 조사가 필요하다면 국정조사를 실시하면 된다. 별도 감사원이 있고 부서마다 감사실이 있고 일반국정감사에 대비 몇 개월간 감사대비를 하는데, 과연 국회의원이 여기에 대비하는 준비를 하는지도 의문이다.

(f) 중간평가

국회의원 임기와 대통령 임기를 같이 해야 한다고 하나, 미국은 대통령의 임기 중간에 중간평가를 하고 있다. 임기가 달라야 대통령의 독주에 대한 평가를 할 수 있다고 본다. 이상적인 것은 대통령 임기 중간에 국회의원 선거를 실시하는 것이다. 대통령 임기 4년에 연임과 연계되어야 할 것이다.

(g) 대통령의 간접선거

미국과 같이 간접선거하는 방식의 개헌이다.

직접선거에 의한 선거의 혼탁과 네거티브 방지를 위해 미국과 같이 각 시·도의 국회의원 숫자만큼 선거인단 선거를 하여 대통령을 간접선거하는 방식의 채택이다. 300명의 선거인단의 과반수 151명이 당선권이 될 것이다.

(h) 결선투표제

대통령 선거에 10%대의 대통령이 나와서는 안 된다. 간접선거가 안 되면 결선투표를 도입하여 민주주의의 정당성과 정통성을 확보해야 할 것이다.

(i) 연방제

　미국의 대통령제가 외국에 수출되어 입헌민주주의의 죽음과 입 맞추었는데도 미국 안에서 민주공화국의 낙원을 이루고 있는 첫 번째 이유가 미국은 연방제를 채택하고 있기 때문이라고 한다. 중앙정부 권한이 헌법상 한정되어 있고 개인의 기본권에 직접 관련 있는 분야가 적기 때문이라고 한다. 세계화 시대에 시도가 작은 국가처럼 활동하게 하여 이익의 극대화를 이루어야 한다. 완벽한 지방자치제가 구현이어야 한다는 것이다.

(j) 국가·국기·국어의 관습헌법화

　헌법재판소는 수도 서울을 관습헌법이라고 했다. 이것은 헌법 개정사항이고 국민투표로 물어보아야 한다고 했다. 프랑스 헌법 제2조에는 국어·국기·국가를 규정하고 있다. 헌법개정 사항임을 명시하고 있다. 우리나라도 통일헌법에 대비하여 헌법에 규정함이 마땅하다고 생각한다.

(k) 대통령 연임제

　대통령 연임제와 단임제는 일장일단이 있다고 본다. 5년 임기 동안 소신껏 일하라는 국민의 요망과 잘 하는 대통령은 한 번 더 기회를 주는 것이 나라 발전에 도움이 된다는 주장이다. 연임제가 국민 다수의 뜻이라면 개헌대상이 되어야 할 것이다. 미국은 한 사람이 2번 이상 못한다고 규정하고 있다.

(2) 권력구조의 개헌

대통령제로 성공한 나라는 미국이 유일하다. 우리나라의 전임 대통령 모두가 불행했다는 것은 대통령제의 실패를 입증한 것과 같다. 세계선진국 거의 모두가 의원내각제이다. 의원내각제로 10년 이상 장기 집권한 국가도 더러 있다. 현대는 수상이 여당 정부·국회를 장악하는 수상정부제로 전환하고 있다. 의원내각제는 독재가 불가능하다. 그렇기 때문에 책임정치 내지 민주주의에 적합한 제도이다. 현 정부의 대통령과 여당의 지지도가 10%대였을 때 의원내각제이면 정권을 내놓아야 한다. 이번 선거의 상대다수 대표선거제 하에 20%도 안 되는 대통령이 탄생할 가능성도 있고 1년 반을 선거역풍에 국민도 지쳤다. 이 와중에 훌륭한 대통령이 땅에서 솟아나는 것도 아니다. 그 정당에 그 후보이다. 국회의원 선거 한 번에 정부와 국회를 구성하는 의원내각제도의 개헌을 시도하고 대통령직선제는 이번만으로 끝내는 것도 한 방법이 될 수 있다. 2원정부제는 여소야대가 될 경우 운영하기 정말 어려운 제도이다.

국민의 대선승리, 유권자의 현명한 판단 관건

1. 머리말

12월 19일은 제17대 대통령 선거일이다. 집권 연장이냐 정권 교체냐의 갈림길에 서 있는 중요한 선거이다. 지금 대통령 선거는 갑작스러운 이회창 전 총재의 등장으로 양자 구도가 깨어지고 여야와 무소속의 3강구도로 재편됨에 따라, 선거 지형도 지각 변동을 예고하고 있다. 한나라당 이명박 후보의 독주에 제동이 걸리고 국민의 지지 2위에서 3위로 밀린 대통합민주신당도 비상이 걸렸다.

대통령 선거에서 중요한 것은 인물과 정당과 정책이다. 어느 후보가 3가지 요건에서 우위를 확보하느냐가 관건이다. 선택은 국민의 몫이다. 국민이 어떤 선택을 하느냐가 나라의 운명을 좌우하게 된다. 순간의 선택이 앞으로 5년간 나라의 운명을 좌우하게 되니 더욱 현명한 판단이 요구된다. 지금 이 나라는 대통령 선거에 함몰되어 나라의 꼴이 말이 아니다. 민생정치의 본산인 국회가 제 기능을 포기한채 상대당 후보의 흠집 내기에만 열을 올리고 있으니 국민은 안중에도 없는 모양이다. 일년 내내 대통령 선거에 국력이 소모되고 있다면 대통령 직선제 선거도 개헌의 핵심 사항으로 삼아야 할 것이다.

2. 상대 다수대표 선거제도

우리나라의 대통령 직선제 개헌은 1952년 발췌개헌에서 시작하여 제3공화국이 계승하고 1987년 제6공화국에서 정착하게 되었다. 5년 단임제의 대통령제가 다섯 번째 대통령을 선출하게 되었다. 우리나라의 대통령 선거제가 문제되는 것은 절대 다수대표 선거제가 아닌 상대 다수대표 선거제라는데도 있다. 전자는 유효투표의 과반수 이상 득표자를 당선자로 하는데 1차투표에서 당선자가 나오지 않을 경우 최다 득표자와 차점 득표자 2인을 상대로 제2차투표를 실시하여 당선자를 가리는 제도이고, 후자인 상대다수 선거제는 상대적으로 가장 많은 득표를 한 후보자가 당선되는 제도이다.

우리나라의 대통령 선거제도는 직접선거제도 가운데서도 상대 다수대표 선거제도라는데 문제가 있다. 절대 다수대표 선거제인 프랑스·오스트리아 등과 다르다. 사르코지가 대통령으로 당선된 프랑스는 2차 결선투표에서 당선자가 가려졌다.

우리나라는 1987년 12월의 대통령 선거에서 전체 선거권자 32%의 득표로 노태우 후보가 당선되는 경우가 생겨 민주적 정당성에 심각한 문제가 제기되었다. 민주주의는 과반수의 정치이다. 이러다가는 20%대의 당선자가 나올 수도 있다. 대통령 직선제를 고수한다면 개헌 시에 프랑스와 같이 경선투표제를 도입해야 할 것이다.

3. 제17대 대선 양태

이번 대통령 선거는 김대중, 노무현 대통령의 좌파정권 연장이냐 우파정권 교체냐의 갈림길에 선 치열한 선거전이다. 현 정권의 대미·대북 정책과 시장보다 분배를 우선시하는 정책에 대하여 대미·대북 정책의 수정과 분배보다 시장을 우선시하는 정책의 대결 양상이다.

국민의 지지율 50% 이상을 상회하던 이명박 한나라당 후보가 안정적 우세를 보이던 상황에서 돌연 한나라당을 탈당하여 무소속 후보로 나선 이회창 후보의 등장이 대선정국에 폭풍을 몰고 왔다. 이명박·정동영의 여야 양대 구도가 요동치고 있다. 문제는 이명박의 하락과 정동영 후보가 이회창 후보에 밀린 데 더욱 심각한 문제가 있다. 한나라당은 경선 이후 이명박 후보의 독선이 박근혜 전 대표를 자극하여 박근혜의 대선 협조가 쉽지 않게 되었다.

이회창 후보의 등장은 이명박 진영을 긴장시켰고 박근혜를 끌어안지 않고는 승리를 장담할 수 없는 처지가 되고 말았다. 이회창 후보의 지지층이 박 전대표의 지지층이라는 데 자극이 컸다. 이명박 후보는 기자회견을 통해 자기의 과실을 시인하고 겸허하게 도움을 청했다. 여기에 박근혜 전 대표는 이회창 전 총재의 내신 출마가 '정도가 아니라고 본다'고 하고 '한나라당으로 정권교체가 되어야 한다는 처음 생각에 변함이 없다'고 화답하여, 이명박 후보와 박근혜 전 대표와 갈등은 봉합되었다고 보아진다. 문제의 심각성은 신당의 정동영 후보 측이다. 지지도가 요지부동인 데다 여권 후보로 무소속 이회창 후보에게 2위 자리를 물려주고 있으니 답답하지 않을 수 없다. 여권 후보 단일화에 운명을 걸 수밖에 없다.

4. 대선 승리 요건

대선에 승리하려면 국민 다수에게 감동을 주어 표심을 얻어야 한다. 첫째, 후보자가 다른 후보와 비교하여 우수 자질을 가져야 한다. 신뢰성·능력·경력·정치력·추진력에서 뛰어나야 한다.

둘째, 국민 다수가 바라는 정책다운 정책이 나와야 한다. 대북·대미·경제·교육·환경 등 국민 다수가 공감하는 정책을 제시하여 국민의 감동의 지지를 얻어야 한다. 여권은 국민의 지지가 상승하지 않는 원인이 무엇인가를 분석해야 한다. 한때 대통령과 여당의 지지도가 10%대였는데 그 원인이 어디에서 나왔는지 반성하고 대책을 강구해야 한다. 현재의 정책 노선에 국민이 식상해 하면 과감하게 국민 다수가 원하는 방향으로 정책을 전환하여 국민의 마음을 움직여야 한다.

셋째, 정당이 대선에 큰 영향을 미친다. 정당의 국민 지지도 1위를 무시 못 한다는 것이다. 민주주의는 정당정치이기 때문이다. 내년 총선을 겨냥해서 안정 세력 확보가 정국 운명에 중요한 지렛대 역할을 하기 때문에 대통령과 정당 선택은 긴밀한 함수관계에 있다. 대선에서 정당은 하나로 뭉쳐야 한다. 정당이 일치단결하지 않으면 선거는 어렵다. 한나라당도 분열되어서는 안 되고 앞으로 여권의 통합 정당도 승리를 위해 하나가 되어야 하는데 시간이 촉박하다.

5. 국민의 대응자세

해방 이후 우리의 민주주의는 학생들과 국민들의 희생으로 발전의 발판을 마련했다. 4·19학생 의거와 6·10항쟁이 민주발전에 초석이 되었다. 이제 우리 사회에 부정투표와 개표는 발 붙이지 못하게 되었다. 투개표의 부정은 없다는 말이다. 문제는 투표에 대한 국민의 관심이다. 대한민국의 주권은 국민에게 있다는 말은 국민이 이 나라의 주인이라는 뜻이다. 주인으로서의 권리 행세는 투표장에서 가서 투표하는 것뿐이다. 투표장에서는 큰소리 칠 수 있다. 자기 마음대로 후보자를 선택할 수 있다는 말이다. 투표권 행사는 참정권과 다르다. 이것이 국회의원이 국회의장을 선거하는 것과 같은 공무 집행이라는 것이다. 국민들은 대통령 선거라는 1개의 선거인단에 공무원 자격으로 투표한다고 생각해야 한다. 대통령을 선거하는 '국가기관으로의 국민'인 선거인단에 충실하게 공무 집행을 해야 한다.

6. 맺는 말

12월 19일은 진보 정권 연장이냐 보수 정권 교체냐를 가름하는 중대한 대통령 선거일이다. 이번 선거에서 유념할 것은 후보 가운데 어느 후보가 타 후보에 비교하여 가장 대통령으로서 적임자냐 하는 데 있다.

　어느 후보가 국민을 편안하고 자유롭게 잘 살 수 있게 하겠느냐에 선택의 초점이 맞추어져야 한다. 정당·정책·인물에서 제일 나은 후보를 선택할 의무가 국민에게 있다는 점에 유념해야 한다. 최선의 선택이 아니면 차선의 선택이라도 해야 한다. 순간의 잘못된 선택이 나라의 운명을 좌우한다는 점에서 유의하여 투표에 임해야 한다. 투표권 행사가 공무 집행과 같은 차원임을 명심하여 기권은 하지 말아야 한다. 투표권 행사의 포기나 태만은 민주발전에 저해 요인임을 명심해야 한다. 이번 대선의 성공 여부는 국민의 현명하고 냉철한 심판이 관건임을 재삼 강조한다.

(2007.11.21.)

대선투표 공무집행, 비교우위 택하라

국민의 기본적 권리인 참정권에는 의무를 부과할 수 없으나 공무집행인 투표권의 불행사에는 의무를 부과할 수도 있다. 그런데 공무원의 공무집행에는 당연히 법적 의무를 과할 수 있으나 선거인으로서의 투표는 당연한 법적 의무가 아니기 때문에 각 국의 실정법에 따라 결정된다. 공무원은 자신의 동의에 따라 성립되지만 투표권 행사는 개별적 동의에 의하는 것이 아니고 법률에 의하여 국민으로서 일정한 연령에 도달하면 당연히 성립되기 때문이다.

민주주의 국가에 있어서 국가기관은 입법·행정·사법부 이 외에 '국가기관으로서의 국민'인 선거인단을 만들어 국가기관을 4기관에 분산시키고 있다. '국가기관으로서의 국민'인 선거인단의 중대한 기능은 대통령·국회의원 선거이다. 이 외에 국가의 중요한 정책에 대한 국민투표권, 헌법개정안에 대한 국민투표권 등이 있다. 대통령 선거에 대한 선거인단은 전국이 한 개의 선거인단이고 국회의원의 선거인단은 지역구 243개의 선거인단이 있다. 선거 당일 투표소에서 유권자의 투표권 행사는 단순한 행사가 아니고 이 나라를 5년 간 이끌어 갈 대통령을 선출하는 공무집행이기 때문에 책임이 막중하다는 것이다. 선택의 잘 잘못에 대하여는 전적으로 유권자가 책임져야 한다. 누구에게도 원망할 수 없다.

대통령 선거에서 유념해야 할 사항은 첫째, 출마한 대통령 후보 가운데서 가장 유능하고 훌륭한 후보를 선택해야 한다는 것이다. 먼저 후보는 오만하지 않고 겸손해야 한다. 대통령은 국민 위에 군림하는 것이 아니고 봉사하는 마음으로 항상 국민의 아래에 있어야 한다.

국민의 아픔을 몸소 체험하는 산업현장·농어촌현장·재래시장·상가·교육현장 등 심층의 생생한 생활현장을 답사하고 이들의 고통에 그 해결책을 모색해야 한다.

미국의 대통령사에서 추출해 낸 훌륭한 대통령의 조건은 겸손과 국민으로부터 믿음을 얻는 것이라고 했는데 믿음은 신뢰를 의미한다. 시대와 세계의 흐름을 감지할 수 있는 정치·경제·외교의 능력을 갖추고 확고한 신념을 바탕으로 추진력을 가진 지도자이어야 한다.

둘째, 후보자는 비전과 정책이 국민에게 감동을 주는 것이어야 한다. 지난 10년간의 실정을 분석하고 합당한 대안을 제시하여야 한다. 21세기 선진 대한민국의 구체적이고 역동적인 청사진을 제시하여야 한다. 우리의 정체성인 민주주의·시장경제·법치주의에 바탕한 정책을 마련하는 데 있어서 분배보다 성장을 앞세워 우선 경제를 활성화시켜 분배를 극대화하는 방안의 제시와 좌경화에서 손상된 대미·대북관계의 정상적인 복원으로 외교기반을 정상적으로 다지는 정책과, 대학입시의 혼선에서 비롯된 교육정책의 파행을 불식하는 세계화 시대에 대비한 교육의 자율성의 신장과 병행하여 사교육비의 절감 등 국민의 고통을 해소시키는 진정으로 국민이 주인되는 정치를 구사하는 정책과 비전을 국민들은 갈망하고 있다.

셋째, 대선에서 정당의 선택도 중요하다고 본다. 민주정치는 정당정치이고 정당도 인물과 정책으로 승부를 건다.

특히 내년 4월에 총선이 있기 때문에 대선에서 국민들은 총선을 등한시할 수도 없다고 본다. 당선 가능한 후보와 정당을 연계시키지 않을 수 없다. 여기에는 정당의 정책과 정당에 분포된 인물의 평가도 한 몫을 한다고 본다. 정당 가운데서 가장 국민이 원하는 정당이 바람직하다.

이번 대선은 정당·정책·책임 정치가 실종된 선거라고 평가되기도 한다. 아직까지 네거티브 선거 전략에 매달리고 있으니 정책은 실종될 수밖에 없다. 특히 대통령 선거는 후보자들의 정치철학·이념·비전·정책의 대결로 국민을 사로잡아야 하는데 BBK사건으로 선거판은 진흙탕 싸움으로 변질하여 오늘에 이르고 있다. 이번 선거는 국민들이 생계에 관심을 집중하다 보니 경제 외적인 정의 같은 것도 관심 밖으로 밀려나고만 선거판이 되고 말았다.

이제 국민들의 결단의 날은 며칠 남지 않았다. 특출한 후보가 없다면 인물·정책·정당을 종합하여 비교우위로 후보를 선정할 수밖에 없다. 후보자 가운데서 누가 능력·정책·정당에서 제일이냐를 가릴 수밖에 없다. 21세기 대한민국의 대통령으로서 국민을 편안하고 잘 살 수 있게 하는 대통령, 남북·대미관계에 있어서 국민 다수가 원하는 외교 선진화에 적합한 대선후보를 선택하는 중대한 임무 수행으로서의 투표권 행사는 국민 개개인이 공무집행이라는 사명감을 갖고 반드시 이루어져야 할 것이다.

(2007.12.13.)

정치발전 장애요인 중앙당 폐지하라

미국의 대통령제는 권력분립을 전제로 하여 입법부와 행정부는 분리 독립되어 있다. 국회의원은 장관이 될 수 없고 정부는 법률안 제출권도 없을 뿐만 아니라 장관이 국회에 출석하여 발언할 수도 없다. 우리와 같은 중앙당이 없어 정당의 위계가 결여되어 국회의원은 비교적 자유롭게 여당의원도 정부안에 반대하는 교차투표(cross-voting)가 이루어지고 있다.

우리나라는 대통령제이면서 의원내각제의 요소를 가미하여 국회의원이 장관이 될 수 있고 정부가 법률안을 제출할 수 있을 뿐만 아니라 장관이 국회에 출석하여 발언할 수 있다. 의원내각제 요소의 가미가 대통령의 권한 강화에 이용된다는 점이 문제점으로 지적되고 있다. 국회의 정부 견제기능에 장애요소가 될 수 있다는 것이다. 이같은 기능이 여대야소의 경우는 원활하게 수행될 수 있으나 여소야대가 될 경우에는 벽에 부딪치게 된다. 중앙당이 건재하여 정당의 위계질서 확립으로 교차투표가 어려워 정책수행에 지장을 받는다는 것이다.

우리나라는 공룡 중앙당이 정치발전에 장애를 가져오지 않는 지한 번 짚고 넘어가야 한다. 헌법 제8조 2항에 '정당은 그 목적·조직과 활동이 민주적이어야'한다고 규정하고 있다. 당 내부에 있어서도 민주적이어야 한다는 말이다. 이것은 당기구의 구성·당의사 결정·공직선거후보자의 추천 등이 민주주의 원칙에 따라 이루어져야 함을 의미한다. 제18대 총선에서 양대 정당은 공천이 민주주의 방식으로 이루어졌느냐는 것이다. 몇몇 인사로 공천심사위원회를 구성하여 하향식으로 지구당 공천과 비례대표 공천을 하였다. 중앙당이 장악한 공천은 민주주의의 원칙에 반할 뿐만 아니라 금권이 개입할 소지가 있는 부적절한 방법이다.

통일민주당은 대쪽 박재승 위원장의 칼날공천으로 비난을 비켜갔지만 비례대표 공천에서 공천혁명을 흩뜨리고 말았다. 한나라당의 공천심사의 파행은 당권경쟁에서 비롯되었다고 본다. 정권을 장악한 친이세력이 공천을 전횡한 것이 문제의 발단이었다. 국회를 장악하여 친박이 당권을 장악하지 못하게 하여야 한다는 전략이 공천의 파행으로 치달았다. 결국 주도권 세력은 선거에서 몰락하고 말았다.

당권경쟁은 중앙당에서 비롯된 것이기 때문에 중앙당이 없으면 일어나지도 않을 일이었다. 공천을 민주주의 방식으로 지구당에서 상향식으로 공천하면 아무런 문제가 없는데 왜 사서 하느냐는 것이다. 공천을 중앙당에서 독식하는 데는 이유가 있겠지만, 민주주의에 반한다는 명분 앞에는 모두가 무력할 수밖에 없다. 더 심각한 것은 지자체의 장이나 의회의원도 공천에 간섭하는 것은 지방자치제의 대

원칙에 반하는 것이다.

지방자치제는 주민자치이다. 특히 기초자치제는 정당공천을 배제시켜야 한다. 국회의원들이 자기의 편의와 권익을 위해 법 개정을 하지 않는 것은 정말 국회의원들의 자질을 의심케 하는 대목이다.

양대 정당은 7월 중에 전당대회를 개최한다고 하는데 벌써부터 이번 전당대회가 18대 대선의 전초전이라는 말이 나온다. 전당대회가 당권경쟁의 투쟁장이라면 이 같은 전당대회가 필요하냐는 것이다. 대통령 선거의 전당대회는 대통령 선거가 있는 해에 하면 된다.

민주당은 대선과 총선의 참패로 당 지도부가 공황상태이고, 한나라당은 공천의 후유증으로 친이·친박의 관계가 미묘한 기류에 휩싸여 있다. 여기에 정몽준 의원이 가세하고 서울시의 뉴타운 지정문제로 오세훈 시장이 가세하고 있다. 문제는 대선의 전초전인양 전당대회가 술렁이는 것을 국민들이 원하고 있는지 한번 물어 보라. 국정의 난제를 푸는 것이 당권경쟁이나 전당대회에 앞서는 것임을 잊었느냐고 묻고 싶다.

국정의 원활한 수행을 위해 여당은 단합해야 한다. 지금은 친이·친박을 따질 때가 아니다. 아직도 대통령 선거까지는 5년의 시간이 있다. 이명박 대통령이나, 박근혜 의원은 다 같이 한 발짝씩 물러서서 손잡고 화합하여 쌓인 국정의 난제를 풀어가야 한다. 손은 강자인 이명박 대통령이 먼저 내밀어야 한다. 국정운영의 중심은 중앙당이 아니고 미국처럼 한나라당의 원내대표가 되어야 할 것이다. 국정의 틀은 법률로써 짜기 때문에 행정의 중심은 대통령이지만 의회의 중심은 다수당인 여당의 원내대표가 중심이기 때문이다.

미국은 우리와 같은 중앙당이 없다. 공화·민주 양당의 전국조직은 중앙위원회 정도이다. 이 위원회는 4년마다 열리는 정·부통령 후보 선출과 정강·정책 승인을 관장하는 조직일 뿐이다. 대선 때 한시직으로 활동하는 조직인데, 중앙위원회 의장이 그때 정당의 대표가 될 뿐이다. 중앙당 전당대회는 상·하의원 후보나 주·시·군 후보선출에 전혀 영향력을 행사 못한다.

미국의 모든 선거의 후보는 완전 자유경선을 통해 행해진다. 미국의 정당의 우두머리는 중앙당 의장이 아니고 정당의 원내총무이다. 실제 당지도자라고 불린다. 정당은 입법 활동이 주 무대이고 입법 활동의 본산은 의회인 만큼 당의 원내 사령탑인 총무가 당의 1인자가 되는 것은 당연하다.

우리나라도 미국처럼 정치발전에 장애가 되는 중앙당 제도를 폐지하고 대선 때 전당대회를 관장하는 중앙위원회를 한시적으로 설치하는 제도의 도입이 바람직한 방향이고, 정당의 제 1인자는 국회의 원내총무가 담당하는 것이 합리적인 선택이라고 판단된다. 소모적이고 비민주적인 중앙당과 전당대회는 폐지하는 것이 한국의 민주주의 발전을 위해 바람직할 것이다.

(2008.4.28.)

총선 국민 각성, 정당구조 뜯어 고쳤어야

　　총선 때마다 되풀이 되는 악폐는 지역감정과 정당의 독재체제 운영
이다. 이번 18대 총선도 예외가 아니다. 호남과 영남은 민주당과 한나
라당의 공천만 받으면 막대기라도 내세우면 당선이 보장되는 따 놓은
당상이라는 말이 거짓이 아니니 딱한 노릇이다. 충청권은 이곳 출신
인 이회창 총재의 자유선진당이 지역감정을 부추기고 있다. 이렇게
공천이 당선과 직결되니 후보자는 자질·능력·의정활동보다 정당의
실세 등에 목숨을 걸게 된다. 이제는 국민들도 각성할 때가 되었다고
본다. 후보 가운데 가장 자격미달 저질인데도 정당만 보고 투표하는
태도는 바로 잡아야 한다. 저질 국회의원으로 하여금 날치기와 결투
장의 저질 국회로 만들게 해서 안 되기 때문이다. 최고의 적임자를 지
역구와 비례대표로 당선시켜야 한다. 지역구 후보의 공천은 지역구
소속 당원들에 맡겨 공정하게 후보자를 선정하도록 정당구조를 고쳐
야 했다. 영국에는 지역구마다 심사위원회를 구성하여 후보자를 심사
한다고 한다. 우리나라는 심지어 지자체의 광역·기초를 막론하고 장
이나 의원을 중앙당에서 좌지우지하고 있으니 소가 웃을 노릇이다.
저질 국회가 자기들의 권익을 위한 작태인 것이다.

이번 양대정당의 공천심사위원회의 심사 결과의 평가는 한나라당은 잘못됐다는 평가가 잘 됐다는 평가의 2배가 됐고, 민주당도 근소한 차이지만 잘못됐다는 평가가 높았다. 그나마 민주당은 박재승 위원장의 원칙과 뚝심의 심사로 총선에 기여했다는 평가를 받았지만 나눠먹기식 비례대표 공천으로 공천혁명을 희석시켰다. 양당의 공심위의 공천에 탈락한 후보가 무소속 등으로 출마한 양상은 이번 총선의 특성이기도 하다. 역대 총선에서 무소속 후보 당선자가 줄어들어 17대 총선에서는 2명뿐이었는데 이번에는 늘어날 것으로 예상된다. 특히 영남권에서 한나라당에서 낙천한 후보들이 무소속·친박연대로 출마하여 당선권으로 진입한 후보가 많은 것은 한나라당 공천이 잘못됐다는 것을 입증하는 징조이기도 하다. 530만 표 차로 압승한 이명박 정부가 장관임명부실·공천파동·돈 봉투 사건 등으로 과연 안정 세력 구축에 성공하겠느냐는 것이다. 경선에 깨끗이 승복하고 집권을 도운 이들을 보복하고 흠 없는 사람들을 팽개치고 당권경쟁에 눈이 멀어 공천결과 이명박파가 박근혜파의 3배가 되게 하였는데 가슴에 손을 얹고 반성해 보라. 한나라당이나 민주당에서 탈락하여 무소속이나 친박연대로 입후보한 후보들의 뿌리는 민주당과 한나라당이다. 이들이 당선되어 입당을 원한다면 공천의 잘못을 시인하고 이들을 받아들여야 한다. 이것이 민심인지 모른다. 만약 한나라당이 과반수의석에 미달한다면 엎드려 절하고 이들을 받아들여야 할 것이다. 총선에 실패한다면 이 당선자의 실패로 끝날 문제가 아니고 한나라당 정권 전체의 실패와 버금갈 것이고, 앞으로 거의 국회와 같이 할 임기 동안 소신껏 정책을 수행할 수 없다는 데 심각한 문제가 도사리고 있다.

지금 한나라당은 160석 이상의 안정의석을 국민에게 호소하고 있고, 통합민주당은 개헌저지선인 100석 이상의 견제의석을 요구하고 있다. 영남권 68석과 호남권 31석을 제외한 수도권 111석, 충청권 24석, 강원·제주 11석이 접전지역으로 부상하고 있다. 최대의 승부처인 수도권의 향배가 대선판도를 좌우할 것이다. 국민들은 한나라당을 찍어 국정안정을 도모할 것이냐, 야당을 지지하여 독주를 견제할 것이냐 하는 기로에 서 있다. 민주화 시작 1987년 이후 집권세력이 의회권력까지 장악한 경우는 거의 없었다. 2004년 탄핵역풍으로 과반수를 얻었으나 곧 이어진 재·보궐선거에서 몇 달을 넘기지 못했다. 전례로 보아 여소야대의 가능성도 배제할 수 없다. 민심은 생물과 같아 고정된 것이 아니고 어떻게 돌변할 지 누구도 장담하지 못한다. 그렇기 때문에 출구조사도 정확성이 떨어진다는 것이다.

4·9총선은 민생과 국운이 걸린 중요한 선거이다. 정치의 2대 축의 하나인 국회가 좋은 입법과 정책을 잘하면 국운이 융성해지고, 입법을 잘못하고 나쁜 정책을 남발하면 국운은 쇠퇴하고 말 것이다. 그 막중한 책임이 국회의원에게 있기 때문에 선택의 의미가 막중하다. 여당에 안정의석을 줄 것인가 야당에 견제의석을 줄 것인가의 결정은 오직 국민의 지혜로운 판단에 달렸다. 안정과 견제의 조화로운 선택을 기대해 본다. (2008.4.4.)

정당정치 붕괴 위기 국회의원의 자업자득

민주주의의 핵심은 정당정치이다. 정당은 선거를 통해 국민 다수의 진정한 여론을 확인하고 이것을 정책과 입법에 반영한다. 정당정치의 중심은 국회이고 구체적인 역할은 국회의원이 담당한다. 과연 국회의원이 국가와 국익·국민을 위해 성실하게 자기 직분에 최선을 다했는지 반성해 보라. 지금 국민들은 여야를 막론하고 불신과 불만·불평 등으로 팽배해 있다. 실정의 연속이 누적된 결과이다.

지방자치단체의 장과 의원 공천의 국회의원 낙점, 법정기한을 넘기는 중요한 예산안의 졸속 처리, 정기국회 말에 민생법안 등 무더기 졸속 통과, 소수의원에 의한 국회 의사진행 방해와 국회의 기물파괴, 무질서 자행은 초등학교 자치회보다 못한 의사진행, 선심성 공약으로 빈 공단과 기업도시·적자투성이의 지방 국제공항, 국회의원의 세비·연금 인상의 여야의원의 단합, 어려운 국가 경제 사정인데도 강원도에 500억 규모의 국회연수원 건립 등을 보고 국민들은 국회의원들을 바로 보겠느냐는 것이다.

지금도 국회는 한미 FTA비준 처리문제로 국민들의 빈축을 사고 있다. 한미자유무역협정은 국민 다수가 찬성하고 국익과 연계되고 미국은 이미 여야 합의로 양원에서 비준이 끝나고 대통령도 서명했다. 야당이 반대하는 ISD(투자 국가소송제도)도 한국과 외국이 맺은 투자협정 85개 중 81개가 이미 ISD를 채택하고 있어 별 문제 없는데도 민주노동당이 반대에 앞장 서 있는데 민주당이 뒤에서 조연하고 있다. 6석인 민주노동당에 87석의 민주당이 끌려가고 169석의 한나라당은 속수무책으로 당하고 있는 꼴이다. 이 모두가 국익은 뒤로 하고 내년 4월의 총선에서 자기들 표만 계산하고 있는 소탐대실을 모르는 우를 범하고 있는 것이다.

이 같은 정당정치의 불신에 안철수의 돌변현상이 나타난 것이다. 10·26재보궐 선거에서 야권단일 후보인 무소속의 박원순 서울시장 후보가 서울시장으로 당선됨으로써 정당정치에 지각 변동이 일어났다. 제1야당인 민주당은 후보를 내지 못한 불임정당으로 전락하고 제1정당인 여당의 한나라당 나경원 후보는 7% 차로 낙선의 고배를 마셨다.

이번 선거에서 한나라당과 민주당은 정당으로서의 존재가치에 심대한 타격을 받은 것이다. 정당정치 붕괴의 위기라고 해도 과언이 아닌 상처를 받은 것이다. 이것의 진원지는 안철수 서울대 융합과학기술대학원장이다. 안 원장의 돌풍은 기성정당에 불신과 반발이 도화선이 되었다. 안 원장은 원칙·상식·공정 등의 가치를 중요시하고, 그는 진보·좌파의 색채에 부담을 갖고, 안보는 보수, 경제는 진보파 내 좌우 논리에 빠지지 않는 중도를 견지하고 있다고 본다. 무당파와

20대에서 40대 지지율 40%대가 계속될 경우 박원순 시장의 방법대로라면 대선 도전도 가능하다는 것이다.

정당정치의 위기 속에서 한나라당이나 민주당은 돌파구를 찾아야 할 것이다. 민주당은 어렵지만 정권창출을 위해서는 야권통합에 매달릴 것이고 상종가인 안철수 원장의 영입에 관심을 가질 것이다. 한나라당은 당장 내년 4월의 총선에 매진해야 할 것이다. 민주당은 야권 단일후보로 승부를 걸 것이다. 한나라당은 중앙당 폐지문제를 제기하는데 옳은 방향이라고 본다.

중앙당에서 국회의원 공천권을 행사해서는 안 된다. 후보는 당원들이 결정하는 상향식 방식이 좋다. 개혁공천과 함께 참신하고 유능한 인물을 영입해 선거혁명을 이룩해야 한다. 정당정책도 중산층과 젊은층의 피부에 와 닿는 균형성장을 채택해 이들에게 용기와 희망을 안겨주어야 한다. 안철수 현상을 잠재우고 정당정치의 복원을 위해서는 여야는 환골탈태하는 새 정당 창조의 발전적인 변혁을 가져와야만 한다.

(2011.11.15.)

대통령과 내각 총사퇴 논쟁 방향

세월호 사고로 단원고 학생들의 처절한 희생 앞에 참혹한 고통을 안고 한 달 동안 자기 일처럼 통곡하고 분노한 우리의 엄마들은 무고한 어린 학생들이 수장된 바다 위로 우리들의 초라한 모습이 떠올랐기 때문일 것이다. 청해진해운과 항만비리를 엄단한다고 해도 어린 생명을 수장시켰다는 공범의식은 없어지지 않고 참사는 국제사회에서 한국 사회의 흉측한 민낯으로 고개도 들 수 없는 사건이었다.

박근혜 대통령은 5월 19일 종합적 대국민 사과문을 발표했다. 5개 분야 27개 항의 후속조치도 약속했다. 연설 마지막에 숭고한 희생정신으로 죽음을 맞은 10명의 이름을 부르면서 눈물을 흘렸다. '최종적인 책임은 대통령인 저에게 있다'며 무한책임을 인정하고 사과했다. 대통령의 책임을 거론하면서 사퇴니 하야를 주장하는 이도 있지만 여기서 책임은 정치적 도의적 책임이지 법적 책임이 아니기 때문에 법적 구속력도 없다.

이번 대통령의 담화에는 내각의 개편이나 총사퇴 문제는 빠졌다. 사고 수습단계에서 내각개편은 필수적이라 할 수 있다. 개편에서 초점은 총사퇴 문제이다. 세월호 사태의 중대성에서 본다면 의원내각제 국가이면 내각 총사퇴에 해당된다고 본다. 내각 총사퇴와 동시에 총선을 실시해 여당이 다수당이 되어 승리하면 계속 집권을 하고 패배하면 다수당이 된 야당이 집권하게 된다. 대통령제인 우리나라는 대통령의 국회해산권도 없고, 국회도 국무총리나 국무위원의 개별적 해임 건의권은 있지만 내각 총사퇴 의결권은 없다.

야당은 세월호의 책임을 물어 내각 총사퇴를 주장해 왔다. 세월호 사태 이후 새누리당은 내각 총사퇴 주장이 수면 아래 잠복해 있었는데 6·4지방선거에서 악재로 작용한다는 판단 아래 당지도부가 내각 총사퇴를 들고 나오게 된 것이다. 대통령의 후속조치의 하나인 내각 총사퇴로 국민이 원하는 인물로 총리와 국무위원을 개편함으로써 지방선거에서 기선을 잡겠다는 것이다. 지금의 지방선거 판세는 여당이 열세이고 특히 수도권인 서울·인천·경기의 세 곳이 새정치연합이 우세로 나타나 새누리당이 긴장하고 있다.

내각개편에서 소폭·중폭·대폭은 대통령의 의중에 달렸다. 세월호 사태와 관계 있는 장관과 그동안 문제된 장관을 포함한 중폭의 교체가 고려될 것인지? 완전 교체의 경우는 청문회 등을 고려한다면 국정수행의 지연과 사태수습 등에 지장을 초래할 가능성도 있다. 일괄 사표를 제출해 선별적으로 수리하고 교체되는 장관을 최적임자를 임명하는 방법이 현실적으로는 타당한 방법이 될 수 있을 것이다.

우선 대통령의 담화 내용인 신설되는 국가안전처, 행정혁신처, 안행부와 해수부의 직제개편을 위해서는 정부조직법이 먼저 국회를 통과해야 한다. 문제는 조직 개편도 중요하지만 더 긴급하고 중요한 것은 인물의 선택이다. 대통령은 관피아의 척결을 강조하지만 이에 못지않게 낙하산 인사가 더 나쁘다는 점을 인식해야 한다.

전문성과 경륜, 청렴성, 추진력 등을 따지지 않고 논공행상식 낙하산 인사는 이젠 접어야 한다. 세월호 참사의 희생이 헛되지 않기 위해서는 이번의 개혁이 대통령의 임기상으로도 적기임을 감안해 환골탈태라는 강력한 의지로 개혁과 인사를 추진해야 한다. 국민 모두도 우리는 이제 대충대충 살아서는 안 되고 원칙과 기본을 지키는 사회로 탈바꿈해야 할 것이다.

(2014.5.27.)

정치 이탈 역주행 대선정국

　제17대 대통령 선거는 11월 25일~26일 후보등록 이후 공식적인 선거운동이 시작된다. BBK수사 발표가 사본·계좌 확인의 어려움 때문에 후보등록 이전에 수사 결과를 발표하는 것이 어렵고, 발표 시기는 김경준씨 구속기간이 끝나는 12월 5일 이전이 될 가능성이 높다. 이렇게 되면 대선의 유력한 후보 이명박·이회창·정동영 세 후보의 등록에는 변함이 없을 것이다. 문제는 이번 대선의 과정을 지켜보는 국민의 눈이 따갑다는 데 있다. 정치(政治)는 정치(正治)가 원칙이 되어야 하는데, 지금 대선정국은 정치(正治)가 없고 모략과 중상과 혼란만 난무하는 진흙탕 싸움만 판을 치고 있다. 그 중심에는 대선후보가 등장한다. 한나라당 이명박 후보 이외의 모든 후보는 41세의 김경준이라는 사기꾼의 입에만 매달려 온통 거기에 희망을 걸고 있는 형국이다. 갑작스럽게 예고 없이 한나라당을 탈당하여 무소속 후보로 등장한 이회창 전 총재는 대선정국에 충격과 파장을 일으켰다. 단숨에 제 1당의 통합신당의 정동영 후보를 누르고 지지도 2위로 부상하여 선거판도에 지각변동을 가져왔다. 여기에 자극받은 정동영 후보는 후보 단일화에 운명을 걸고, 이명박 후보는 위기감에서 박근혜 전 대표에게 사과하고 협조를 요청하는 계기를 마련했다. 대선의 대결은 비전과 정책의 대결이 원칙이고 정상이다. 이번 대선은 이 원칙이 무너진 지도 오래이다. 정기국회의 본회의나 국정감사도 후보들에 대한 네거티브 공세로 일관했으며, 국회의 본연의 임무는 팽개친 채 오직 자당 후보의 옹호나 타당 후보의 흠집내기만 일관하였고, 대통령 선거 사상 유래 없는 혼란과 추태만이 난무하고 있으니 정치의 정도는 찾을 길이 없다. 정치 혼란의 진원지를 보면 다음과 같다.

첫째, 대통합민주신당의 정동영 후보는 여권 후보 단일화와 이명박 후보의 BBK주가조작 관련의혹에 집착하고 있다. 여기에 자기의 운명이 걸려있다고 생각할지 모른다. 이회창 후보의 등장으로 단일화에 집착한 나머지 민주당과의 당 대 당 통합에서 당의 여론 수렴 없이 밀어붙여 통합이 무산위기를 맞았다. 원내 제 1당 140석의 통합신당과 8석의 민주당과 지분 5대 5는 정치상식으로도 이해가 되지 않는 결정을 당 대표와 후보 등 4명이 합의한 것이 원인이었다. 민주당과의 통합은 무산되고 창조한국당 문국현 후보도 정동영 후보의 사퇴문제를 들고 나오는 것을 보면 단일화가 어렵다고 본다. 앞으로는 BBK문제의 향방에 따라 단일화 성사를 기대하는데 두고 보아야 할 것이다.

둘째, BBK 의혹 사건 주범 김경준씨가 한국에 소환되어 검찰 수사를 받게 됨으로써 이번 대선의 중심에는 김경준씨가 자리잡아 온통 대선정국을 뒤흔들고 있다. 대선후보들은 사기·횡령범의 입에서 무슨 말이 나오는지 그 입만 쳐다보고 있다. 이 난장판에 누나 에리카 김이 가세하여 10.43kg의 소포를 보내왔다. 수사기간이 더 길어 질 수밖에 없다. 대선 전에 사건의 전모와 진실을 밝혀야 한다는 압박을 검찰은 받고 있다. 진실과 신속한 수사는 상극관계에 있다. 진실을 가리기 위해서 신중한 수사가 필요하다. 검찰로서는 아직 계약서 원본을 확보하지 못한 상태이다. 선거기간 중 수사결과 발표는 뇌관을 건드리는 것과 같다. 결과 발표는 어느 쪽에서든지 불란이 터질 가능성이 있기 때문이다. 사법적 진상을 밝힐 것이라고 말했지만 정치적 여지가 많기 때문에 어렵다는 것이다. 그렇다고 미룰 수도 없으니 최선을 다하여 수사하고 조속히 진상을 국민 앞에 밝혀야 할 것이다.

셋째, 무소속 이회창 후보의 등장은 대선판을 뒤집어 놓았다. 정권교체를 위해 이명박 후보가 불안하니 출마했다고 하나 벌써부터 출마의 뜻이 있었다고 본다. 두 번 대선에서 낙마하고 한나라당을 차고 대선 출마한 것이 그의 전력으로 보아 박근혜 전대표의 말과 같이 정도가 아니라는 것이다. 이명박 후보와 협력해서 정권 교체하겠다는 생각도 없는 것 같다. 문제는 야권이 분열하여 정권교체를 놓치면 여기에 대한 비난을 이회창 총재가 져야 한다는 데 있다.

넷째, 지금 대선이 혼란의 와중에 있는 것도 어쩌면 이명박 후보가 BBK에 원인을 제공한 측면에서 비롯됐다고 본다면 일정 부분 책임이 있다고 본다. BBK 주가조작은 검찰과 법원에서 가려질 문제이지만, 이후보는 자기의 건물관리인으로 자식들을 위장취업시킨 것이

BBK 사건 못지않게 수치스러운 것임을 인식해야 한다. 자기관리의 부실함을 반성해야 할 것이다.

앞으로 대선 선거운동기간 후보자나 국민들은 냉정한 이성으로 돌아와야 한다. 대선이 범죄자 한 명에 좌우되어서는 안 된다. BBK 사건이 제2의 김대업 사건으로 비화되어서도 안 된다. 그러나 선거 기간 내내 BBK 사건이 도마 위에 올라 논란거리가 될 소지가 다분하다고 본다. 문제는 주권자인 국민이 냉정하고 현명하게 대처해야 한다. 후보자들은 소모적인 네거티브 전략에서 과감하게 탈퇴하여 비전과 정책으로 대결해야 한다. 오늘의 경제·안보·외교·교육·환경 등의 실정을 낱낱이 분석·비판하고 여기에 대안 제시로 후보끼리 공정한 경쟁을 하여야 한다. 정권유지와 교체의 정당성을 국민에게 알려 지지를 얻어야 한다. 미래 한국의 선진 민주국가로의 도약을 위한 명백한 청사진도 제시하여 국민으로부터 호응을 얻어야 할 것이다. 공약은 공약(空約)이 되어서는 안 되고 실천 가능하고 국민을 감동시킬 공약을 제시하여야 할 것이다. 대선이 갈수록 나아져 발전적인 변모를 해야 하는데 정치정도를 벗어나 역주행을 하고 있으니 통탄을 금할 수 없다. 국민들은 감정적으로 후보자를 선택하지 말고 앞으로 5년간 국민을 위해서 일할 가장 훌륭한 대통령을 선택할 무거운 책무가 있음을 절감하고 투표에 임해야 할 것이다.

(2007.11.23.)

대선정국, 만델라의 치적을 귀감 삼아라

지금 대선정국은 한마디로 난장판이다. 대통령과 여권이나 야당은 다 같이 브레이크 없이 질주하는 자동차와 같다. 한나라당의 두 유력 대권주자는 당대표의 경고도 아랑곳 하지 않고 상대후보 흠집내기에 연일 여념이 없고, 여권은 대선승리라는 명분으로 당을 깨고 나와 세 갈래 범여권 주도권 쟁탈전에 매달려 있다. 전현직 대통령은 전무후무한 대선개입으로 전국을 흩뜨리고 있으니 이러다가는 대선이 제대로 치러질지 우려하는 국민이 많다. 난장판으로 함몰되어가는 이 시기에 혜성처럼 나타나 국민에게 감동을 안겨줄 위대한 지도자는 없을까? 지금 거론되는 대권주자 가운데 국민의 심금을 울릴 감동의 정치인은 보이지 않고 있다.

이 시기에 유독 가슴에 와 닿는 지도자가 있다. 그가 바로 남아공화국 만델라 전 대통령이다. 미국 라이프 잡지가 선정한 지난 1000년 동안 세계를 만든 일백인 중 만델라가 유일하게 현존하는 인물로 뽑혔고, 영국 BBC방송 인터넷판이 세계의 지도자 베스트 11에서 만델라 전 남아공화국 대통령이 1등으로 꼽혔다. 그는 인권단체인 국제 엠네스티가 수여하는 가장 권위 있는 상인 양심대사상을 받게 되었고 백인정권의 탄압과 회유를 물리치고 아파르트헤이트(인종차별정책)를 종식시킨 공로로 1993년 노벨평화상을 받았다. 만약 세계정부가 생긴다면 대통령 1위가 만델라가 될 것이다.

그렇다면 세계가 그를 추앙하는 이유가 무엇인가. 남아공화국은 350년 동안 백인이 흑인을 차별·대학살·가난·기득권·양극화 등 잔인한 만행을 저지르고 통치한 나라였다. 300 가지 이상의 흑백차별법으로 흑인을 탄압했고 백인우월사상을 합법화시켰다. 이에 분노하여 만델라는 총을 들고 게릴라 항전에 몸을 던졌다. 그의 분노는 당연한 것이었다. 그는 국가전복죄로 1962년에 종신형을 선고 받고 복역였다가 1990년에 석방되었다. 그는 수용소에서 정치보복의 독을 키운 것이 아니고 조국과 인류의 미래를 위해 무엇을 해야 할 것인가에 골몰했다. 그는 감옥에서 나오자 백인 응징의 흑인 청년들 앞에서 "당신들의 무기를 바다에 버려라"라고 외쳤다. 8만 명의 군중앞에서 한 유명한 케이프타운의 연설로 화해의 기폭제가 되었다. 그는 1994년 대통령으로 당선되었다. 대통령이 되자 지배자 백인에게 먼저 화해의 손을 내밀었다. 백인정권의 항복선언으로 조성된 남아공화국의 흑인 해방공간은 일촉즉발의 화약고를 안은 순간이었다. 많은 젊은 층의 흑인이 민중봉기를 통한 혁명을 원했다. 그러나 백인은 여전히 군과 경찰을 장악하고 있었으며 인구 10%의 백인이 80%의 부와 국가 운영의 노하우를 갖고 있었기 때문에 이런 현실을 흑인민중에게 정확하게 인식시키고 화해 코스에 동참하게 하였다. 흑백의 응어리를 뛰어 넘는 것은 끈질긴 대화뿐이라는 것이었다. 협상에는 시간을 두지 않고 타결될 때까지 대화를 계속했다. 헌법제정도 정권출범 3년이 지나서야 만들어졌다. 지금 남아공화국은 만델라정권 출범 이후 아프리카에서 가장 잘 사는 희망의 민주주의 나라로 변신하고 있으며, G8(세계 주요 8개국)외에 중국 등 5개국을 더 참가시킬 경우 남아공화국이 포함된다고 한다.

흑백의 원수를 화해로 단합시킨 만델라 대통령을 보라. 같은 당 대선후보끼리 원수가 되어 싸우는 광경을 만델라 대통령은 어떻게 볼 것인가. 화합하지 않고 서로 물고 늘어지면 결국 서로가 상처 받고 망한다는 위기감을 느껴야 한다. 만델라 대통령이 대통령 당선 이후 흑인들의 봉기를 방치했다면 피의 킬링필드가 되었을 것이고 남아공화국은 흑인정권 짐바브웨 같은 몰락의 길을 밟았을 것이다. 짐바브웨는 백인 토지를 빼앗아 흑인에게 나누어주는 등 대결국면으로 들어가 우수한 백인 인재와 자본이 떠나고 외국자본을 외면해 몰락하고 말았다. 이것이 남아공화국에는 반면고사가 되기도 했다.

만델라는 자신에게는 엄격했다. 스캔들에 오른 부인도 버렸다. 부정부패에 무릎을 꿇은 측근도 과감하게 정리했다. 보은인사·낙하산 인사가 여전하고 부정에 연루되어 형을 살고 있는 측근을 특사로 석방시키고 사면까지 시켜 장관 등 고위 관직에 앉히는 대통령이 곱씹어야 할 대목이다. 전직 대통령은 아들이 부정에 연루되어 감옥에 갔다 왔는데도 사면과 복권에 의해 국회의원에 당선시켰다. 만델라 대통령이었다면 이렇게 해서 당선시켰겠냐는 말이다. 그는 감방 동지들에게 베푼 유일한 배려는 대통령 취임식에 초대한 것뿐이었다고 한다. 그는 5년 임기를 마치고 미련 없이 물러났다. 보통 인간이면 27년 옥고에서 당선된 대통령이었는데 한 번 더 하고 싶은 욕망은 있었을 것이다. 그러나 그는 미련 없이 용퇴했다.

대선정국으로 어지러운 시점에 만델라 전 대통령을 상기시키는 것은 우리의 정치가 상식과 도덕성에 어긋나고 지도자의 판단이 국민의 사활과 직결되기 때문에 세계에서 가장 존경 받는 위대한 지도자의 행적을 조명하여 대통령과 대권주자들이 겸허하게 수용할 것을 바라는 마음에서 거론한 것뿐이다. 대선주자들은 국민이 싫어하는 네거티브 전략에서 과감하게 탈퇴하여 정책으로 당당하게 대결하고 임기말 대통령은 민생과 경제안정에 총력을 쏟고 공정한 대선관리에 주력하여 유종의 미를 거두기를 국민들은 갈망하고 있다. 그 해법은 만델라 전 대통령의 치적에서 해법을 찾아야 한다.

(2007.7.3.)

국회무용론이란 오명 벗어라

국가기관에는 꼭 있어야 할 기관과 있으나 마나 한 기관과 없애야 할 기관이 있다. 후자의 기관들은 국가발전에 도움도 되지 않고 예산만 낭비하는 기관이다. 그런데 꼭 필요로 하는 기관인데도 그 기능을 다하지 못하면 있으나 마나 한 기관으로 전락하고 만다. 국회는 없어서는 안 될 국가의 헌법상 필수기관이다. 이 같은 필수기관이 자기의 소임을 다하지 못하기 때문에 국민으로부터 무용론이 대두되고 있으니 한심하다. 국가의 모든 법률과 예산안도 반드시 국회를 통과해야 한다. 국가의 중요한 현안이 국회에서 다루어지고 국정감사·조사를 통해 행정부를 통제·감시·감독한다. 이 같은 중요한 입법부가 방탄국회·졸속국회·변칙국회·통법부(通法府)·중우정치 등으로 무용론이 대두되는데 이제는 과감하게 새로운 모습으로 변신해야 한다.

필수적 헌법기관의 역할

이 변신의 계기는 이번 제16대 마지막 정기국회에서 꼭 보여주어야 한다. 지금 노무현 정부는 대 국회관계에서 난관에 봉착하고 있다. 국회가 슬기롭게 대처하지 않으면 파국에 직면할 수도 있다. 형식상으로 여당이 없는 정국이다. 실질적으로 정부를 받쳐주고 대변할 정당으로 지금 갓 태어날 통합신당이 있기는 하지만 국회의원 정족수 6분의 1정도로는 거대야당인 한나라당과 민주당·자민련의 공동보조에 역부족이 되지 않을 수 없다. 야당이 마음만 먹으면 대통령의 탄핵과 헌법개정도 가능한 재적의원 3분의 2를 훨씬 넘기고 있으니 정부에 위협이 아닐 수 없다. 그런데 이번 정기국회에서는 국정현안들이 산더미처럼 산적해 있다. 이런 문제들을 신속하게 해결하기 위해서는 이전투구식인 정쟁은 삼가야 한다. 만약 정쟁으로 정기국회를 소일하여 회기 말에 무더기로 졸속 처리하는 전례를 답습한다면 국민들은 내년 국회의원 총선에서 매서운 심판을 하게 될 것임을 명심해야 한다.

정기국회에서는 국정감사와 예산안 심의 등 다급한 문제가 줄을 서고 있다. 대외적 문제와 관련하여 이라크 추가파병·주한미군 재배치·북핵문제와 대내적 문제로 태풍 피해복구 추경예산·원전문제·새만금사업·청년사업 등 난제들이 앞을 가로막고 있다. 이같이 벅찬 문제들이 정부의 갈팡질팡하는 행정 때문에 중심을 잡지 못하고 머뭇거리고 있다. 빨리 결정해야 할 사항을 머뭇거리거나 미루고 있다면 여기에서 파생되는 막대한 손실은 결국 국민의 손해로 돌아오고 만다. 그 단적인 예는 경부고속전철의 6개월 간의 사업 중단을 두고 하는 말이다. 국회도 정부와 함께 정치의 한 축을 형성하고 있다. 정부가 잘못하면 채찍질할 의무와 책임이 있다. 나라의 정치가 잘못되면 공동책임을 져야 한다. 국회나 정부는 국가의 주인인 국민을 위해 정치를 해야 한다. 자기들의 권익을 위해 정치를 해서는 안 된다. 국가와 민족을 위해 봉사하고 헌신해야 한다.

국가와 국민을 위해 최선을

이번 정기국회에서는 정당이나 국회의원은 내년 4월의 총선을 의식하지 않을 수 없을 것이다. 이번 정기국회를 내년 총선의 마지막 기회로 생각하고 십분 활용하려고 할 것이다. 그러나 정당이나 국회의원이 대의와 정도를 망각하고 국회를 선전장이나 사적으로 활용하여 국회를 엉망으로 만들어 민생법안이나 국정감사와 예산안을 소홀히 다루고 정쟁에만 몰입한다면 국민들은 이들을 외면하고 말 것이다. 진정한 선거운동은 올바른 의정활동이 평가를 받게 됨을 명심해야 한다.

먼저 다음달 11일까지 20일간 실시하는 국정감사를 성실하게 수행해야 한다. 국정감사는 세계에서 유례를 찾아 볼 수 없는 우리나라만이 갖고 있는 제도이다. 국정조사권은 세계 모든 나라가 인정하고 있다. 국정감사는 국정전반에 관한 감사로 정부 부처와 산하 392개 기관에 대한 감사로 국정수행을 포괄적으로 감사하고 문제점을 발견 시정해야 한다. 국정감사가 총선용 정략 감사가 되어서는 안 되고 정부의 실정을 정확하게 분석하여 합당하고 적정한 대안을 제시해야 한다. 그러기 위해서는 20일간을 적절하게 활용하여 국가발전과 민생문제 해결에 최선의 노력을 다해야 할 것이다. 여당이 없는 4당 체제 하에 총선용 국정감사가 아니고, 반대를 위한 반대의 투쟁장이 아닌, 생산적인 국정감사를 국민들은 고대하고 있다. 국정감사가 끝나면 예산국회로 들어가게 되는데 내년도 예산은 117조 5000억 원으로 국민 개인 세 부담은 사상최대의 318만 원이다. 예산신청의 정부사업 중에 경제성 없는 것이 절반이며 총선용 선심법안이 홍수를 이루고 있다고 하는데 국회의원은 국민 전체의 봉사자임을 자각하고 국민의 혈세로 편성되는 예산을 잘 살펴 심의에 최선을 다해야 할 것이다.

다수결이 다수의 횡포로 역기능 할 때 지혜로운 독단적 결정보다 못하다는 지적을 겸허하게 수용하여, 국가의 필수기관인 국회가 이번 정기국회를 계기로 국민으로부터의 무용론의 오명에서 벗어나야 할 것이다.

(2003.9.26.)

식물·파행국회 국민 질타 직시하라

18대 국회가 5월 30일에 임기를 시작한 지 42일 만에 개원식을 가져 문을 열었지만, 원구성 협상도 타결하지 못한 채 8월 5일 회기가 끝났다. 2달 넘게 허송세월한 이런 국회는 60년 헌정사에서 비정상적 직무유기로, 18대 국회의원은 국민과 역사 앞에 부끄럽지 않은가. 국회의원은 분에 넘치는 대우를 받는 공무원으로, 여기에 상응하는 국민 전체에 대한 봉사자로서 국민에 대하여 막중한 책임과 의무가 부과되고 있다. 500건의 민생 등의 법안이 화급을 다투고 있는데도 당리당략의 핑계로 팽개치고 있으니 정신 나간 국회의원이라 질책 받아 마땅하다 할 것이다.

국회의 입법권은 본질적이고 고유한 권한이다. 법안의 대부분이 정부안이라고 하지만 법률안은 반드시 국회를 통과해야만 법률로서 성립이 된다. 국회에 제출된 법률안은 국회의장이 의원에게 배부하고, 본회의에 보고한 후, 소관상임위원회에 회부하여 심사하게 한다. 위원회의 심사가 끝나면 법안은 본회의에 부의한다. 상임위원회의 원구성이 중요한 것은 원구성이 되지 않으면 법률안 심사가 불가능하기 때문이다. 모든 법안은 각 상임위원회의 심사가 필수적이다.

우여곡절 끝에 지난달 31일 여·야 대표 간에 원구성 협상이 이루어 졌으나 최종 타결직전에 결렬되고 말았다. 협상결렬은 한나라당 홍 준표 원내대표와 민주당 원혜영 원내대표가 청와대와 당내 강경파의 눈치를 봤기 때문이라고 한다.

문제는 청와대가 6일 원구성 지연을 이유로 인사청문회 절차 없이 3부장관의 임명을 강행함으로써 여야대립이 격화되고 있는 데 있다. 민주당은 야당에 대한 선전포고라고 규탄하고 한나라당은 민주당을 빼고 단독으로 원구성하겠다고 맞서 정국의 앞날은 순탄치 않을 것 을 예고하고 있다.

대통령의 인사청문회를 거치지 않고 장관임명을 강행한 것이 인 사청문회법 위반이냐는 것이다. 이 법에 따르면 정부가 청문회를 요 청한 7월 11일부터 20일째 되는 7월 30일까지 국회는 청문회를 마쳐 야 했다. 청문회를 실시할 상임위원회가 없어 청문회를 열지도 못했 다. 청와대는 임시국회 마지막 날인 5일까지 청문회 결과를 보내달 라고 요청했고, 민주당은 협상에서 인사청문특위를 구성하자고 주장 했으나, 청와대는 법과 원칙의 문제라고 부정적 입장을 보이며 국회 법과 인사청문회법을 어기라는 말이냐는 반응이 나왔다고 한다. 3부 장관 임명은 위법한 임명이라고 할 수 있느냐는 것이다. 장관임명에 대한 청문회 보고는 참고 사항이고 청문회 결과에 관계없이 대통령 의 재량으로 임명이 가능하다. 국무총리는 국회의 동의를 받아야 하 기 때문에 임명에 구속을 받는다. 문제는 장관 임명과 정연주 사장

문제 때문에 여야가 대치하여 국회를 이렇게 장기적으로 공전시키는 것이 과연 국민 다수가 바라는 것인지 여야 국회의원과 정당은 깊이 반성해야 한다. 고기가 물을 떠나 살 수 없듯이 국회의원도 국회를 떠나 살 수 없다. 민주당 의원도 장외투쟁을 접고 국회에서 주장을 관철하는 것이 정도이다.

지금 우리는 국내외적으로 어려운 환경에 처해 있다. 특히 경제가 어렵다. 대외무역이 국가 경제를 지탱하고 있지만 서민 경제는 어렵고 고달프다. 내수경제가 얼어붙어 풀리지 않고 있다.

우선 이 같은 어려움을 풀기 위한 많은 법들이 기다리고 있는데 국회는 태평스럽게 당리당략에 얽매며 원구성도 하지 못한 채 갈팡질팡하고 있다. 국민의 고통은 안중에도 없는 모양이다. 헌법 제46조 2항에는 '국회의원은 국가이익을 우선하며 양심에 따라 직무를 행한다'고 규정하고 있다. 국회의원은 양심에 손을 얹고 당과 자신의 이익보다 국익이 우선이 아닌지 지금 당장 가슴 깊이 반성해 보라.

정부는 6월 20일 올 추경예산안을 국회에 제출했다. 고유가 극복, 민생종합대책에 쓰일 재원 조달을 위한 것이다. 고유가 및 물가 대책을 뒷받침하기 위한 각종 법안들도 상임위 배정을 기다리고 있다. 영업용 화물차주에게 최대 월 60만 원까지 유가 보조금을 받게 해주기 위한 법안 등이 통과를 기다리고 있다.

국회개원의 초보적 역할인 원구성도 하지 못하는 국회는 국회의 무능을 만천하에 공포한 것이다. 국민의 대표기관인 국회가 초대국회보다 못하다는 비난을 받아서야 되겠는가. 오죽했으면 바른사회시민회의가 7월 31일 서울중앙지방법원에 299명의 국회의원 중 6월 세비를 반납하지 않은 251명을 대상으로 손해배상 청구소송을 내겠는가. 무노동 무임금의 잣대를 국회의원들에게 들이댄 것이다.

국회는 대화와 타협의 장소이다. 밤낮 가리지 않고 대화를 통해 맺힌 고를 풀어야 한다. 당리당략에 앞서 국익과 국민을 앞세워 대승적인 입장에서 꼬인 문제를 풀어가야 한다. 먼저 여야 원내대표가 소속의원들을 설득하여 빠른 시일 안에 국회를 정상화시켜야 한다. 9월 정기국회 전에 국회가 정상화되지 못하면 국민으로부터 준엄한 심판을 받을 것이다.

다음은 여야대표의 각성이다. 취임 한 달에 여야 대표가 안 보인다는 말이 나오고 있다. 당을 대표한 여야의 보스가 허심탄회한 대화를 통해 국정의 어려움을 논의하고 협조를 구해야 할 것이다. 국민을 위한 국익우선의 차원에서 대화와 협조를 통해 어려운 난국을 타개하기를 국민들은 학수고대하고 있다. 식물·파행국회를 국민들은 매서운 눈으로 질타하고 있음을 깊이 인식해야 한다.

(2008.8.11.)

날치기 파행 국회의 처방은 양원제 개헌

7월 17일은 헌법제정 58주년이 되는 날이다. 우리 헌법은 제2공화국의 의원내각제와 양원제(兩院制)를 제외하고 대통령제와 단원제(單院制)로 일관해 왔다. 두 가지 모두가 실패작이라는 데 문제의 심각성이 있다. 지금도 정략에 따라 개헌문제가 제기되고 있는데 헌법이 잘못되어 나라가 이 꼴이 된 것은 아니다.

정부와 국회가 국익과 국민을 위한 정도의 정치를 하지 못했기 때문이다. 부통령이 없고 단임제이기 때문에 나라가 잘못되어 가고 있는 것은 아니다. 그렇다고 지금 당장 개헌해야 할 심각하고 필요 불가결한 사유가 있는 것도 아니다. 9월 정기국회가 끝나면 정국은 대선국면으로 접어들고, 유력 대권주자들이 개헌을 원하지 않고 있으며, 여야당이 합의하지 않으면 재적의원 3분의 2 이상이 되지 않기 때문에 개헌은 사실상 불가능하다.

이제 개헌은 다음 정권의 몫이 될 수밖에 없다. 앞으로 개헌은 의원내각제의 개헌과 양원제의 채택이 바람직할 것이다. 우리나라는 대통령제로 성공한 나라라고 할 수 없다. 단적으로 역대 대통령이 모두 실패한 대통령이었기 때문이다. 단원제의 우리나라는 예나 지금이나 날치기·파행이 여전히 성행하고 있으니 이를 개선하지 않고는 선진 국회로 진입할 수 없다. 이를 바로잡는 방법은 인력으로 되지 않으면 제도를 바꾸는 방법뿐이다.

날치기의 방지는 양원제의 채택이 제격이다. 양원제란 상·하 양원의 두 합의체가 각각 독립하여 결정한 의사가 일치하는 경우에, 이것을 의회의 의사로 간주하는 의회제도를 의미한다. 미국은 연방은 물론 주(州)도 양원제를 채택하고 있다. 양원제는 단점보다 장점이 많다는 것이 일반적 통설이다. 그러나 양원의 의사가 불일치하면 국민의사의 정치적 대표에 모순이 있다는 지적과 양원이 같은 결정을 한다면 한 원이 무용지물이 된다는 이론은 이론으로는 타당성이 있으나 오늘날 양원제는 이론적 입장보다 정치적 운용의 실제적 입장에서 가치가 결정된다고 본다.

단원제는 신생독립 국가에서 주로 채택하여 세계적으로 증가하는 추세이고 몇몇 민주국가에서 단원제로 변경하기는 하지만, 이것을 두고 양원제의 쇠퇴현상이라고 보아서는 안 된다.

헌법학자 일부분이 양원제를 이론적 측면에 편중하여 외면하고 있고 국회의원들마저 자기들의 권한이 축소되니 금기현상처럼 되고 있다. 국회의 입법 등은 국익과 민생에 직결되는 것이기에 신중한 처리가 요구되는데도 졸속 파행이 연례행사처럼 되고 있으니 이를 방지할 대책이 화급하다. 헌재(憲裁)가 있기는 하지만 여기에 대한 대응책은 사후적이고 별 효과가 없다는 것이 양원제의 도입이 절실한 이유이다. 도입 이유로는 첫째, 교육적 측면에서 보면 날치기·졸속 국회가 고함과 욕설로 얼룩진 장면을 보고 국민들이 무엇을 배우겠느냐는 것이다. 단독·강행 처리가 가능하기 때문에 파행국회가 되는데 양원제가 되면 이 폐단이 없어질 것이다.

둘째, 양원제는 법안심의를 신중하고 합리적으로 하기 때문에 국익과 국민의 이익에 부합되는 입법을 한다. 지난 2월 하루에 106건의 법안을 졸속 처리하고 법안을 실질적으로 심사하는 건설교통위 법안심사소위는 32건을 처리하면서 1건당 8분에 심사하는 졸속 심사를 하고, 의원들의 이해관계 없는 법안은 무관심과 이의제기도 없다고 한다. 지난해 12월 사학법 개정안을 힘으로 밀어붙였던 여당이 5개월 만에 한나라당 의원들의 저지를 뿌리치고 6개 법안을 강행처리했다. 국회는 대화·협상을 통해 합의점을 찾는다는 정당정치가 실종된 지 오래다.

셋째, 의원내각제의 도입이 정부와 하원의 합작에 대해 상원이 견제를 하고, 양원제가 일반화되어 있기 때문에 양원제 도입이 되어야 한다. 넷째, 인사의 독주를 방지하고 능력 인사를 하기 위해서는 미국 상원처럼 청문회 도입이 바람직하다. 다섯째, 통일헌법을 예상하면 인구비례의 하원에 인구와 관계 없는 상원제의 채택이 바람직하다. 양원제 채택에 예산을 결부시킬 수 있으나 하원은 250명으로 축소하고 상원은 50명으로 하면 된다. 미국은 하원 435명은 1920년대에 채택하여 2억9천만 인구에 지금 그대로 적용하고 있으며 상원은 각 주에 2명으로 100명이다. (2006.7.14.)

정부·여당 민심에 천착하는 정책 펴야

지금 정부·여당으로서는 바짝 긴장하지 않으면 안 될 처지에 놓여 있다. 2월의 전당대회. 매년 치러야 할 3번의 선거 등 넘어야 할 험준한 산이 너무 많다. 그런데 안타까운 것은 정부·여당을 바라보는 국민의 눈이 따갑기 때문이다. 지난해 2번 치러진 재·보궐선거에서 참패. 대통령과 여당의 지지도가 20%대에 머물고, 대통령후보 선호도에서 한나라당의 후보에게 현격한 차이로 뒤지고 있는 사항 등은 닥쳐 올 선거에 먹구름이 감도는 징후이다. 사정이 이런데도 여당은 무슨 반짝 뒤집는 방법이 있는지 10년 더 집권해야 한다고 국민을 무시하는 발언을 하고 있다.

정부·여당은 국민의 진실된 마음을 먼저 읽어야 한다. 민심이 천심이라고 하는데 그 민심의 방향으로 정책의 가닥을 잡아야 한다. 우리 국민의 80% 이상이 보수와 중도의 성향이고 자유민주주의를 선호하고 있다. 그렇다면 지지도 하락의 원인을 여기에서 발견해야 한다. 지지하락의 몇 가지 이유를 보면 먼저 좌경화에서 찾아야 할 것 같다. 한미관계도 역대정권과 비교한다면 최악의 관계로 보는 이도 있다. 자주국방과 북한 인권문제, 달러 위폐문제 등 양국 간의 견해 차이와 미군철수, 맥아더 장군의 동상철거 문제 등 만약 이러다가 혹시 미군이 철수하지 않나 하는 불안감을 가진 국민도 있다.

대북관계를 보아도 굴욕적으로 우리는 퍼주고 당하고만 있는 입장이다. 쌀과 비료뿐만 아니라 북핵 폐기를 전제로 매년 200만kw의 전기를 보낼 계획이다. 이렇게 우리는 힘에 겹도록 지원하고 있는데 우리가 얻은 것은 하나도 없다. 핵무기만을 유일한 자위 수단으로 삼고 있는 북한이 6자회담을 쉽게 성사시킬 이유도 없다. 좌경화로 보안법을 위반한 강정구 교수 사건으로 검찰총장이 물러나는 사태와 북송한 남파간첩 등이 피해보상액으로 10억 달러 배상을 요구하는 촌극이 벌어지고, 남파간첩과 비전향 장기수 묘비에 애국지사라고 쓰이는 것을 묵인하는 정부는 지금 미군철수와 보안법만 폐지하면 북한의 주장을 모두 들어준 셈이 되어 일반 국민이 과연 현 정부를 곱게 보겠느냐는 것이다.

지지도 하락은 경제에서 찾는다. 지금 수출이 경제를 버티고 있지만 실업과 서민의 바닥 경제는 정말 어렵다. 기업규제도 풀겠다고 하지만 몸통은 그냥 있다. 공장을 짓겠다고 하면 규제를 풀어야 한다. 수도권에 공장을 못 짓게 하니 외국으로 나가겠다고 한다. 면밀한 검토 없이 시행한 부동산 대책으로 투기는 잡았다고 하지만 건설업자는 손을 놓고 있으니 실업자가 양산되고 연관 부품 업체도 도산 위기를 맞고 있다. 행정수도 이전과 공기업 지방 분산 등 국책사업의 막대한 비용은 물론이고 이를 충당하기 위해 공무원 등 봉급생활자의 세금부담이 가중되고, 이전이 가시화될 때 소속 공무원 등은 2중 생활에서 벗어나지 못할 것이 불을 보듯 뻔하다.

실제 지방분권이란 행정수도 이전이나 공기업의 지방 분산이 기본이 아니고 중앙정부가 가지고 있는 실질적인 권한을 지방정부에 대폭 이양하는 것과, 공기업도 이전보다는 민영화가 시급한 것이다. 수도이전과 공기업의 지방분산 여론을 무시한 강행을 수도권 주민들이 반가워할 이유가 없다. 수도권 인구는 우리나라 전체 인구의 절반이다. 무리한 정책 수행은 국민의 지지를 받을 수가 없다.

인사가 만사인데, 망사가 되고 있다. 장관이나 공기업의 장은 최고의 적임자를 선택해야 하는데 대통령의 사람들로 싹쓸이 하고 있다. 낙선자들을 능력과 자질에 관계없이 낙하산 인사를 밥 먹듯이 하고 있으니 국민들이 달가워할 일이 없다.

위기일수록 정도로 가야 한다. 한 표가 당락을 좌우하는 선거에서 흩어진 표를 모으는 길은 그리 어렵지 않다. 국민의 아픈 마음을 헤아려 풀어주어야 한다. 우선 좌경화나 역사 바로 세우기 등 후퇴하는 정책을 미래지향적으로 전환하여 국민을 불안에서 해방시켜야 한다. 대통령은 단임정신에 입각하여 후계구도 등은 정당에 맡기고 국론분열이 아닌 통합의 중심에서 화해와 용서의 만델라처럼 국민의 편에서 민생안정과 국가 발전에 매진하면 된다. 당정은 분열을 막고 대승적 차원에서 정권창출을 위해 단합하여 어려운 고비를 국민과 함께 하는 정당으로 거듭 태어나야 한다. 지금은 민심을 받드는 겸손

한 자세로 국민을 편안하고 잘 살게 하는데 진실로 천착하는 정책을
펴는 것이 정부·여당의 지지도를 끌어올리는 유일한 길임을 명심해
야 한다.

(2006.1.23.)

박 대통령 '지자체 정당공천 폐지 공약' 관철하라

6·4 지방선거에서 최대 쟁점은 기초단체장과 의원의 정당공천 폐지 여부이다. 18대 대선에서 여야는 공천 폐지를 공약했다. 지금 국민과 민주당, 그리고 기초단체장과 의원들은 폐지를 찬성하고 있는데, 새누리당만이 공천에 가닥을 잡고 있다. 당원과 일반국민이 함께 하는 방식으로 경선을 진행하겠다고 한다. 정당의 개입으로 공천하겠다는 것이다. 국회선진화법도 자기들이 주도해 놓고 위헌 운위하더니 대통령이 주도한 공천 폐지를 대정부 질문에서 새누리당 국회의원이 '공천 폐지는 위선적 개혁'이라고 하니 한심하다.

공천 폐지의 찬성 이유는 지방자치는 정치적 성격보다 행정적 성격이 강하고 정치가 개입하면 주민자치가 왜곡된다. 중앙정치에 지방자치가 예속되고 지역분할구도, 특히 영호남의 분할구도 같은 것이 고착된다. 정당 간의 경쟁이 선거과열과 혼탁을 유발하고, 정치자금과 공천헌금이 선거를 좌우하고, 공천이 당선이란 영호남 지역구에서 공천권을 행사하는 국회의원에게 입후보자는 봉이고 하수인으로 전락하지 않을 수 없다. 이것은 공천이 아니고 '사천'이고 '돈천'이다.

공천 폐지의 반대 이유는 민주정치가 책임정치에 합당하다는 것이고, 중앙과 지방정치의 매개 역할을 수행하고, 후보자 난립을 방지할 수 있다고 한다. 후보자 난립은 별문제가 없는 것이, 적은 것보다 많은 것이 낫고, 지난번 교육감과 교육의원 선거에서 공천 폐지에도 선거는 문제없이 치러졌다. 우리와 같이 대통령제를 채택하고 있는 미국은 통일된 지방선거법이 없지만 각 주법에 따라 참여를 금지하는 주가 70% 정도인데 점점 늘어나고 있다고 한다. 일본의 경우 단체장 대부분이 무소속이고 기초의회의 시정촌의원은 80%가 무소속이라고 한다.

기초단체의 정당공천 여론조사를 보면 2001년 조사에서 반대 54.7%, 2005년 57.9%로 증가하고 있으며, 특히 기초단체장 폐지는 2008년에는 73.9%, 2011년에는 86.8%로 증가하였고, 현직 기초단체장의 폐지 의견은 86.2%로 압도적이었다. 이렇게 국민이나 단체장들의 정당공천 폐지여론이 과반수를 넘는 다수라면 민주정치가 여론정치이기 때문에 여기에 따라야 한다.

지자체의 정당공천제는 선거과정에 중앙당 간의 경쟁을 유발하며 당쟁으로 이어져 선거를 혼탁·과열시킨다. 이로 인해 지방자치제의 의미와 지방분권, 지방의 자율성의 본질이 훼손된다. 공천헌금 등 돈을 많이 낸 사람, 당에 연줄이 닿은 인사가 무능함에도 공천을 받게 된다. 공천을 받기 위해 입후보자는 사활을 거는 치열한 경쟁이 벌어진다. 공천권을 쥐고 있는 국회의원은 공천권을 포기하고 싶지 않을 것이다. 여기에서 잡음이 유발되고 공천이 부정의 온상이라는 말이 나온다. 새누리당은 정당지지도에서 현격하게 앞서 당선이 보장되니 공천권을 놓기 싫을 것이다. 그러나 착각해서는 안 된다. 지금의 민주당이 10%대의 저조한 지지율에 반사적으로 얻은 것이라고 판단해야 한다. 지금 국회의 국민 지지율은 바닥권이라는 점도 유념해야 한다. 국민 다수가 바라지도 않는 정당공천제의 비정상 길을 소탐대실해 역주행할 때 사고를 생각해야 한다. 지방선거보다 더욱 중요한 자신들의 총선과 대선이 앞을 가로막고 있음을 자각해야 한다.

이제 기초자치단체의 장이나 의원의 공천 폐지 문제는 새누리당으로서는 한계에 봉착한 것 같다. 국민의 기대는 대통령에게로 쏠린다. 박근혜 대통령은 새누리당 이외 국민이나 야당, 선거 당사자인 입후보자 거의 전부가 공천 폐지를 주장하고 있다는 점에 깊은 공감을 가져야 할 것이다.

대통령은 행정부의 수반으로서는 3권에 평등한 수평적 권한 관계이지만 국가원수로서의 권한은 3권의 위의 권한으로 국정을 통합·조정할 권한을 가진다. 신의와 원칙을 중시하는 대통령으로서 국민의 염원에 따라 예산이 필요 없는 대선공약사항을 관철해 주기를 기대한다. 이 공약이 실천되면 아마도 대통령의 내박으로 기억될 것이다.

(2014.2.18.)

지방분권은 선택 아닌 필수

　지난 대선을 계기로 지방분권화 강풍이 몰아치고 있다. 지방분권은 민주정치에 있어서 장식품이 아니며 선택의 문제도 아니요, 반드시 실시해야 할 필수적인 전제조건이다. 지방자치는 민주주의의 뿌리이고 교실이다. 뿌리가 튼튼하지 않고는 민주주의 나무가 성장할 수 없다는 논리이다. 해방 이후 우리나라는 지방자치제를 실시하지 않고 중앙집권제에 매달렸다. 지금도 지방자치제를 실시하고 있지만 형식만이 지방자치제이고 반신불수의 지방자치제를 실시하고 있을 뿐이다.

　이 같은 정책시행의 결과는 서울의 비대와 포화상태를 빚고 말았다. 수도권의 면적은 11.8%에 불과한데 인구의 47%, 금융거래·조세수입 70%, 30%대 대기업 본사 88%, 대학인구 60%이고 보니 우리나라는 서울을 위해 존재하는 서울공화국이 되고 말았다. 지방에 살면 뒤떨어진다고 생각하는 국민이 80.5%이니 모든 국민이 서울을 바라보고 있는 꼴이 되고 말았다. 지방에 사는 것이 부끄러울 정도가 되고 말았으니 통탄하지 않을 수 없다.

　이 같은 문제는 새 정부가 고를 풀어야 할 중대한 과제이다. 행정

수도의 충청권 이전이 빈사상태의 이 나라 불균형 처방에 있어서 극약처방인지 모르겠다. 지방분권이란 수도권에 집중된 권력·돈·인재를 지방으로 분산시키는 것을 의미한다. 수도권의 독점은 결과적으로 수도권과 지방 다 같이 경쟁력과 삶의 질이 떨어진다는데 문제의 심각성이 있다. 지방분권을 통해 서울은 군살을 빼고 지방은 빼낸 영양분을 받아 상호 건강을 찾자는 논리이다.

지방자치제의 모범국가인 연방제의 미국을 보면 연방의 권한을 수평적으로 엄격하게 3권분립하고 다음에 연방의 권한을 수직적으로 연방과 주(州)에 분립시킨다. 연방이 가지는 권한은 외교·국방·화폐·국제 통상 등 국가가 관장하여야 할 분야만 담당하고 이외의 모든 권한은 주가 담당한다.

각 주가 한 개의 독립국가처럼 되어 있다. 즉 주정부가 재판권·공립교육권·경찰권·주방위 유지권·지방세 부과권·산하 기초단체 통제권 등 국가에 버금가는 권한을 갖고 있다.

우리나라 지방자치단체의 현황을 보면 한심하기 짝이 없다. 2002년 기준 광역 지방자치단체의 재정자립도를 보면 서울만 94.7%로 사실상 자립하고 있을 뿐 경상남도 29.6% 등 대부분 40%미만이고 평균 56.6%로 나타나고 있다. 기초단체로 가면 더욱 현저하게 낮아지고 있으니 심각한 문제이다. 원인은 과세에 문제가 있다고 본다.

현행 조세체계는 국세 15개, 지방세 17개 항목이나 세수는 80 : 20으로 지방세가 국세의 4분의 1 수준이다. 중앙정부가 갖고 있는 실질적 권한을 지방에 이양시켜야 하는데 중앙정부는 실권을 그냥 갖고 있으며 잡무만 떠넘기고 있다. 이양 대상 2,505건 중 실행은 138건에 불과하다고 하니 말이 아니다. 실질적 권한을 대폭 이양하고 책임을 물어야 할 것이다.

지방분권을 가시화하기 위해서는 첫째, 지방자치단체에 세원을 확보케 해야 한다. 현재 국세로 돼 있는 소득세·주세·부가가치세를 지방으로 이전시키고 법인세 일부도 지방세로 활용케 해야 한다. 둘째, 인재의 지방등용 문제인데 이것은 지방대학 육성과도 밀접한 관계가 있다. 먼저 공공부분 인재의 지방할당제가 선행되어야 하고 공공 부분 이외 지방이 필요로 하는 인재는 그 지방대학 출신에게 우선권을 부여해야 할 것이다. 지금 지방대학은 고사 직전의 심각한 사항으로 내몰리고 있다. 서울 편중의 사고에다 모든 것이 수도권에 모여 있기 때문에 무조건 서울을 선호하는 바람은 대학도 예외가 아니라는 것이다. 정부차원의 지방대학 육성방안이 실질적으로 마련되어야 한다.

셋째, 지방분권 실현은 지방자치단체에 대폭적인 권한 이양인데 이 가운데 인사에 관한 권한도 단체장에게 부여해야 한다. 말단 직원 하나 선발하는데도 일일이 중앙정부의 승인을 받는 것이 어떻게 지방자치의 취지에 맞느냐는 것이다. 이것은 자치가 아니고 타치가 아니냐는 불만이 나온다.

지방분권의 실현은 우선 제대로 된 지방자치제를 확립하는데서

부터 출발해야 한다. 지방자치단체에 세원과 인재와 행정의 권한이 제대로 배분되는 것이 선결 과제이다.

새 정부에서는 분권화가 이루어지게 먼저 「지방분권특별법」·「지역균형 발전특별법」·「지방대학육성특별법」을 마련하고 서울과 지방의 균형 발전에 힘써 줄 것을 당부한다. 아울러 지방자치단체나 지역민들도 지방분권화 실현에 관심을 갖고 최선을 다해야 할 것이다. 국민 모두가 지방 분권은 선택이 아니고 필수임을 명심해야 한다.

(2003.2.21.)

법

부정의 척결은 인치 아닌 법치의
제도와 실천

법이 제대로 지켜지는 사회가 선진국

5월 1일은 제 38회 '법의 날'이다. 법의 날의 제정 목적은 준법정신을 고양하고 법의 존엄성을 고취시키기 위함이다. IMF 등 우리나라의 위기 상황은 따지고 보면 부정·부패와 법을 지키지 않는 데서 그 근본적인 원인을 찾을 수 있다. 법치주의의 실현은 국가번영의 요체이다. 국가가 기강이 무너지고 국민의 준법정신이 해이해지면 그 나라는 발전할 수 없다. 선진국은 법치주의가 제대로 실현되고 있다. 법을 존중하고 법을 잘 지키고 있다. 법을 어기면 엄청난 불이익을 받으니 국민들은 법을 두려워하고 있다.

우리 국민들의 법의식 자체도 문제가 있다. 국민들의 반 이상인 54.5%가 법대로 살면 손해 본다는 여론조사결과가 나와 주목된다. 고액불법과외를 해도 괜찮다고 한 사람이 43%로 나타나고, 지하철 무임승차를 8시간 조사해 보니 3.6%가 무임승차했고, 시민들의 25%가 법을 안 지켜도 된다고 했으며, 법과 현실이 맞지 않는다는 대답도 60%가 나왔다. 이렇게 법을 무시하는 태도와 법이 현실과 맞지 않는다는 점도 주목하지 않을 수 없다.

우리나라는 법제정과정도 문제이다. 국회의원들이 입법에는 별

관심이 없고 당리당략에 어두워 정쟁에만 몰두하다 보니 입법의 신중한 심의도 없고 연말에 무더기로 법안을 통과시키고 있으니 올바른 입법을 기대할 수 없다. 이렇다 보니 현실과 괴리된 법률이 60%나 나올 수밖에 없다. 법은 정의 원칙과 합리적인 정법이 되어야 한다. 국민의 생활에 합당한 살아 있는 법이 되어야 한다. 한 번 제정된 법률은 자꾸 개정되어서는 안 된다. 법적 안정의 측면도 있겠지만 외국과의 거래에서 외국인이 한국 법에 신뢰를 갖지 않으면 그 만큼 국가적인 손실을 입게 된다.

1998년도 증권거래법이 한 해에 5번 바뀌었는데 외국인 투자자가 한국의 법령이 너무 자주 바뀌어서 믿을 수 없다고 불평하였다고 하니 그 만큼 국가적인 손실을 보게 된다.

법의 신중한 제정과 개정도 중요하지만 이 법이 잘 지켜져야 한다. 외국인들이 한국인에게 하는 말이 한국인에게 법을 지키지 않아도 상관이 없는 것으로 인식되는 데 문제가 있다고 했다. 한국 사람들은 법을 어기는 데 익숙해 있다. 특히 힘있는 사람들이 법을 어긴다. 법이 공정하고 평등하게 집행되지 않고 있다. 사람들이 법 위반으로 단속되면 재수 없이 걸렸다고 불평이다.

우리 사회는 법을 지키면 손해 보고 법을 지키지 않으면 이익을 본다는 생각이 뿌리 박혀 있다. 이 사고에서 과감하게 깨어나야 한다. 제도나 집행도 엄격해야 한다. 1997년 경제 위기에서 얻은 좋은 교훈을 잊고 있다. 부정부패·정경유착을 하면 망한다는 교훈을 지금

잊고 있다. 국제적 기준에 의하지 않고 속임수를 쓰면 망한다는 교훈을 뼈저리게 느끼고 지금이라도 실천해야만 회생할 수 있다.

선진국은 자유국가이지만 거미줄 같은 법망과 치밀한 투명성 보장 장치, 영(令)이 서는 공권력, 추상같은 신상필벌이 지배하는 규칙의 나라이다. 미국 같은 나라에서 한 번 규칙을 어긴 자로 찍히고, 한 번 신용을 잃었다면 그 사람의 운세는 거기서 끝장나고 만다. 대신 법과 규칙과 집행절차를 잘 지키면 매사는 편리하고 잘 풀린다고 한다. 미국 같은 나라에 실력과 요행이 가깝다고 생각하고 Police Line(경찰저지선)을 멋대로 넘어서면 그때는 묵사발을 당해도 누구도 무어라 변명이 통하지 않는다.

이 같이 법 집행도 중요하지만 법 적용과 해석도 중요하다고 본다. 재판의 중요성을 강조한다. 스위스 법정에는 바른 손이 없는 흉상이 있다. 판사는 결코 손을 내밀지 않는다는 뜻을 나타낸 흉상이기도 하다. 법관은 법에 순사하는 용기를 가져야 한다. 나라가 망할 때는 사법부가 먼저 없어지고 나라가 일어설 때는 사법부가 먼저 일어선다는 로마시대부터의 명언을 상기시키고 싶다. 무전이 유죄이고 유전이 무죄여서는 안 된다. 법관은 국민의 기본권 보장의 최후의 보루이다. 공정한 재판을 국민이 기대하는 이유가 여기에 있다. 검찰도 준사법기관으로 공정한 수사에 심혈을 쏟고 경찰도 여기에 예외일 수 없다고 본다.

법을 가장 지키지 않는 사람이 정치인이라고 말하는 사람도 있다.

준법은 정치인이나 공무원 그리고 국민도 예외일 수 없다. 국민이 선출한 국회의원들이 법률을 제정하기 때문에 어떤 의미에서는 국민은 간접적이지만 자기가 만든 법률을 자기가 지킨다는 말이기도 하다. 법치주의의 실현이 국가번영의 요체라고 생각할 때 대한민국 국민들은 준법정신을 차질 없이 생활화할 의무가 있다고 생각한다. 법치란 정치의 정신화라고 한다. 정치라고 법 위에 놓여서는 절대 안 된다. 정치나 행정은 반드시 법 아래 놓여야 한다. 이렇게 될 때 그 나라의 민주정치는 자기 궤도를 달리게 될 것이다.

준법정신과 관련하여 대통령의 사면권이 문제인데 대통령의 사면권이 법의 존엄성을 훼손해서는 안 된다고 본다. 사면에 신중을 기해야 한다. 대량 사면권 행사가 사법권 행사를 무력화시켜서는 안 되기 때문이다. 법이 제대로 지켜지는 사회가 선진국이라고 할 때 법의 날을 맞아 우리는 선진국으로 가는 방향을 인식하고 바로 잡아야 할 것임을 강조하고 싶다.

(2001.05.07.)

법이 무서워야 나라가 바로 선다

우리는 지금 법질서가 완전히 무너진 사회에서 살고 있는 느낌마저 갖게 하고 있다. 시위 현장에 사제무기가 범람하고 중무장한 시위대가 새총·화염방사기·사제총 등으로 무법천지를 방불케 하고 있다. 선진국 어느 나라에 이 같은 시위를 용납하는 나라가 있단 말인가? 국민소득 2만 달러를 바라보는 나라에 백주의 데모에 사제총이 등장하는데도 정부는 별 감각 없이 대처하고 있는 것을 보면 지금 우리는 국가가 존재하는 것인가를 의심케 한다. '집회 및 시위에 관한 법률'을 보면 신고만 먼저 하면 누구든 집회를 할 수 있게 규정하고 있다. 시위는 끝도 없이 줄을 잇고 이 같은 시위가 합법적으로 행해지면 다행이겠지만 대부분이 불법·폭력 시위로 발전하기 때문에 문제가 심각해진다.

불법공화국

불법 시위뿐만 아니라 우리나라는 어느 한 곳이 성한 데가 없는 나라이다. 불법공화국인 것이다. 지금 정치판은 불법대선자금으로 들끓고 있다. 카드사의 카드 남발이 신용불량자를 양산하고 고등학교는 내신 성적 때문에 학생들을 선생이 커닝을 시키고 있으니 이 나라 교육의 앞날이 암담하기만 하다. 이렇게 부정과 불법이 난무하는 이유가 무엇인가. 국민의 의식이 문제이다. 법대로 살면 손해 본다고 생각하는 국민들이 대부분이라는 것이다. 법을 지키는 것이 손해라고 생각하니 법을 지키지 않는다. 법은 지도자부터 지켜야 하는데 그렇지 못하다는 것이다. 우리나라에서 법을 가장 지키지 않는 사람이 정치인이라고 한다. 매사에 원칙을 중시한 미국의 제40대 레이건 대통령은 CNN갤럽여론조사에서 가장 위대한 대통령 1명을 뽑는 조사에서 1위를 했는데 2위는 케네디와 링컨이었다. 레이건 대통령은 1981년 8월 공항관제사들이 임금인상의 파업에 돌입했는데 대통령은 공공안전을 위협하는 파업은 용납할 수 없다고 단정하고 며칠까지 현장에 복귀하라고 명하고 복귀하지 않으면 파면한다고 통고했다. 레이건 대통령은 연방공무원은 파업을 인정할 수 없다고 하면서 미복귀자 11,400명을 파면시켰다. 이 결정을 내리면서 그는 눈물을 글썽였다고 한다.

법의 엄격한 집행

지금 우리는 시위문화도 선진화할 때가 되었다고 본다. 시도 때도 없이 범람하는 폭력·불법시위를 보고 외국의 어느 기업이 우리나라에 반갑게 투자하겠다고 할 것이며 불법 폭력 파업에 견디지 못해 떠나가는 기업을 무슨 수단으로 말리겠느냐는 것이다. 지금 가장 어려

운 것이 이 나라 경제이다. 법치주의의 확립은 경제 발전에도 기여한
다. 국민이나 기업이 자유롭고 공정한 시장질서 속에서 안심하고 경
제활동을 할 수 있게 해야 한다.

불법·폭력 시위는 용납하지 않겠다는 대통령의 발언은 꼭 실천해
야 할 것이고 이를 계기로 폭력 시위는 엄격하게 대처하여 재발을 방
지하고 합법적 시위는 당연히 보장되어야 할 것이다. '집시법'도 현
실에 맞게 개정하고 여타의 현실에 맞지 않는 법은 과감하게 개정해
야 한다.

(2003.12.19.)

법

준법은 국력의 초석

오늘(5월 1일)은 38번째로 맞이한 「법의 날」이다. 법의 날의 제정 목적은 국민의 준법정신을 앙양시키고 법의 존엄성을 강조하기 위함이다. 현재의 우리나라의 위기 상황을 법적 측면에서 보면 부정·부패와 법을 지키지 않는데서 그 원인을 찾을 수 있다.

법의 날을 맞이하여 준법이 국력의 초석임을 깊이 새겨야 할 것이다. 법을 지키지 않음으로써 오는 경제적 손실과 정신적 피해는 이루 말할 수 없다. 세계사에서 로마민족의 번영사를 보면 예링(Jehring)은 로마 민족이 무력·권력, 그리고 법으로 세 번이나 천하를 다스렸는데, 법으로 다스렸을 때가 가장 융성했다고 설명하고 있다.

법치주의의 실현이 국가의 융성과 직결된다는 의미를 함축하고 있다. 초기 대만의 번영이 엄격한 법 집행에서 비롯되었음을 우리는 익히 알고 있다. 더욱 공직사회가 부패하면 나라의 기강이 무너지고 국가발전은 정체하지 않을 수 없게 된다. 여기에다 국민마저 부정·부패에 물 들면 나라의 앞날은 암담하게 된다.

법은 기본적으로 사회평화와 질서유지에 목적이 있지만 국민에게 안정성과 예측 가능성을 준다. 법치주의는 더디고 성에 안 차지만 결국 고효율·저비용·선택권의 확대를 보장해 주어 궁극적으로는 국가 원칙임과 동시에 국가번영과 직결된다고 하겠다.

문제는 법을 안 지켜도 되고, 권력자는 법을 위반해도 되고, 현실에 맞지 않는 법이 많다는데 문제가 있다. 준법실현의 전제조건으로 법이 우선 현실과 괴리되지 않는 정법을 제정해야 한다. 법과 제도에 의해서 공정하게 다스려지게, 옳고 합리적인 법이 제정되어야 한다.

미국인들에게 가장 무서운 법은 증권거래법이라고 하는데 이 법을 위반하면 10~20년 동안 감옥 속에서 살아야 한다고 한다. 선진국은 법이 무서워 법을 지킨다고 한다.

한 번 법을 어기면 그 인생은 거기서 끝난다고 한다. 그런데 우리나라 사람들은 법을 무서워하지 않는 것 같다.

지도층이 기본이 안 되어 있다는 것은 국민 전체의 기본 자질에도 지대한 영향을 미친다. 이제 우리는 국제화 시대에 속임수나 불법이 통하지 않음을 명심해야 한다. 부정부패가 나라를 망치는 장본인임을 깊이 자각할 시기이다. 국회에서 만든 법은 간접적이지만 국민 스스로가 만든 법이다.

싱가포르는 1960년 부정행위방지법을 제정하여 공직정화정책에 성공을 거두었다. 우리나라도 이젠 국회가 당리당략에서 떠나 하루속히 부정행위방지법을 제정하여 우선 공직사회의 기강을 바로 세워야 한다. 사람은 법 질서 밖으로 나오면 죽는다는 각오로 법을 지키고 집행해야 한다.

기업회계 불투명 세계 1위인 우리나라 기업은 싱가포르 기업보다 약 10% 포인트나 더 비싸게 자금을 조달하고 있다고 한다. 준법이 국가발전의 초석임을 국민이나 정치인 그리고 공무원이 뼈저리게 느끼고 실천해야 함을 법의 날을 맞아 강조하고 싶다.

(2001.05.01.)

민주화·산업화에 법치는 필수이다.

제2차 세계대전 이후 많은 신생독립국가가 탄생했는데, 오직 한국과 이스라엘만이 민주화·산업화에 성공한 나라가 되었다. 한국이 이룩한 3대 기적 중 하나가 평화적 정권교체라고 한다. 이제 한국은 선거 과정뿐만 아니라 투·개표에 부정은 거의 없는 공정선거를 치르게 되어 완벽한 수준의 민주국가로 자리 잡고 있다.

그런데 선진국 진입은 산업화와 민주화만으로는 충분조건이 되지 못한다는 것이다. 법치주의가 확립되지 않고는 선진국 대열에 올라설 수 없다는 것이다. 민주국가의 정체성은 민주주의·시장경제·법치주의이고, 인류의 영원한 보편적 가치는 민주주의 자유·평등과 정의라고 한다. 민주주의와 법치주의는 분리할 수 없는 불가분의 관계에 있다. 법을 지키지 않으면 민주주의 시장경제에 범법자와 난폭자가 힘을 쓰는 무법사회가 되고 산적의 체제와 다를 바 없게 된다.

우리에게 애국한다는 것은 자유·평등·법질서가 확립된 그런 나라를 지키는 것을 의미한다. 선진국의 소프트웨어는 애국심·법치주의·복지 포퓰리즘 경계, 남에 대한 배려인데 그중에서도 법을 지키는 것이 기본 중의 기본이라고 한다.

미국인은 무의식 중에도 줄을 서는데 한국인은 무의식 중에 사기를 치려고 한다는 웃지 못할 일화가 있다.

우리는 산업화·민주화에는 성공했다고 하지만 법치에는 미급하고 넘어야 할 산이 많다. 국제투명성기구 발표에 의하면 한국의 부패지수는 세계 45위이고, 세계경제포럼 발표에 의하면 정부정책결정 투명성 133위, 정치권 신뢰도 177위로 나왔다. 법치주의란 법 우위로 사람에 의한 통치가 아니고 법에 의한 통치를 말한다. 미국은 인치가 아니고 법과 제도에 의해 다스리고 있다고 한다. 우리는 곳곳에 청산해야 할 부정과 부패가 많다. 이를 도려내지 않고는 선진국 진입이 어렵다는 것이다.

전 국민의 60%가 아파트나 공동주택에 거주하고 있다. 이들 아파트의 입주자 대표가 대부분 부정과 횡령을 저지르고 있어 검찰이 민생범죄로 간주해 내사에 착수하고 있다고 한다. 전국의 어린이집도 문제이다. 악덕 어린이집 2,893곳이 3년간 184억 원을 횡령하고 전국 1,300곳 중 60%가 유통기한 지난 급식, 학대 등 겁나는 어린이집으로 둔갑하고 있다. 제약회사의 의료기관 리베이트 의혹, 대형 건설사의 정부입찰 담합, 고소득자 세금탈루 등 국가 전체 곳곳이 부정과 비리로 얼룩져 있다.

그리고 산업현장의 장기간 불법파업과 도심지 한가운데 불법집회 등에 대처하는 공권력의 부재 현상은 국민의 실망을 자아내고 있다. 특히 한 해 전국에서 200만 건의 범죄가 접수된다고 하니 우리나라는 범죄공화국처럼 보인다.

만연한 범법행위를 척결하기 위해서는 우선 예방적 차원의 조치가 선결돼야 할 것이다. 다음은 입법·행정·사법적인 유기적 차원의 협조 하에 신속하고 장기적인 대책을 수립해 실천해야 할 것이다. 입법부는 합헌적이고 합리적인 법을 제정하고 행정부는 공정하게 법을 집행하고 사법부는 국민이 신뢰하는 재판을 해야 한다. 대통령제 하에 대통령은 법 집행에 강력한 권한을 행사할 수 있다. 법치주의 실행에 중심에 서서 이를 척결해 나가야 할 것이다.

영국의 대처 수상은 철의 여인으로 장기간 불법파업으로 병들어 죽어가는 영국을 원칙과 신뢰와 불퇴진의 강력한 추진력으로 노조를 굴복시키고 영국병을 치유해 경제를 회생시켜 명재상으로 태어났다. 박근혜 대통령도 철의 여인이라고 부른다. 영국의 대처 수상을 닮고 싶어 한다고 하는데, 법치주의 확립과 위법과 부정의 척결을 위해 대처처럼 원칙과 소신과 결단으로 법치주의를 확립하기를 국민은 기대하고 있다.

(2013.06.18.)

호헌의 초석은 법과 원칙의 준수

7월 17일은 제55회 제헌절이다. 우리 헌정사를 돌이켜보면 전면 개정을 다섯 번이나 한 만신창이가 된 아픈 기억이 있다. 헌법 개정은 다수 국민의 요구가 그 바탕을 이루어야 한다. 왜냐하면 헌법제정의 주체가 국민이기 때문이다. 9차례의 헌정사를 보면 국민의 합의다운 개헌은 1987년의 6.29민주화선언에 이어 이룩된 제9차 개헌이었다. 대부분의 헌법개정은 집권연장, 대통령의 선거방식 등 집권당의 자의에 의한 변칙적인 처리과정으로 그 정당성과 정통성을 상실한 것이었다.

국가의 기본법인 헌법을 위헌을 무릅쓰고 개정하다 보니 헌법에 대한 존엄성이 없어지고 법을 지켜야 한다는 준법정신에 심대한 타격을 받지 않을 수 없었다. 우리는 헌법개정보다 헌법을 지키는 호헌(護憲)이 더욱 중요함을 제헌절을 맞아 절감해야 한다. 헌법에 규정된 대로 정치인과 국민들이 꼭 실천해야 한다. 호헌이란 구체적으로는 준법정신의 실천을 의미한다.

첫째, 대통령부터 헌법과 법을 지켜 모범을 보여야 한다. 이승만·박정희·전두환 전 대통령은 헌법을 유린·무시하고 개정을 시도하였다. 박정희 대통령은 헌법개정기관인 국회를 해산하고 헌법을 개정했으며, 전두환 대통령도 정상적인 방법으로 개헌을 시도한 것이 아니었다. 우리 헌법 제66조 2항과 제69조에 대통령의 헌법수호·헌법준수를 규정하고 있다.

둘째, 국회는 국민의 대표기관으로서 소임을 다해야 한다. 우리나라 국회의 수준이 초대국회보다 못하다는 말을 현재의 국회의원들은 뼛속 깊이 반성해야 한다. 여야는 정쟁에 휩싸여 산적한 민생법안들은 외면하고 있으니 나라가 어려워지지 않을 수 없다. 더욱이 여소야대의 정국 하에서는 야당의 책임이 막중함을 자각해야 한다. 정부나 여당의 잘못에 정당하고 합법적인 대응으로 국민을 위한 정치를 해야지, 반대를 위한 반대의 극한투쟁을 삼가야 한다.

셋째, 공무원들은 철저한 법의식과 엄정하고 공정한 법집행을 해야 하고 국민의 봉사자로서 자세를 견지해야 한다. 헌법 제7조에 「공무원은 국민 전체에 대한 봉사자」라고 규정하고 있다. 그런데 어떤 장관은 어느 편의 대변자로 자처하는 것을 보니 한심하기 짝이 없다.

넷째, 사법부의 법적용과 해석이 국민의 기본권 보장과 직결되기 때문에 그 중요성은 아무리 강조해도 지나치지 않다. 국민의 기본권 보장의 최후의 보루가 사법부이기 때문에 사법권의 독립이 강조된다. 헌법 제103조에 사법권의 독립을 규정한 이유도 바로 이 때문이다. 사법권의 독립과 함께 준사법기관인 검찰의 독립도 중요하다. 우리는 종전에 「유전 무죄」라는 말을 자주했는데 법관이나 검사는 법에 순사한다는 정신으로 청빈해야 하고 봉사자라는 겸손한 자세로 권위의식을 버리고 국민을 대하여야 한다. 나라가 일어나려고 한다면 사법부가 먼저 일어나야 한다는 말이 있다. 법관이 소신을 갖고 법과 양심에 따라 재판해야 국가가 부흥한다는 의미이다.

다섯째, 노사간의 화합이 이루어져야 한다. 우리나라에 법 위에 「떼법」이 있다고 하는데 떼를 쓰고 밀어붙이면 법도 손을 들고 만다는 풍자에서 나온 말이다. 집단이기주의는 노동현장만이 아니다. 법과 원칙이 무너지면 종국에는 국가가 붕괴되고 만다는 데 위기의식이 깔려있다. 민주주의와 더불어 시장경제원리도 무시할 수 없다. 성장이냐 분배냐 하는 것은 성장이 있고 분배가 있어야 할 것이다. 기업도 법에 따른 투명성을 확보하고 근로자도 법과 원칙에 따른 쟁의행위를 하여 노사화합을 이루어야 2만달러 고지에 올라설 수 있을 것이다. 상공회의소 실태조사에서 78%의 응답자가 기업이 외국에 이전하였거나 준비하고 있다는 현상은 심각하게 받아들여야 한다. 정부는 쓸데없는 법적 규제를 과감하게 풀어 기업하기 좋은 환경을 조성하고 노사 스스로 법과 원칙을 지키는 풍토를 조성해야 한다.

여섯째, 국민들도 이제 법과 원칙을 지키는데 앞장서야 할 것이다. 선진국은 법을 지키지 않으면 살아가기 어렵다고 한다. 국민들은 정치인에게 무서운 존재가 되어야 한다. 정치인이 법과 원칙을 무시하고 부패할 때 설자리를 빼앗아야 한다. 우리 모두 호헌의 뿌리의 정착으로 선진국 진입을 앞당겨야 할 것이다.

(2003.07.16.)

헌법을 지켜라

7월17일은 제53회 제헌절이다.

제헌절을 맞이하여 소중한 헌법을 바르게 지켜야 하겠다는 결심을 국민과 정치인, 공무원이 가져야 한다. 우리 헌법의 기본질서는 자유민주적 기본질서이다. 이 질서의 양대 축은 국민 주권과 기본권 보장이다.

첫째, 헌법 제1조 2항의 「국민 주권은 대한민국의 주권은 국민에게 있다」는 말이다. 대한민국의 주인은 국민이다. 나라가 바로 서기 위해서는 국민이 똑똑해야 한다. 선진국에서는 정치인이나 공무원이 국민을 겁 내고 국민을 무서워한다. 주권자로서 국민은 힘을 합해 정치인이나 공무원의 잘못을 규탄하고 용납하지 아니하여야 된다. 국민은 국가의 주인으로서 소임을 다해야 한다.

둘째, 민주정치는 정당정치이다. 우리나라의 정당정치는 보스정치이다. 헌법 제8조 2항에 '정당은 그 목적·조직과 활동이 민주적이어야 한다'고 규정하고 있는데, 우리나라의 정당은 이 규정에 위반하고 있다. 정당의 비민주성에서 빨리 탈피해야 한다. 국회의원 입후보자는 지구당의 당원이 선출해야 한다. 정치는 타협이고, 경제는 선택이란 말이 있는데, 우리나라 정치는 타협이 없다. 여야가 국익을 위해 타협하는 정치가 아쉽다. 동서고금의 역사를 보면 경제력이나 군사력이 약해서 나라가 망한 것이 아니고 불화가 망국의 최대의 원인이란 말이 있다.

셋째, '국회의원은 지역구의 대표자가 아니고 전국민의 대표자이기 때문에 국익에 우선해야 한다'고 헌법 제46조 2항에 규정하고 있다. 국회의원은 국익 우선과 양심에 따라 직무수행에 심혈을 쏟아야 할 것이다.

넷째, 공무원들의 자세 전환이다. 공무원은 국민 위에 군림해서는 안 된다. 공무원은 헌법 제7조 1항에 국민 전체의 봉사자라고 규정하고 있다. 이 헌법규정을 존중하고 지켜야 한다. 국가의 주인은 국민이기 때문에 주인인 국민을 당연히 친절하게 섬겨야 한다. 공무원은 겸손하고 도덕적이 되고 법집행이 공정할 때 국민들은 정부의 권위를 인정한다.

다섯째, 법관의 공정한 재판이다. 법관은 헌법 제103조에 의하여 아무런 간섭없이 독립하여 심판해야 한다. 헌법과 법률에 의하여 그 양심에 따라 독립하여 심판하면 된다. 우리는 무권(無權)이 유죄이고 유권(有權)이 무죄라는 말을 듣고 있는데, 법원이 죽으면 그 나라의 민주주의는 고사하고 만다. 준사법기관인 검찰도 예외일 수 없다. 우리나라 기본질서의 가장 중요한 축의 하나인 기본권 보장의 마지막 보루가 법원이다. 지난번 미국 대통령 선거에서 본 미국 연방대법원의 판결이 미국 대법원의 권위와 국민의 지지를 피부로 느끼게 했다.

지금까지의 개헌논의를 보면 먼저 의원내각제의 개헌, 4년 중임제의 개헌, 최근의 통일헌법에 대한 개헌논의가 있다. 개헌은 민주발전을 전제하고, 우선 여야 합의와 국민의 동의가 있어야 한다. 통일헌법개정을 보면 대통령제는 흡수통일을 위해서는 모르지만 협상통일을 전제하면 국회 주도의 의원내각제가 바람직하다. 이번 개헌논의는 당리당략이나 정권 차원이 아니고, 국민과 국가 차원에서 신중을 기해야 한다.

(2001.07.17.)

개헌은 신중하게, 서둘 일 아니다

7월 17일은 헌법제정 제 60주년이 되는 뜻 깊은 제헌절이다. 지난 60년은 험난한 수난을 겪은 파란만장의 헌정사였다. 헌정사의 입장에서 보면 1948년에 제정된 헌법은 9번의 개정이 있었는데 그 가운데 5번이 전면 개정이었다.

전면 개정은 대수술을 의미하는데 사람이 대수술을 5번 하였다면 사망하였을 것이다. 개정(改正)이란 바르게 고친다는 발전적인 변화를 의미하는데 우리의 헌법개정은 거의 전부가 집권자의 자의에 의하여 개정되었으니 개정이 아니고 개악(改惡)이었다.

대통령의 임기연장이나 재집권을 위한 일방적인 개헌이었다. 이같은 연장선상에서 단임제가 나왔다. 그런데 현행헌법은 여야합의에 의한 개정으로 졸속한 개헌이었지만 별 하자가 없는 헌법이라 평가한다. 문제는 앞으로 헌법은 자주 개정해서도 안 되고 신중해야 한다는 것이다.

1787년에 제정된 미국헌법은 제정 당시 7개 조항에 추가 조항 27개 조항을 증보했을 뿐이고, 1946년에 제정된 일본헌법은 아직도 한 조문도 고치지 않고 그대로 시행하고 있다. 미국과 일본은 세계 1·2

위의 국가이다. 헌법개정이 능사가 아님을 실증적으로 두 나라가 증명하고 있다.

제18대 국회의원 임기가 5월 30일 개시되고 6월 2일 한나라당이 임시국회 소집을 요구하였으나 야당의 불참으로 의회가 소집되지 못하고 7월 4일 개점휴업상태로 회기가 종료되었다. 18대 국회의 첫 임시국회가 국회의장을 선출하지 못한 것은 60년 헌정사상 처음 있는 일이다. 이것은 분명히 직무태만이고 직무유기이다. 무노동·무임금 원칙을 스스로가 적용하여 세비를 반납하는 것이 마땅한 도리였다. 국민에게 부끄럽지도 않은가. 쇠고기 촛불집회의 함성과 불만을 국회 안으로 가져와 타결책을 모색하는 것이 의회민주주의의 정도이다.

현대 민주주의 국가는 대의제의 간접민주주의가 원칙이다. 국회의원이 국회에 등원하여 여야가 타협점을 찾지 않고 촛불집회에 참여하여 시위군중과 합세하여 그들의 뜻을 관철하려고 한다면 이것은 대의제 민주주의에 반하고 국회의원 본분을 망각한 처사이기도 하다.

파행국회를 보는 국민들은 정치가 발전하지 않고 역주행하는 것을 안타깝게 생각한다는 점에 국회의원들은 유념해야 한다. 지금은 나라 안밖이 몹시 어렵다. 특히 경제가 더 어렵다. 경제난국이라고 해도 과언이 아니다. 이 난제를 국회가 중심이 되어 생산적으로 풀어 나가야 한다.

절대군주국가에 있어서도 성군인 세종대왕이나 중국 역사상 최고의 성군인 청나라 강희제뿐만 아니라 민주 토양이 척박한 아프리카

대륙에서 민주화를 안착시킨 세계적인 만델라 전 대통령을 눈 여겨 보아야 한다. 이들은 제도에 앞서 해박한 국정운영의 투철한 사명감과 지혜를 갖고 국민을 섬기는 정치를 구사했기 때문에 추앙받는 지도자가 된 것이다.

개헌의 초점은 권력구조인데 단임제냐 중임제냐는 대통령제에 대한 보완보다 내각제의 개헌이 바람직하다고 본다.

미국을 제외한 선진국 대부분이 민주주의와 책임정치 원칙에 적합한 의원내각제를 채택하고 있다. 국민의 지지가 떨어지면 임기 내 물러나는 의원내각제로 전환이 이루어져야 하고 남북통일을 예상한다면 의원내각제가 바람직할 것이다.

권력구조와 관계없이 국회는 양원제(兩院制)가 되어야 한다. 날치기·선동·경솔에서 벗어나기 위해 양원제가 되어야 한다. 미국은 연방 뿐만 아니라 주(州)도 양원제를 갖고 있다. 미국의 상원은 대통령의 인사권을 통제하고 있다.

우리나라는 국회의원 숫자가 많다. 미국은 3억 인구에 435명의 하원의원 고정 숫자를 갖고 있다. 이를 우리나라에 대입하면 인구 6분의 1밖에 안 되니 70여명 정도면 족하다. 국회의원 수의 축소는 자기들 이익 때문에 어렵다면 전국구 비례대표 의원을 없애면 된다. 상원의원을 50명으로 하고 하원의원을 250명 정도로 하면 300명 선이 되어 상원의원의 비용 타령은 필요 없게 된다.

이번 10차 개정안은 마지막이라는 결심 하에 국회는 조급하게 서

둘지 말고 신중한 자세로 임해야 한다. 당리당략에서 벗어나 통일헌법을 예상하고 국민·학계·정계가 공동으로 참여하여 자랑스럽고 훌륭하고 성숙된 개정안을 마련해야 할 것이다.

(2008.07.17.)

개헌은 국회와 국민의 몫이다

노무현 대통령이 지난 17일 중앙 언론사 편집보도국장들과 청와대 오찬간담회에서 개헌안 발의 시기를 2월 중순쯤으로 예상하고 있다고 말했다. 여론과 야당의 반대에도 개헌을 추진하겠다는 의지의 표현이다. 우리나라의 개헌사를 보면 대부분이 대통령과 정부의 주도로 대통령의 임기연장이나 집권 야욕으로 이루어졌고 현행 헌법인 제9차 개헌이 국회에서 여야 합의와 국회의 제안으로 관철되었다. 이승만 대통령의 고집에 의하여 졸속으로 만들어진 제헌헌법에서 헌법개정의 제안권을 대통령에게 부여한 것이 잘못이라는 것이다.

대통령제의 모국으로 정형적 헌법을 가진 미국은 헌법개정의 발의권을 대통령에게 부여하지 않고 있으며, 일본도 의회가 발의권을 갖고 있고 독일은 의회가 헌법개정을 주도하고 있다. 우리나라도 제3공화국 헌법에서 헌법개정의 제안은 국회의 재적의원 3분의 1 이상 또는 국회의원 선거권자 50만인 이상의 찬성으로 한다고 하여 대통령을 배제하고 있다. 대통령의 헌법개정 제안권은 선택에 불과하고 개정은 국회와 국민의 몫에 속한다. 국민은 헌법제정권의 주체이다.

그리고 개헌은 신중해야 한다. 대통령의 독단적인 던지기식 제안은 곤란하다. 개헌의 성숙도는 개헌의 절실성, 국회의 여야 간 합의, 국민의 동의, 시기의 적절성이 충족되어야 한다. 대통령의 발언이 이상의 조건을 충족했다고 보기는 어렵다. 대통령의 개헌 발표 이후 국민들은 원포인트 개헌안에 긍정적이면서도 다음 정권으로 넘겨야 한다는 주장이 70%로 나타났으며 야당은 전부 반대하고 나섰다. 한나라당을 제외한 여당과 야 3당이 모두 찬성한다 해도 재적의원 3분의 2 이상에는 모자란다. 대선정국이 첨예하게 대립된 시점에서 한나라당의 반대가 기정사실이다. 국민투표로 간다고 가정해도 지금의 지지도로는 불가능하다고 본다.

대통령 임기 4년 연임제와 대통령 선거와 국회의원선거 시기를 맞추는 것도 문제가 있다. 국민들은 정치인들의 일방적인 선호도에 따라 연임제에 호감을 가지는데 5년 단임제도 장점이 있다. 독재 방지를 위한 5년 단임제는 대통령은 5년간 재선에 연연하지 않고 직무에 전념할 수 있는 장점이 크다. 단임제는 연임을 열망하는 대통령이 탄생할 때까지 두어도 괜찮다고 대부분의 헌법학자들은 주장하고 있다.

대통령과 국회의원선거 시기를 맞추는 문제도 장단점이 있는데 시기가 다른 것은 미국 같이 중간평가의 성격이 있기 때문에 강력한 대통령의 권한을 견제하는 장점이 있다. 중간평가의 성격을 뚜렷이 하고 경비 절감 차원이면 지자체선거와 국회의원선거를 맞추는 방법이 있다. 지자체의 장이나 의원의 임기는 헌법 규정사항이 아니기 때문에 적절한 시기에 선거법을 개정하여 임기를 단축시키는 개정을 하고 지자체와 국회의원선거를 동시에 시행하면 된다.

불가능한 개헌을 추진하겠다는 의도를 국민들은 의아해 하고 있다. 개헌 시도가 좌절되는 책임을 야당과 국민에 돌리고 다음 수순은 남북정상회담 대통령 중도사퇴 등으로 국면 전환을 시도할 것이라는 시나리오를 예상하고 있다. 이런 깜짝 쇼는 이제 국민들도 면역되어 있다는 점에 유념해야 한다. 일련의 조치가 인기 만회의 전환용이라는 생각을 고쳐야 한다. 위기일수록 정도와 대도를 가야 한다. 지금 서민 경제는 어렵고 실업자의 증가, 세금폭탄, 부동산에만 매달리는 경제정책, 여전한 기업규제, 낡은 교육평준화 고수로 해외유학 급증, 인사의 난맥상, 대미외교의 악화 등 국민을 만족시키는 정책이 없다.

과반수 의석을 안겨준 여당은 핵분열 직전이다. 집권 연장을 염두에 둔다면 지금 대통령과 여당은 개헌이 국회와 국민의 몫임을 인식하여 되지도 않을 소모적인 제안권 행사는 접고 국민의 아픔을 치유하는 방향으로 정책전환을 해야 한다. 경제와 안보에 최선을 다하여 국민으로부터 사랑받는 정부·여당으로 태어나는 것이 표심을 얻는 지름길임을 자각, 실천하라.

(2007.01.29.)

개헌이 만병통치약은 아니다

현행 헌법이 여야가 밀실야합한 헌법개정이라고 비난도 하지만 여야 합의에 의한, 조금 미비하나 무난한 헌법으로 평가된다. 그렇다면 지금 당장 개정해야 할 심각하고 필요불가한 사유가 있는 것도 아니다. 지구상에 어느 헌법이라도 완전무결한 헌법은 없다.

지금 여야 간에는 내년 지방선거가 끝나면 그 결과를 가지고 개헌을 추진한다는 것에 공감하고 있다. 여기에다 최근 노무현 대통령의 연정 발언이 기름에 불을 붙인 격이 되고 있다. 대통령은 현재 정치가 어려운 것은 헌법이 잘못 규정되었기 때문이라고 헌법에 책임을 돌리고 있는 것 같다. 대통령제가 잘못되어 여소야대 하에 정치가 어려우니 뜻한대로의 개헌이 되면 모든 문제가 해결되는 것처럼 생각하고 있는 것이다. 미국도 지금은 여대야소이지만 통상 여소야대 정국이 상식처럼 되어 있다. 이것은 국민의 뜻이기도 하다. 대통령과 여당이 합작하여 독주할 때 제동 역할은 야당만이 가능하다. 그리고 부당한 야당의 견제는 국민이 선거를 통해 견제한다.

제17대 총선에서 열린우리당이 압승하여 여대야소를 만들어준 것도 국민의 뜻이고, 재·보선에서 참패하여 여소야대가 된 것도 국민의 뜻임을 정부여당은 겸허하게 수용해야 한다. 여당은 과반수에서 4석이 모자라는 146석이다. 민주당과 민노당이 각 10석이므로 이들과 정책연대를 하면 어려울 것이 없을 것이다. 지금 정국이 어렵게 되는 것은 헌법이 잘못된 것이 아니고 헌법을 운영하는 위정자가 잘못이라는 것이 국민들의 상식적인 판단이다. 제1당인 여당이 제 역할을 다하고 대통령이 국민의 뜻에 따라 정치를 잘하면 현재의 의석 분포가 큰 문제가 되지 않을 것이다. 그렇기 때문에 대통령의 현재의 연정 구상은 시의에 맞지 않다. 대통령제 하에서 연정뿐만 아니라 책임총리제니 분권형 대통령제 같은 법률사전에도 없는 말은 격에도 맞지 않다.

개헌 논의는 정말 신중해야 한다고 본다. 현행 대통령제의 개헌이든 의원내각제나 이원정부제의 권력구조에 관한 개헌이든 복잡한 정치적 태풍을 안고 있기 때문이다. 우선 현행 헌법이 심각한 문제를 갖고 있느냐로부터 시작하여 문제가 있다면 그에 대한 국민의 합의가 이루어졌느냐는 것과 다음은 구체적인 사항에서 보면 헌법 전문, 총강, 토지공개념, 통일한국의 문제와 권력구조 개편 등 넘어야 할 산과 고비가 너무 많다. 이것은 여·야간에 정략적 단순논리로 접근하여 쉽게 처리할 문제가 아니다. 개헌을 이 정권에서 반드시 처리해야 된다는 강박관념을 가져서는 안 된다.

개헌은 대선과 맞물려 있기 때문에 권력구조 개편과 가장 깊은 관계가 있다. 여·야당이 제17대 대통령 당선에 자신이 없으면 의원내각제나 이원정부제를 선호할 것이다.

만약 권력구조에 관한 개헌을 시도한다면 의원내각제 개헌이 바람직하다고 본다. 대통령제는 무책임정치이고 우리나라는 실증적으로 실패한 대통령제이다. 역대 대통령 모두 실패한 대통령이었기 때문이다. 이원정부제를 선호하는 것 같은데 이원정부제도 바람직하지 못하다. 여소야대의 대치국회에 정부마저 실적적으로 여당의 대통령과 야당의 국무총리가 분리될 때 국정은 혼란에 빠지게 된다. 의원내각제는 여소야대가 없고 국회의원 선거 하나만으로 국회와 정부가 구성된다. 대통령 선거에 따른 막대한 비용을 줄이고 국론분열도 막을 수 있다. 의원내각제는 책임정치와 민주주의에 적합한 제도이다. 끝으로 헌법이 잘못되었으니 헌법만 고치면 문제가 해결된다는 개헌이 만병통치약이라는 생각을 버려야 한다. 개헌은 여야 정략을 떠나 헌법 제정권력의 주체인 국민의 뜻에 따라 다시는 개정하지 않을 각오로 영원성의 헌법이 되게 신중하게 처리해야 한다.

(2005.07.14.)

실효성 없는 수박 겉핥기 국감 폐지하라

국회가 10월 6일부터 20일간 국정감사에 들어갔다. 원래 국정감사는 소관상임위원회별로 매년 9월 10일부터 20일간 실시하는데 20일은 고정기간이고 시기는 국회의 의결로써 변경할 수 있다. 현행 헌법은 제61조에 국정감사와 국정조사에 관한 규정을 하고 있다. 국정감사는 국회가 매년 정기적으로 국정전반에 관하여 실시하는 감사를 말하고 국정조사는 특정한 국정사안에 대하여 실시하는 조사를 말하는데, 국정조사는 국회 재적의원 4분의 1의 요구가 있는 때에는 특별위원회 또는 상임 위원회로 하여금 국정의 특정사안에 관하여 조사를 시행하게 된다. 국정조사권은 국회의 독립적 권한이 아니고 부수적인 권한이기 때문에 헌법에 규정이 없어도 국정의 원활한 수행을 위하여 필요로 하는 권한이다.

문제는 대통령제 국가에서 국정감사를 실시하는 국가는 우리나라 뿐이고 이외 선진국에서도 유래를 찾아 볼 수 없다. 우리나라는 제헌헌법에 도입했다가 유신헌법에서 폐지되고 제 6공화국 헌법에서 부활되었다. 세계에서 거의 유래가 없고 강력한 정부통제권인 국정감사가 시행과정에서 많은 문제점이 제기되어 존폐문제까지 논의되고 있다. 정쟁국감·구태국감·부실국감·호통국감·수박겉핥기국감·난장판국감·파행국감 등이 이를 증명하고 있다. 20일 갖고 500여개의 기관을 감사하고 질의시간 10분내외 심지어는 서울시·시·도까지 감사대상이다. 부실·겉핥기감사가 될 수밖에 없는 이유이다.

국정감사는 예산국회의 본래 기능인 예산심의와 이를 뒷받침할 입법권을 유효적절하게 행사하기 위한 권한이다.

첫째, 국정감사는 여야의 당리당략이나 국회위원 개인의 이익을 앞세우지 말아야 한다. 예산 책정은 국익과 국가발전 차원에서 균형·중요성·완급과 우선 순위에 따라 공정하고 합리적으로 편성해야 할 것이다. 지역구를 의식하여 피감기관에 압력을 행사해서는 안 될 것이다.

둘째, 국정감사는 정쟁감사가 되어서는 안 된다. 한나라당은 잃어버린 10년을 따지겠다고 하고, 민주당은 이명박 정부 8개월간의 총체적 부실과 난맥상을 따지겠다는 양측의 주장은 양보 없는 상호의 격한 정쟁을 예고하고 있다. 국정감사 시작부터 사사건건 정쟁의 마찰과 해결책 없는 평행선을 달리고 있다. 7일 외교통상통일위원회의 외교통상부 국정감사에서는 "한미FTA 비준안 처리를 서둘러야 한다"는 한나라당과 "속도조절이 필요하다"는 민주당이 충돌했다. 같은 날 문화체육관광통신위에서는 "노무현 정부 5년의 좌편향적 적폐를 청산해야 한다"는 한나라당의 공세와 이명박 정부의 '실정'을 지적하는 민주당의 역공에 부딪혔고, 6일 교육과학기술부 국정감사에서 한나라당 정두언 의원이 북한학술서라고 쓰인 〈현대조선역사〉가 북한 교과서를 그대로 인용하고 있다고 말했다. 야당의원들은 현 교과서를 유지해야 한다고 맞섰다. 한나라당 의원들은 대한민국의 정통성을 부정하는 교과서는 당장 고쳐야 한다고 주장하는 반면 민주당과 민주노동당 의원들은 교과서 수정요구는 정치적 공세라고 치열한 공방이 벌어졌다. 각 상임위 국정감사에서 여야 간의 상반된 정치공방에 생산적인 합의점 도달이 어렵다면 국정감사의 무용론이 고개를 들게 된다. 위원회가 국정감사를 종료하면 감사 경과·결과·처리의견을 기재하고 중요 근거서류를 첨부한 보고서를 작성하여 의장에게 제출하고 의장은 지체 없이 본회의에 보고한다. 보고서 작성이 중요한데 여야 간의 첨예한 대립이 합의된 단일의 보고서 작성에 장애요인이 될 수 있다.

셋째, 국정감사의 각 부처의 준비와 중복감사의 문제이다. 중앙부처는 감사준비에 만전을 기하기 위해 인적·물적·시간적 부담이 가중된다. 몇 개월간의 준비가 필요한 것이다. 소홀히 하다가는 당하기 일쑤이기 때문이다. 감사장에 의원 개개인에게 주어진 자료는 한 보따리씩이다. 준비한 자료에 대하여 의원들은 숙지하고 감사에 임하여야 준비의 노고에 보답하는 길이 될 것이다. 그리고 중복감사도 문제이다. 각 부처는 자체감사와 감사원 감사도 예상해야 하기 때문이다. 광역 자체의 경우 국회의 국정감사 이외 의회감사와 감사원 감사를 받게 되면 3중의 감사에 고통을 받게 되고 자체업무를 소홀히

할 가능성도 있다. 감사공화국이라는 오명을 씻을 때가 되었다고 본다. 지자체의 국정감사제도라도 먼저 폐지해야 할 것이다.

넷째, 여당은 무조건 정부를 두둔하거나 감싸지 말고 야당은 무조건 비판하거나 공격하는 자세를 버리고 공정한 비판과 합당한 대안을 제시하여 감사다운 감사에 합심하는 노력을 보여야 할 것이다.

다른 나라에 없는 돌연변의의 국정감사권이 이 나라 민주발전에 공헌도 인정하지만 행정마비·정쟁국감·수박겉핥기 국감에서 벗어날 때가 되었다고 본다.

헌법에 국정감사를 규정하고 있기 때문에 헌법을 개정하지 않고는 폐지가 어려울 것이고 국회의원은 국회의 권한의 축소로 보기 때문에 동의하기 쉽지 않을 것이다. 그러나 이제 우리는 평화적 정권교체가 이루어지고 책임정치가 구현되는 오늘 선진국 국회와 호흡을 함께 하고 정쟁·부실·무익국감에서 벗어나기 위해 개헌시에는 국정감사제도를 폐지하는 것이 바람직할 것이다. 국정조사권으로도 국정감사권을 충분히 대신할 수 있다는 판단에서이다. 감사권이 권력분립의 견제기능을 무시하는 과도한 권한 행사에다 실효성 없는 수박겉핥기식 국감은 폐지되어야 할 것이다.

(2008.10.13.)

비효율·낭비 국감제 존치 가치 없다

우리나라에 세계 어느 나라 의회에도 없는 기이한 3가지가 있다. 국정감사제와 선진화법, 사기업체의 증인채택이다. 문제는 각 부처가 7월부터 감사 준비에 들어가 준비에 만전을 기하기 위해 철저한 대비로 일반 행정에 지장을 초래하고 준비의 경비뿐만 아니라 감사 당일은 장관과 간부들이 무더기로 해당 상임위에 출석해 장시간 대기하는데 질의와 답변은 시간에 쫓겨 제대로 하지도 못한다. 국감제뿐만 아니라 국회선진화법도 세계 어느 나라에도 없는 기이한 제도인데, 일반의결 사항의 정족수를 재적의원 5분의 3(180명)으로 해 헌법 제49조의 과반수 의결정족수를 위반한 것이다.

세월호 참사 이후 3개월 동안 이 법 때문에 여당이 과반수인데도 한 건의 법안도 통과시키지 못했다. 국감은 국회가 외부적으로는 독선·독재인데 내부적으로는 선진화법이 식물국회·무능국회·불임국회로 만들었으니 이 법도 폐기해야 한다. 야당의 동의 없이 불가능하니 딱하다 아니할 수 없다. 더욱 심각한 것은 기업인에 대한 증인과 참고인의 채택 문제이다.

국정감사는 대상이 행정부처와 공공기관이고 행정부처에 대한 감사·견제가 목적이다. 사기업체는 감사대상이 아니다. 일반 기업체는 사법자치의 원칙에서 움직이는 조직이다. 사법자치 원칙은 민주주의의 필수불가결의 대원칙이다.

국회는 기업 활동에 근본적으로 간섭해서는 안 된다. 기업에 위법 사실이 있다면 경찰이나 검찰에서 수사로 밝히면 되는 것이다. 기업 범죄가 정계 고위층과의 유착관계로 검찰이나 경찰의 수사가 한계에 봉착했을 경우 국회가 극히 예외적으로 국정조사가 가능하다는 외국 사례가 있기는 하다. 대기업 총수를 불러 호통치거나 증인을 빼주는 것을 권능으로 착각하고 있는 것 같다. 기업에 사정 봐주는 척 하면서 생색내어 대소사에 초청장 내고 모임에 연결, 정경유착이 공고해진다. 의원들이 기업으로부터 유·무형의 이득을 챙긴다는 것이다. 채택 안 되면 감사인사 다녀야 하고 채택되면 준비에 골몰해야 한다. 기업인 증인 출석 때문에 로펌 컨설팅을 의뢰해 건당 최고 4,000만 원까지 지불한다고 한다. 대기업은 수십 명으로 대관업무를 가동하고 있다니 이런 낭비가 어디 있느냐. 증인, 참고인으로 출석해 잘못 답변하면 기업에 엄청난 타격을 받을 것을 염려해 로펌에 의뢰하고 자체 대관업무 담당자를 두는 것은 나무랄 처지가 못 된다.

국회의 행패로 기업의 대외신인도 추락에 기업은 촉각을 곤두세울 수밖에 없다. 일 안 하는 국회가 일하는 기업에 훼방을 놓고 있으니 국회의 국민 지지도가 바닥권을 헤매고 있다. 지금 우리 경제는 대단히 어렵다. 여야 정치권은 현재 어려운 기업 상황을 전혀 고민하는 흔적이 보이지 않는다. 우리는 기업 때문에 생을 영위한다고 봐야 한다. 기업이 망하면 나라가 망한다. 기업에 용기는 주지 못하더라도 투자의욕을 상실하고 더러워 해외로 나가게 해서는 안 된다.

내년에는 기업인의 증인채택을 폐지해야 한다. 국회선진화법도 세계 유례가 없는 법이기 때문에 야당도 여당이 될 경우를 예상해 반대하지 말고 폐지에 동참해야 할 것이다. 국정감사제의 폐지는 헌법을 개정해야 한다. 국회의 권한을 축소해야 하기 때문에 반대할 것이다. 독재정권에서는 정권을 견제하기 위해서는 국감의 필요성이 있었지만, 지금은 평화적 정권 교체가 되고 민주화가 되었으니 국회가 갑의 입장에서도 독재화되어서는 안 되고 삼권분립과 견제균형의 원칙에 위반이니 국감을 폐지하고 필요하면 국정조사권을 발동하는 상시 국정조사권으로 대처하면 될 것이다.

(2014.11.11.)

국회 재판 중 조사, 헌재 독립성 훼손 말라

강만수 기획재정부 장관이 6일 국회에서 오는 13일로 예정된 헌법재판소의 종합부동산세 위헌 심판 결정의 전망을 묻는 국회의원의 질의에 우리가 헌재와 접촉은 했지만 확실한 전망을 할 수 없다고 하고, 세대별 합산은 위헌으로 갈 것 같다는 예상을 하고 있다고 했다. 헌재의 주심 재판관을 만났다는 보고를 받았다고도 했다.

강만수 장관의 헌재 재판관 접촉과 종부세 위헌 예상 발언은 상식 이하의 발언으로 이 같은 사람이 어떻게 장관직을 수행하고 있는 지 통탄하지 않을 수 없는 대목이다. 이 발언은 야당은 물론이고 여당에도 벌집을 쑤셔 놓은 꼴이 되고 말았다. 그렇다고 헌재의 진행 중인 소송사건에 국회가 진상조사에 나서는 것도 공정한 심판에 장애 요인으로 등장할 가능성을 배제할 수 없다는 데 심각한 문제가 있다.

강 장관의 발언에 대해 민주당은 일부 위헌 결정이 나오면 국민들이 어떻게 헌재를 믿겠느냐고 하고, 헌재는 선고를 하기 전까지 그 판결이 어떠한 방향으로 가고 있는지에 대해 절대로 외부에 공개해서는 안 된다고 목소리를 높였다. 자유선진당도 그 어떤 이유로도 변명하기 어려운 위헌적 행위라고 규탄했고 민노당도 진상 규명이 이루어지지 않는 한 헌재의 판결을 국민이 납득할 수 없다고 규탄했다. 한나라당도 어처구니 없는 사태에 당혹감을 감추지 못했다.

홍준표 원내대표는 정치판의 생리도 모르고 소신대로 하는 사람이라며 이번에는 실수했다고 했다. 홍 대표는 당직자 회의에서 강 장관이 실언을 해 국민들에게 죄송하다고 했고, 당 지도부는 강 장관의 부주의한 발언으로 본인은 물론 여권 전체에 화를 불렀다는 불만으로 가득했다.

여야는 강 장관의 발언에 대하여 국회상임위 차원의 진상조사를 실시키로 합의했다. 3당 원내대표는 기획재정위와 법제사법위의 합동조사위원회를 구성하고 11~18일 진상조사를 실시하기로 의견을 모았다. 7일 속개된 대정부 질문에 나온 강 장관은 기획재정부는 어떤 형태로든 헌법재판관을 접촉한 적이 없다고 해명했다. 그는 접촉했다고 말한 것은 세제실장 등 실무진이 헌재연구관을 면담해 종부세 위헌 의견 제출배경을 설명한 것을 의미하는 것이라며, 자기가 직접 접촉한 것이 아니라 의견서를 제출했다는 보고를 받았다는 뜻이라고 해명했다.

헌재는 7일 강 장관의 발언에 대해 공식적으로 유감의 뜻을 표명했다. 헌재는 보도자료를 통해 기획재정부 장관이 국회에서 헌법재판소와 접촉하였다는 등의 매우 부적절한 용어를 사용해 객관적 사실과 다른 발언을 함으로써 헌법재판의 정치적 중립성과 독립성에 우려를 자아낼 수 있는 사태를 초래한 데 대해 심한 유감의 뜻을 표명한다고 밝혔다. 다만 기획재정부 세제실장이 종부세 사건과 관련해 정부의 입장이 변경된 경위를 제출하면서, 헌재연구관을 방문해 경위를 설명한 것일 뿐이며, 재판결과와 내용에 대해 이야기를 나누지 않았다고 해명했다.

헌재는 헌법재판의 독립성과 공정성은 어느 누구에 의해서도 훼손될 수 없다고 했다.

문제는 국회의 진상조사는 국정조사와 동일한 차원이라는 것이고, 국정감사 및 조사에 관한 법률에 '계속 중인 재판에 간여할 목적으로 이를 행사할 수 없다'는 규정에 주목해야 한다. 여기에 계속 중인 재판은 법원의 재판뿐만 아니라 헌법재판소의 재판까지 확대 해석해야 할 것이다. 헌법 제103조는 '법관은 헌법과 법률에 의하여 그 양심에 따라 독립하여 심판한다'라는 꼭 같은 규정을 헌법재판소법 제4조에 규정하여 재판의 독립을 보장하고 있다. 심판에 있어서의 독립은 심판에 있어서는 여하한 세력으로부터의 독립을 의미한다. 행정부나 국회, 사회적·정치적 세력뿐만 아니라 사법부 내부에 있어서도 독립을 의미한다. 이 같은 세력으로부터 독립되어야 흔들림 없는 공정한 재판이 가능하기 때문이다.

법원에 계속 중인 사건에 관하여 감사·조사할 수 있는지에 관하여 긍정설과 부정설이 있으나 부정설이 세계적 통설이다. 법원에 계속 중인 사건에 관하여 정치적 압력을 가하거나 사법상의 문서를 제출케 하거나 법관의 법정지휘에 관한 절차를 감사·조사하는 것은 허용되지 아니한다는 것이다. 이것은 국정감사 및 조사에 관한 법률이 뒷받침하고 있다.

이번 강만수 장관의 헌재발언에 대한 진상조사도 국정조사 차원에서 다루되 재판 계속 중 조사라는 점을 감안하여 헌법재판의 독립성과 중립성과 공정성을 훼손하지 않는 범위 안에서 조사가 이루어져야 한다는 점에 조사의원은 명심해야 할 것이다. 재판관에 대한 조사는 행사되어서는 안 되고, 헌법재판소는 정치판에 흔들림 없이 공정한 심판을 내려야 할 것이다.

(2008.11.12.)

정략적 국회선진화법, 의정 파행 땐 폐지돼야

국회선진화법이란 국회가 별도로 특별법으로 만든 법률이 아니다. 2012년 5월 2일 제18대 국회 임기말에 국회법의 일부를 개정해 만들어진 국회법 개정의 일부분이다. 당시의 법 개정은 새누리당 황우여 대표가 정략적으로 주도했는데 새누리당은 2010년 지방단체장 선거, 2011년 국회의원 분당보궐선거, 10월 서울시장 보궐선거 모두에 야당이 승리하며 2012년 4월 총선도 연장선상에서 보게 되었고 다수 여론도 민주당이 우세하며 민주당보다 적극적이었다. 개정의 내용은 안건 신속처리 일명 의사진행 방해, 국회의장 직권상정 제한, 안건조정위원회 설치, 안건 자동상정, 의장석·위원장석 점거 및 회의장 출입방해 행위에 대한 징계 강화 등이다. 이들 가운데 핵심적인 논란 대상 규정은 안건 신속처리인 무제한 토론제도이다.

국회선진화법의 법 개정의 배경은 헌법과 법률의 규정을 존중해 의안을 처리하고 폭언이나 폭력을 사전에 예방하고 사후에 제재하기 위함이다. 다수당은 힘에만 의지해 소수당을 무시하며 설득이나 합의 없이 의안을 처리하지 못하게 하고, 소수당은 회의장 점거나 물리력을 행사하며 회의진행을 저지하지 못하게 제도적 장치를 마련하자는 데 목적이 있다. 즉 다수당에 의한 날치기 통과를 어렵게 하고 소수당에 의한 통과 저지를 위한 물리력의 행사를 어렵게 하자는 것이었다.

우선 직권상정의 제한을 보면 제18대 국회는 97건으로 역대 최고치로 남발했다. 이를 바로잡기 위해 천재지변 등의 경우 의장이 각 교섭단체 대표의원과 합의하는 경우로 제한했다. 징계도 강화해 의원은 의장석 또는 위원장석 점거금지는 물론 조치에 불응하는 경우이 징계안은 바로 본회의에 부의해 지체 없이 의결하도록 했다. 30일 이내 출석정지의 경우 3개월 수당 월액 전액을 감액하도록 징계수준을 대폭 강화했다.

문제는 합법적인 의사진행 방해이다. 신설된 국회법 제106호의 2는 재적의원 3분의 1 이상 요구가 있는 경우 본회의 심의 안건에 무제한 토론을 할 수 있다. 토론종결동의는 재적의원 5분의 3 이상의 찬성과 토론 중 회기가 종료된 경우는 종결된다. 제19대 국회는 100명 이상이 요구하면 무제한 토론이 시작되고 180명 이상이 찬성하면 토론이 종료된다. 소수당이 반대하는 법률안 통과를 위해서는 180석 이상을 확보해야 한다. 과반수 의석을 확보한 정당일지라도 법률안 통과가 불가능한 입법불임정당이 되고 만다.

당장 이번 정기국회 기초노령연금법 제정이 문제다. 정부법안은 65세 이상 노인 소득하위 70%는 10만 원에서 20만 원 차등지급인데 민주당은 20만 원을 고수해 합의가 어려울 것 같다. 해당 보건복지

위에서 합의가 되지 않으면 직권상정이 종전에는 가능했으나 엄격한 제한으로 불가능하고 새 제도인 신속처리안건으로 지정되면 상임위·법사위 통과하지 아니한 때로 본회의에서 법안을 처리할 수 있다. 지정하려면 재적의원 5분의 3 이상 찬성하거나 복지위 5분의 3 이상이 찬성해야 하는데 지금 새누리당은 153석이고 복지위 5분의 3은 13석인데 새누리당 11석이니 야당의 협조 없이 불가능하다.

앞으로 쟁점법안에 대한 국회의결은 5분의 3 의결로 인해 의사진행에 장기간 표류가 예상된다. 새누리당은 자기들이 주도한 국회선진화법을 위헌론까지 제기하고 있다. 문제는 민주정치가 과반수에 의한 다수결의 정치이며 이것은 모든 민주국가의 공통적이고 보편적인 정치원리이고 헌법정신이다. 미국은 상원과 하원의 상임위원장은 한 석이라도 많은 정당이 모두를 독식하고, 대통령 선거인단 선거에서 한 표라도 많은 정당이 전부를 독식한다. 가중다수결제가 정당성을 얻으려면 자유민주주의 일반 다수결원칙과 대의민주주의의 기본원리가 존중되어야 한다.

정당기속과 여야 갈등이 심각한 우리나라에서는 식물국회, 입법 불임의 염려가 크다. 위헌·무용론에 관망론과 낙관론도 있다. 이번 정기국회에서 쟁점법안 처리에 심각한 위기가 발생하면 가중다수결제는 폐지되어야 할 것이다.

(2013.11.05.)

생소한 의무투표제 시행해볼 만하다

8자리의 공직자를 선택하는 6월 2일 지방선거의 투표율이 50%를 밑돌 수 있을 것으로 내다본 중앙선관위가 투표율 높이기에 총력을 쏟고 있다. 그러나 지난날 선거의 경험으로 보아 지방선거가 대선과 총선보다 언제나 투표율이 낮았음을 감안한다면 이번 지방선거가 40% 내외에 머물 가능성이 크다.

민주국가의 생명은 언론의 자유와 참정권이다. 국가의 주인인 국민이 주인 행세를 하는 것은 투표소에서 투표하는 것뿐이다. 참정권이란 국회의원 같은 국가기관을 선출하는 선거인단에 참가할 수 있는 권리이고, 의무는 도의적 의무다. 투표권 행사는 공무집행으로 국가기관으로서 행사하는 권리를 말하며, 법적 의무를 부과할 수 있다. 참정권에 의하여 선거에 참여하고, 그 후의 국민은 부분기관으로 선거를 하는 것이므로 선거권 행사 자체가 기본권이 아니라는 것이다. 공무집행인 투표권 행사는 각국의 실정법에 따라 의무를 부과할 수 있다는 것이다.

1989년 1월 서호주대학을 방문했을 때 호주 선거제도의 특징인 의무투표제를 교수로부터 들었다. 이 강제선거제도는 정당한 사유 없이 선거를 거부하거나 기피할 경우 예전에는 20(호주)달러를 내게 되어 있다는 것이고, 이 때문에 투표율이 95%를 상회한다고 자랑했다. 이 제도는 1915년부터 시행된 것으로 지금도 시행하고 있고, 벌금은 인상되어 78(호주)달러(약 8만 원)로 투표율은 지금도 95% 안팎이라고 한다. 의무투표제를 시행하고 있는 나라는 호주 이외 벨기에, 이탈리아, 오스트리아, 브라질 등이 있다. 브라질은 특별한 사유 없이 투표에 불참할 경우 4헤알(미화 2달러)의 벌금 부과, 3회 이상 불참시 선거권 박탈, 공무원 임용시험 응시 제한, 여권발급 금지 등 강력한 제재를 가하고 있다.

선거공영제인 우리나라에 막대한 국민의 세금이 투자되는데 국민 다수의 기권으로 제대로 된 대표를 선택하지 못하고 선거에 의한 국민의 통제 기능마저 상실한다면 민주선진국으로 도약하는 발판도 무너지고 만다는 데 심각성이 있다.

지자체·교육감·국회의원 재·보궐선거의 투표율이 30% 전후인데, 이런 선거에서 무슨 대표성과 정당성을 찾을 수 있단 말인가. 망국적 투표율 저하를 방지하기 위하여 우리도 호주나 브라질같이 의무투표제 도입을 적극적으로 검토해야 할 단계에 왔다고 본다. 지금 당장은 시행하기 어렵겠지만 올바른 민주주의 정착을 위해 강제가 따르더라도 시행 목표를 설정하고 준비단계에 들어가야 할 것이다.

낮은 투표율이 가져오는 부작용은 첫째, 투표장에 유권자를 동원하기 위한 선관위의 홍보비용이다. 각종 캠페인 비용, 인력 동원, 지자체의 홍보비용 등은 의무투표제를 시행함으로써 없앨 수 있다. 둘째, 투표율 저조는 정치 무관심의 표현으로 국회의원·단체장이나 의회의 부정이나 파행에도 무관심으로 연결되어 국민들의 견제와 감시 기능을 할 수 없으니 그 손실은 유권자인 국민이 떠안을 수밖에 없다.

선거의 무관심, 투표율 저하는 투표로 당선된 사가 겸손하지 못하고 국민을 겁내지 않고 무시할 가능성이 있다는 데 문제가 있고, 더하여 국민들의 반짝 냄비정신에도 문제가 있다.

선진국은 대통령이나 의원이 국민을 의식하고 겁을 낸다. 의식하지 않으면 낙선되니 말이다. 당선자가 국민을 겁내고 올바르게 발전적인 정치를 하기 위해서는 먼저 투표에 적극 참여하여 최선의 선택을 해야 한다. 참여의 폭을 넓히기 위해서도 의무투표제 도입이 필요하다고 본다. 처음에는 강제적인 것 같지만 차츰 습관이 되면 자발적으로 투표에 참여하게 되어 민주주의 발전에 순기능을 다하게 될 것이다.

우리는 투표의 기권을 자랑스러운 미덕처럼 오해하기 쉬운데 투표 불참은 민주 발전을 가로막는 해독이 된다는 점을 명심하고 투표에 꼭 참여해야 할 것이다.

(2010.05.19.)

주민소환제의 전향적 실천방안

2006년 5월 2일 국회를 통과한 주민소환에 관한 법률이 지방자치단체장과 지방의회의원의 임기 개시 1년이 경과하는 2007년 7월 1일부터 지방자치 사상 최초로 주민소환제가 실시되는 날이다.

지방자치단체장과 의원의 임기는 4년으로 보장되어 있으나 지금까지는 법원의 유죄판결로만 임기가 단축되었지만, 이 제도가 실시되면 유죄판결 이외 사유로 임기 단축이 가능해진다. 주민이 선출한 지방의 선출직 공무원들을 임기 중에 투표를 통해 해임하고 새로 선출하는 이 제도는 직접민주주의의 한 방법이기도 하다. 이것이 잘만 운영되면 풀뿌리 민주주의가 정착되고 지방행정에도 신선한 바람이 불 것이다.

이 법은 주민의 직접참여를 확대하고 지방행정의 민주성과 책임성을 제고함을 목적으로 하고 있기 때문에 해당 공무원의 독선적인 정책 결정과 집행, 인사전횡, 무능력, 비리 등이 발견되면 4년을 기다릴 것 없이 즉시 교체해 지방행정을 발전·정상화시키자는 취지이다.

주민소환에 관한 법률에 의하면 청구에 있어서 특별시장·광역시장·도지사는 투표권자 10% 이상, 시장·군수·구청장은 15% 이상,

의원은 20% 이상 서명하면 된다. 주민소환 투표결과의 확정은 투표권자 3분의 1 이상의 투표와 유효투표 총수 과반수의 찬성이다.

경기도 하남시장이 제도시행 제1호 자치단체장이다. 이외 수도권에서는 하남·판교·성남 등에서 소환이 거론되고, 해남·장흥에서도 거론되고 있다고 한다. 김황식 하남시장의 경우 소환투표 청구가 법적으로 필요한 서명자수의 2배를 능가하여 찬성 가능성이 높다. 하남사태는 시장이 경기도가 공모한 광역화장장을 유치하는 대신 지원금 2,000억 원을 지역발전에 쓰겠다는 것이고 반대하는 시민들은 시장 멋대로 하는 독선·졸속·오만행정은 용납할 수 없다고 항변하고 있다. 시장은 주민설명회·공청회를 통해 주민이 반대하면 취소하겠다고 주장하고 투표청구가 2배를 넘었으니 일부 주민만의 반대가 아니라고 반박하고 있다. 문제는 이 사유가 시장을 쫓아내는 주민소환의 사유가 되는지 의문이라는 점이다.

주민소환제는 주민파면제도이다. 자기들이 뽑은 공무원을 자기 손으로 파면시키는 제도이다. 헌법상 탄핵사유에는 헌법과 법률에 위반하는 경우라고 규정하고 있다. 공무원의 해임도 법률위반으로 형이 확정된 경우이다. 그렇다면 소환청구 사유도 법률에 명시되어야 한다. 구체적이고 명확하게 규정해야 한다. 코에 걸면 코걸이 식이 되어서 안 된다고 본다. 현행 주민소환에 관한 법률에는 청구사유가 구체적으로 명시되어 있지 않기 때문에 소수가 나쁜 목적을 위해 오용·남용·악용할 소지가 있다는 점이다. 선거에 낙선한 자가 개인

감정 등으로 이를 악용할 소지가 있다. 정당공천에 탈락한 자가 감정을 가지고 지지자를 부추겨 소환 사유도 안 되는 사유로서 악용한다면 피해는 주민에게 돌아갈 수밖에 없다. 그렇기 때문에 청구사유를 부정부패·비리·법령위반·직무유기 등으로 법제화시켜야 할 것이다. 지자체의 기초단체장과 의회의원은 정당공천에서 제외해야 한다. 정당의 악용을 막기 위해서이다. 하남시 주민소환추진위원회는 김황식 하남시장과 시의회 김병대 의장, 임문택부의장, 유신목의원에 대한 주민소환 투표청구서를 하남시 선거관리 위원회에 제출하였는데 소환대상자가 모두 한나라당 소속이다. 비례대표는 소환대상이 아니다. 지역구가 없기 때문이다. 하남시의회는 한나라당 4명, 민노당 2명, 열린우리당 1명으로 구성되어 있다. 9월 투표일정이 공고되는 순간 행당자는 권한행사가 정지된다.

　주민소환제의 장점은 무책임한 공직자를 통제하는 효과와 유권자에게 지방정치에 직접 참여하는 기회를 제공하여 소외감을 줄이고 투표까지 찬반운동을 통해 유권자들에게 민주주의의 산교육을 시키는 효과도 있다고 본다. 제도가 있는 것만으로도 공직자들이 긴장하고 일탈을 예방하는 장점이 크다고 본다. 주민소환제는 장점도 있는 반면 단점도 있다. 지자체장들은 소신껏 일하기보다 주민들의 눈치만 보면서 복지부동할 가능성이 있다. 문제는 다시 선거를 한 번 더 치르는 엄청난 비용도 생각해야 하고 유능한 인재가 선거직을 외면하게 될 가능성도 있고 소신보다 인기에 영합해 업무를 처리할 가능성도 많다. 이 같은 역기능을 방지하기 위해서는 우선 주민소환의 주체인 국민에게 막강한 책임 있다는 점을 주지시키고 각성케하는 것이 이 제도 정착의 초점이라는 것이다. 주체로서의 정확한 식견과 애향심을 갖고 악용하려는 소수를 강력하게 견제하고 공직자의 합리적이고 정당한 소신 정책을 보호할 책무를 견지해야 한다.

언론의 책무도 중요하다고 본다. 언론은 청구사유·찬반운동·투표까지 균형과 정확성을 잃지 않고 여론의 선도기능과 유권자의 교육기능을 충실히 수행하여 국민소환제 정착에 토대를 마련해야 할 것이다. 지자체 발전에 전기를 마련할 주민소환제가 뿌리 내리기까지는 멀고 험한 고비를 예상하나 문제는 주민들의 이 제도에 대한 올바른 인식과 행동이 중요함을 강조하고 싶다. 주민소환제의 승패는 주체자인 주민에게 달려있기 때문이다.

(2007.08.20.)

헌법불합치 법조항 개정 정쟁대상 아니다

국회를 입법부라고 하는 이유는 국회가 법률을 제정하는 기관이기 때문이다. 국회의 법률제정권은 고유하고 본질적인 권한이다. 이같은 중요한 권한 행사는 신중을 기해야 한다. 위헌법률을 제정하지 않고 사전에 철저한 준비를 해야 할 것이다. 위헌 법률은 국민의 인권을 침해하기 때문이다. 법률안은 국회안과 정부안이 있는데 정부안이 대부분이지만, 요즘은 국회안도 많다. 프랑스는 법률공포 이전에 합헌성 여부를 심사하지만, 우리는 이 같은 제도가 없기 때문에 제정과정에서 국회가 책임지고 충분히 검토해야 할 것이다.

11월 16일 헌법재판소에 따르면 국회가 헌재의 위헌 결정을 받고서도 고치지 않고 있는 법률은 23개, 헌법불합치 결정을 받고도 그대로 방치한 것이 21개라고 한다. 문제는 헌법불합치 결정을 받은 21개가 문제이다.

헌법불합치 결정이란 위헌성이 인정되는 법률이라 하더라도 국회의 입법권을 존중하고 위헌 결정의 효력을 즉시 발생시킬 때 오는 법률의 공백을 막아 법적 안정성을 유지시킬 목적에서 위헌선언 법률의 효력을 일정기간 지속시키는 결정을 말한다. 헌법불합치 결정에는 그 적용기간을 주문에 명시하는 결정례와 개정시한을 주문에 명시하지 않는 결정례가 있다.

개정시한을 명시하지 않는 경우 그 법률조항은 개정시까지 효력을 지속한다. 시한 명시의 경우 개정 시한을 넘기면 그 조항은 효력을 상실한다. 위헌 결정은 법을 고치지 않아도 바로 효력을 상실하기 때문에 문제가 되지 않으나 헌법불합치 결정 조항은 빨리 고쳐야 한다. 국회 관계자는 정해진 기간 안에 고치면 된다고 태평한 소리를 하고 있지만, 국민의 인권침해와 관계가 있기 때문에 빨리 고쳐야 한다.

헌법불합치 결정을 받은 법률조항은 기간 도래 여부와 관계없이 조속히 고치는 것이 바람직하다. 헌법불합치의 경우 해당 법률의 효력을 갑자기 정지시킬 경우의 혼란을 피하기 위해 법률을 언제까지 개정하라고 유예를 해준 것으로 법률이 개정될 때까지는 효력이 지속되어 국민에게 불이익이 지속되는 만큼 최대한 빨리 개정되어 국민의 권익 보호에 만전을 기해야 한다. 위헌 법률에 의한 기본권 침해를 조속히 차단함이 마땅하다는 것이다.

문제가 되는 것은 위헌법률이 그대로 적용되고 있는 헌법불합치 조항들이다. 공무원이 직무와 상관 없는 범죄를 저지른 경우에도 퇴직연금·수당의 일부를 감액하도록 한 공무원연금법은 헌법불합치 판정을 받고도 아직 그대로 시행하고 있으며, 의료법 중에 태아의 성 감별 금지를 규정한 조항도 헌법불합치 판정을 받았지만 그대로 시행하고 있다. 헌재가 작년 6월 재외 국민에게 투표권을 부여케하는 헌법불합치 결정을 연말까지 개정시한을 못 받고 있지만 개정은 미지수이다.

여권의 고위 관계자는 18일 정기 국회에서는 야당이 반대하기 힘든 예산안과 경제 살리기 법안 등을 최우선으로 합의 처리한다는 방침을 당 원내전략회의 등에서 정했다고 한다. 1순위 예산안, 2순위 경제 살리기 법안, 3순위 한·미 FTA, 4순위 기타 쟁점법안이라고 했다. 헌법재판소가 위헌이나 헌법불합치 결정을 내린 종합부동산세와 신문법 등은 4순위로 밀려나기 마련이다.

헌법재판소의 결정은 위헌법률심사에 관한한 최고·최종결정이다. 위헌심사에 관한한 3권의 우위기관이다. 헌법재판소의 결정은 존중되고 국가기관은 실행을 주저해서는 안 된다. 국민의 기본권 보장에 관한 사항을 외면해서는 안 되기 때문이다. 헌법불합치 조항의 개정을 4순의로 격하시켜서는 안 된다. 위헌법률을 만든 장본인은 국회이다. 국회가 위헌법률을 만들어 국민에게 피해를 입혔다면 이를 사과하고 위헌법률을 개정하여 국민의 권리를 회복시키는 것이 마땅한 도리이다.

국회의 권한 가운데 입법에 관한 권한과 재정에 관한 권한 등이 있는데 후자인 재정에 관한 권한 가운데 예산안도 중요하지만 입법권도 중요하다. 국민의 인권과 관련된 입법은 국가의 주인인 국민생활과 연계되기 때문에 더욱 중요하다. 국민의 봉사자인 국회위원은 입법에 신중을 기해야 한다. 국민의 인권을 침해하는 헌법불합치 조항이 개정시한까지 가거나 시한을 넘겨서는 절대 안 된다는 것이다. 이 결정을 정치권 여야가 왈가왈부해서는 안 된다는 것은 헌재의 결정을 뒤엎을 수 있는 기관이 없기 때문이다.

예산안 처리를 1순위라고 하면 헌법불합치 법 개정은 경제 살기 법안처리와 함께 2순위는 되어야 한다. 개정시한까지 가거나 시한을 넘기는 것은 국회의 직무유기나 직무태만과 다를 바 없다고 본다. 헌재의 헌법불합치 위헌 조항의 개정은 국회를 구속할 뿐만 아니라 정쟁의 대상이 되어서는 안 된다.

(2008.11.21.)

안락사의 위헌론 시비

우리 헌법에는 생명권에 관한 규정이 없다. 독일 기본법은 제2조 2항에 생명권을 규정하고 있다. 우리는 생명권을 헌법 제10조 인간의 존엄과 가치, 제12조 신체의 자유, 제37조 1항 '국민의 자유와 권리는 헌법에 열거되지 아니한 이유로 경시되지 아니 한다'는 규정 등에서 근거를 찾는다.

생명권은 죽음과 반대되는 개념으로 인간의 육체적 존재형식으로 존엄한 인간 존재의 근원이다. 주체는 모든 자연인과 태아도 포함된다고 본다. 생명권은 마음대로 처분할 수 없고, 타인에게 위임할 수 없을 뿐만 아니라, 자살이나 자살방조도 허용 안 된다고 본다. 생명을 단절하는 사형·낙태·안락사는 생명권과 관련하여 논의되어야 할 것이다. 인간의 존엄성에 관한 3가지가 입법화의 미비로 논란이 끊이지 않고 있다.

그렇기 때문에 위헌시비에 휘말리고 입법화를 촉구하는 주장도 나오고 있다. 특히 생명의 단축은 헌법 제37조 2항의 '자유와 권리의 본질적 내용의 침해'로 기본권 보장의 존재가치마저도 상실할 정도의 침해이기 때문에 신중하게 접근해야 한다. 안락사로 인한 생명의 단축문제도 이같이 본질적 내용의 침해와 관계가 있기 때문에 신중을 기해야 한다.

안락사에는 ① 소극적 안락사, ② 적극적 안락사, ③ 존엄사의 세 가지가 있다. 소극적 안락사는 희박하지만 회복 가능성이 있는 상황에서 심폐소생술 같은 의미 있는 치료를 하지 않음으로써 생명을 단축하는 것을 말하는데, 의료계는 소극적 안락사를 반대한다. 소극적 안락사가 생명 유지 장치를 떼어내거나 치료행위를 하지 않는 경우인데 반하여, 적극적 안락사는 약물 등을 투여해서 사망에 이르게 하는 경우이다.

적극적 안락사는 많은 부작용을 수반할 가능성 때문에 허용하기는 곤란하다고 하겠다. 존엄사란 최선을 다했는데도 죽음에 임박했을 때 무의미한 치료를 중단하고 품위 있는 죽음이 가능하도록 하는 것을 말한다. 불치병으로 사경을 헤매는 환자의 의사 결정에 따라 그가 인간다운 죽음을 맞이할 수 있도록 생명 연장조치를 제거하거나 중단·보류하는 존엄사는 허용하는 것이 바람직하지 않나 생각된다.

우리나라도 국민 10명 중 7명이 불치병 환자가 죽을 권리를 요구할 때 의료진이 치료를 중단하는 것에 동의한다는 조사결과가 나와 주목되고 있다.

세계적으로는 존엄사를 점차적으로 인정하는 추세이다. 프랑스·대만·홍콩은 존엄사를 법제화하였으며, 영국·네덜란드는 적극적 안락사도 인정하고 있다. 미국의 대법원도 안락사를 돕는 의사들을 무조건 처벌하는 조치가 잘못됐다고 판결함으로써 간접적으로 안락사를 인정하고 있다. 우리나라도 법원이 소생 가능성이 없는 환자의 인공호흡기 제거를 요청한 자녀와 집도한 의사에 대해 무혐의 처분을 내려 처음으로 존엄사를 인정하였다.

　기계에 의한 생명의 연장이 의미가 있는지의 의문이 제기되고 있다. 윤리학자 피터 싱어는 인간의 진정한 생명은 인격적 생명이라고 주장하고 있다. 그는 죽음이란 의학이 발견할 수 있는 것이 아니라, 하나의 과정으로 선택해야 하는 문제가 된 것이라고 한다. 안락사와 뇌사의 범위도 늘고 기준도 완화돼 간다고 한다. 안락사도 찬성하는 사람이 많으면 허용되어야 한다고 한다.

　생명은 신이 준 것이기에 신성하고 무조건 존중 받아야 한다는 생각을 위선적이라고 싱어는 비판하고 있다. 그는 진정한 인간생명은 생물학적 생명이 아니라 인격적 삶이라고 말한다. 존중 받을 가치가 있는 것은 단순한 생물학적 생명이 아니라 인격적 삶이라는 것이다. 뇌사자는 인격적 삶을 영위할 수 없으며, 이들에 대한 안락사는 소극적이든 적극적이든 가능하다고 한다. 살아도 산 게 아닌 사람에겐 미련의 끈을 놔주는 것이 당사자를 가장 행복하게 하는 일이라는 말이기도 하다.

　인격적인 생명을 유지 못하는 불치의 말기 암 환자나 뇌사자에게 최선의 선택이 무엇인가라는 해답을 국가와 사회가 제시할 때가 되었다고 생각한다. 뇌사자의 장기기증 등에 관하여는 우리는 입법으로 해결하였다. 우리나라는 1999년 2월 8일 「장기 등 이식에 관한 법률」이 제정되고, 1년 뒤 2000년 2월 9일부터 시행되어 뇌사자의 생존시 장기이식 등이 가능하게 되었다.

뇌사자의 장기이식 등에 관한 법률과 같이 안락사에 관하여는 국민 다수가 바라는 바이고, 종교계에서는 존엄사도 반대 입장이겠지만, 환자나 환자가족 등의 간호와 경제 부담 등을 감안할 때 환자가 원하고 전혀 소생이 불가능한 말기 병 환자에게 존엄사를 인정하는 것이 세계적 추세이다.

인간존엄성에 손상되지 않는다는 견지에서 우리도 존엄사의 법제화 시기가 되었다고 생각한다. 엄격한 조건하에 존엄사에 관한 입법이 논의되고 추진되어 위헌시비를 불식시켜야 할 때가 온 것 같다.

(2007.08.27.)

존엄하게 죽을 권리 위헌시비 끝내자

식물인간 상태에 빠져 인공호흡기로 연명하는 75세 할머니의 자녀들이 '인공호흡기, 약물·영양수분 공급, 심폐소생술 등 무의미한 연명치료를 중단시켜 어머니가 자연스럽게 죽게 해 달라'고 서울 서부지방법원에 가처분신청을 냈고 이들은 이어 헌법재판소에 '우리 법에는 품위 있게 죽을 자기선택권과 행복추구권이 없다'고 위헌을 확인해 달라는 헌법소원을 냈다.

이번 사건이 주목을 받는 것은 존엄사(尊嚴死) 권리의 법적 인정을 요구한 국내 최초의 사례이기 때문이다. 이 같은 요구는 아직도 우리는 법적으로 존엄하게 죽을 권리를 인정하지 않고 있기 때문에 의사가 환자나 가족의 절박한 요구 사항을 들어주지 못하기 때문에 일어난 사건이다.

의사가 이를 수용하여 문제가 발생하였을 경우 처벌을 받을 가능성을 배제할 수 없다. 청구인 김모씨의 가족들은 '어머니가 식물인간이 된 뒤 평소 말씀해온 대로 이승을 떠나시도록 하고 싶어 병원 측에 요청했으나 병원은 존엄사를 허용하는 법이 우리나라에 없어 잘못하면 의사가 살인죄로 처벌 받는다'며 거부해 헌법소원을 냈다고 말했다.

정부가 존엄사에 대한 법률을 제정하지 않는 것은 헌법에 위반 된다는 것이 헌법소원의 취지이다.

존엄사란 말기 환자가 최선을 다했는데도 돌이킬 수 없는 죽음이 임박했을 때 의학적으로 무의미한 연명치료를 중단하는 것을 의미한다. 이 경우의 사망은 치료가 불가능한 질병에 의한 자연적인 결과이지, 치료의 중단으로 죽음이 앞당겨지는 것은 아니다. 의료계나 종교계는 적극적·소극적 안락사는 반대하나, 존엄사는 어느 정도 찬성하는 입장이다.

현행법상 인공호흡기 제거는 살인죄에 해당한다. 임의로 인공호흡기를 제거하는 것은 불법이고, 형법상으로는 살인 혹은 살인방조죄에 해당한다.

법원이나 가족 간의 합의하에 인공호흡기를 떼는 경우가 있으나, 제3자가 문제를 제기하면 처벌받을 가능성이 있다. 안락사의 경우 법원이나 검찰의 처벌은 환자가 소생 가능한 상태냐 여부에 달려 있다.

법원은 환자가 소생가능 상태였다고 판단되면 처벌하고, 소생불가능 상태였다고 판단되면 무혐의나 무죄로 된다. 현재 우리는 안락사에 관한 법률이 없기 때문에 법원의 판단에 의존할 수밖에 없다.

여론조사에 의하면 무의미한 연명치료 중단과 사전의사결정에 대해 80% 이상의 국민이 필요하다고 인식하고 있다. 죽음에 대한 두려움만큼이나 기계에 의한 처절한 연명을 원하지 않는 공감대가 형성되었다고 본다.

중병환자를 가진 가정은 가족 모두가 환자 못지않게 고통을 당하게 된다. 오랜 간병으로 정신적으로나 육체적으로 지치고, 엄청난 치료비의 부담은 경제적으로 파탄의 고통을 받는다.

인격적인 생명을 유지하지 못하는 불치의 말기 암환자나 뇌사자에게 최선의 선택이 무엇인가라는 해답을 국가와 사회가 제시할 때가 되었다고 본다.

존엄사에 관한 법을 시행하여 문제가 제기되면, 헌법재판소에서 그 위헌시비를 가리면 문제는 그것으로 해결된다. 존엄사의 법제화 시기가 성숙되었다고 본다.

(2008.05.29.)

인간의 존엄, 불구속수사 원칙에서 찾아라

헌법 제10조의 인간의 존엄과 가치의 규정은 우리의 국법체계상 최고의 규범성을 갖고 있으며, 국가공권력은 물론 개인도 존중해야 한다. 독일기본법은 제1조에 '인간의 존엄은 불가침이다. 이를 존중하고 보호하는 것은 국가권력의 의무다'고 규정하고 있다.

우리 헌법도 제10조 후단에 '국가는 개인이 가지는 불가침의 기본적 인권을 확인하고 이를 보장할 의무를 진다'고 강조하고, 기본권을 불가침의 인권이라고 하여 국가 권력도 함부로 침해하지 못하게 하고 있다.

자유권은 생활권과 달리 국가가 간섭·개입하지 않을수록 보장받을 수 있는 권리이다. 공권력으로부터 침해 받을 소지가 큰 것은 신체의 자유이다. 경찰과 검찰이 신체의 자유와 가장 밀접한 관계가 있는 국가기관이라는 것이다. 신체의 자유에 가장 치명적인 것은 피의자의 구속이다. 피의자가 구속되면 사로잡힌 인질처럼 완전히 기가 꺾이고 주변의 인심으로부터 소외당하고 죄인처럼 풀이 죽고 변호인이나 남의 도움도 쉽지 않아 고립되고 만다. 그렇기 때문에 헌법이나 법률은 여기에 대한 처방을 내놓고 있다.

우리의 사법체계도 구속 남발을 막기 위해 여러 제도를 두고 있다. 헌법 제12조에는 '현행범인인 경우와 장기 3년 이상의 형에 해당하는 죄를 범하고 도피 또는 증거인멸의 염려가 있을 때에는 사후에 영장을 청구할 수 있다'고 청구의 요건을 엄격하게 규정하고 있다. 구속영장은 압수수색이나 체포영장보다는 혐의의 증명 정도가 한 단계 높아야 된다고 주장한다. 범죄 혐의가 인정되면 일정한 주거가 있는지, 증거를 없앨 염려가 있는지, 도망갈 염려가 있는지를 따져 이 가운데 하나라도 해당된다면 구속영장이 발부된다. 범죄혐의가 인정되어도 도주나 증거인멸의 우려가 발부 사유임을 법관은 유념해야 할 것이다.

불구속수사 원칙을 강조하는 이유는 무죄추정의 원칙에도 연유한다. 헌법 제27조 4항에는 '형사피고인은 유죄의 판결이 확정될 때까지는 무죄로 추정된다'고 규정하고 있다. 이는 인간 존엄을 궁극 목표로 하는 민주헌법에서 유래한 것으로 법관의 기본자세와 판결의 기본방향을 규정하는 원칙일 뿐만 아니라 수사시관의 자세와 마음가짐에 관한 원칙이다. 이는 판결 이전의 절차는 물론 판결 형성의 과정에도 적용되어야 하고 불구속 수사·불구속 재판을 원칙으로 하며, 예외적으로 도피나 증거인멸의 우려가 있을 때에 구속수사·구속재판이 이루어져야 함을 의미한다. 체포·구속이 되어도 위법·부당할 경우에 구속적부심사로 석방될 수 있다.

헌법 제12조 6항에 '누구든지 체포 또는 구속을 당한 때에는 적부의 심사를 법원에 청구할 권리를 가진다'고 규정하고 있다. 구속이

적법하지 않거나 사유가 부당한 경우를 구제하기 위한 제도로 영장 발부에 대한 재심절차라 할 수 있다. 범죄혐의·증거인멸혐의·도주 혐의 여부를 심사하여 혐의가 없는 경우 석방하게 된다. 그리고 수사 과정에서 인간의 존엄성을 지키기 위해서는 고문이 근절되어야 한 다. 헌법 제12조 2항에는 모든 국민은 고문을 받지 않는다고 규정하 고 있다.

고문은 사람의 정신과 신체를 파괴시키고 인간의 존엄성과 인격 을 정면으로 훼손하기 때문에 근절시켜야 한다. 형법에는 고문행위 를 한 공무원을 처벌하는 규정을 두고 있다. 고문을 근원적으로 없애 려면 미국에서 확립한 「불법의 과실도 불법이다」는 원칙이 인정되 어야 한다. 고문 등의 강제자백을 통해 얻어진 흉기 기타 증거도 불 법의 과실이므로 증거능력을 부인하는 원칙이다. 자백이 고문에 의 해서 얻어졌다고 해도 이를 통해 얻어진 물적 증거에 증거능력을 인 정한다면 고문은 근절되지 않을 것이다.

우리도 고문근절을 위해 고문에서 얻어진 증거는 증거능력으로 인정하지 않아야 할 것이다. 이는 고문근절과 과학적 수사 발전을 위 해서도 바람직할 것이다. 민주국가에 있어서 국민이 주인이고 공무 원은 주인에게 봉사하는 봉사자이다. 국민은 인간으로서의 존엄과 가치를 가지며 국가는 이를 보장할 의무가 있다. 존엄하고 가치가 있 기 때문에 헌법은 국민의 무죄추정권을 인정하고 있다. 불구속수사 원칙도 여기에서 연유된다.

구속은 인간의 전도를 망가뜨릴 수도 있다. 지인을 면회하러 교도소에 들어갔다가 철문을 나오면서 느낀 것은 천당과 지옥이 따로 있는 것이 아니고 교도소 안은 지옥이고 교도소 밖은 천당이라는 생각이 들었다. 구속은 원칙이 되어서는 안 되고 예외가 되어야 한다. 지금은 구속영장발부 비율이 2% 정도라고 하니 많이 개선되었다고 본다.

인권신장의 측면에서 첫째, 초동수사를 철저히 하고 영장이 기각되면 법원명령을 존중하여 재청구를 삼가는 것이 바람직할 것이다. 둘째, 밤샘 수사는 실질적으로 고문에 가깝다고 본다. 번갈아 가면서 밤새도록 수사하는 관행을 없애야 한다. 대검청사에 환하게 불을 밝히고 밤샘 수사를 강행하는 것이 국민의 눈에 고문의 현장으로 비친다면 문제이다. 검사와 법관은 무죄추정의 원칙과 불구속수사의 원칙하에 존엄한 국민 개개인을 섬기는 자세로 여론과 언론에 의연하게 대처함으로써 법률에 의한 합리적이고 공정하고 공평한 수사와 재판이 이루어지기를 국민들은 바라고 있다.

(2007.10.12.)

군복무자 가산점제 평등권 위헌 여부 갈등

국회 국방위원회가 공무원, 교사, 공·사 기업체 직원 채용시험 때 병역을 마친 군필자에게 자신이 취득한 각 과목별로 점수의 2% 이내에서 가산점을 주는 병역법 개정안을 통과시켰다. 가령 헌법 점수가 100점 만점에서 80점이라면 1.6점을 더해 81.6점이 된다. 개정안은 가산점을 받아 합격할 수 있는 범위를 전체 채용인원의 20%를 넘지 않게 제한하고 공무원은 7급 이하에만 적용한다. 이 제도가 확정되면 현역·보충역 등 복무 형태별로 가산점을 차등적으로 줄 방침이다. 이 개정안은 3월 중 국회 본회의에 상정돼 처리될 가능성이 있고 내년부터 시행될 것으로 국방부 관계자는 전망하고 있다. 여기에 대하여 여성단체와 장애인단체들은 이미 위헌 결정이 난 제도를 다시 살리려는 것으로 여성과 장애인에 대한 차별이라고 항의하고 있다.

헌법 제11조의 법 앞에 평등하다는 규정은 국가가 모든 국민을 차별하지 못한다는 기본권이다. 기업이나 개인이 차별하는 것은 기본권의 문제가 아니고 사법자치의 원칙과 계약자유의 원칙 같은 다른 민주주의 원칙에 의하기 때문에 강제성의 문제는 한계가 있다는 점에 유념해야 한다. 시장경제 원리에 입각해서 나의 기업을 내 소신껏 운영한다는 입장이다.

헌법상 평등권은 구체적인 인간간의 차이에 상당한 상대적 평등을 의미한다. 사실상의 평등은 평등하게, 사실상의 불평등은 그 특수 사정에 따라 불평등하게 다루는 것을 의미한다. 사실상의 차이를 무시하고 기계적으로 평등하게 취급하면 오히려 불합리한 불평등이 나타난다.

불평등한 취급에는 일정한 기준이 있어야 한다. 차별 대우는 합리적(reasonable)이어야 하고 자의적(arbitrary)이어서는 안 된다. 상대적 평등에서 정의의 원칙에 반하지 않은 합리적인 차별대우만이 평등으로 인정되는데, 이것은 미국에서 확립된 판례의 원칙이고 세계 각국의 통설이다. 미국에서는 우선처우이론(preferential treatment theory)이 있는데, 이는 과거의 차별에 대하여 보상하고 실질적 평등을 실현하기 위하여 우선적 처우를 정당시하는 이론이다.

영역은 취업과 교육 분야이다. 이 이론을 대학입시의 내신성적과 군복무자 가산점에 대입해 보면 농어촌의 학생이나 군필자는 차별집단이라고 본다면 이들에게 우선적 처우이론의 적용여지가 있다는 것이다. 농어촌의 열악한 환경과 군복무기간 중에 제대로 공부하지 못한 차별집단이라고 판단한다면 이들에게 보상이 따라야 한다. 내신성적의 차별화를 없애고 군필자에게 가산점제도가 합리적이라는 논거가 될 수도 있다.

1999년 헌법재판소는 가산점제를 위헌으로 결정했다. 헌재의 결정은 가산점제 자체가 아니라 군필자에게 응시 횟수에 제한 없이 3~5% 가산점을 주고 가산점 합격 인원도 제한하지 않은 것은 지나친 보상으로 위헌이라고 본 것이다. 역차별의 가능성을 제시한 것이다.

이 같은 차별은 합리적 차별이 아니고 자의적 차별이라는 가능성이 있다. 헌재는 당시에 가산점제는 취업기회와 취업준비 기회를 잃은 군필자의 불이익을 보전해 주기 위한 것으로 입법정책적으로 얼마든지 가능하고 매우 필요하다고 판시하였다. 차별집단에 대한 우선적 처우의 보상이 가능하다는 판단으로 합리적으로 법을 개정할 것을 유도하고 있는 판시라고 해석된다. 군 가산점 문제는 좁게는 군대에 가는 사람과 안 가는 사람의 문제이다. 즉 국가를 위해 3년간 봉사한 사람에게 2% 가산점을 보장해 주는 것은 기본적으로 성별이 아니라 남자 중의 군필자와 미필자의 문제이다. 3년간 공부하지 못한 군필자에게 100m 경주에서 2m 앞서게 하는 것이 합리적 차별인지 아닌지 숙고해 보라. 군 가산점제를 넓게 보면 여성과 장애인을 포함하여 보게 된다. 이들은 형평성을 문제 삼아 강력하게 반발하고 있다.

오늘날 우리 여성들은 남성에 비해 과연 홀대를 받고 있는지, 여성과 남성이 지적·태생적 능력의 차이가 없다고 보는 것이 정설이고 현실적으로 입증되고 있다. 지난해 여성의 외시 합격자 67%, 임용판사 64%, 검사 44%이고, 10년 내에 공무원 수에서 여성초과 시대를 예상하고 있다.

세계 각국도 병역의무 이행자에 대해 합리적 차별에 따른 우대 제도를 도입하고 있다. 미국은 공무원 채용시 2년 이상 복무 제대군인에게 5~10점의 가산점을 부여하고 학비와 교육 프로그램도 지원한다. 대만은 우선 채용하고, 독일은 취업 알선과 국가차원의 사회보장을 하고 있다.

여성과 장애인의 경우 가산점제의 관심에 못지않게 사기업체 등의 남녀 임금차별, 비정규직 증가, 정규·비정규직의 임금차별, 동일직종·동일노동에 대한 남녀 임금차별, 남녀 고용차별 등에 대한 대책과 법개정 법제화가 시급하다 아니할 수 없다. 장애인의 고용도 정부가 정한 2%에 크게 미달하고 있으니, 여기에 대한 보완대책이 시급하고 중요하다 아니할 수 없다.

군필자 2% 가산점제가 시행되면 여성 단체나 장애인 단체의 위헌 법률심판청구가 제기될 것이다. 2%대의 가산점제가 합리적인 차별이라고 하고 우선적 처우이론에 접근한다면 대체적으로 수긍되는 분위기로 돌아설 가능성을 예상할 수 있다.

군 가산점제는 기본적으로 성별이 아니라 남자들 중의 군필자와 미필자의 문제에 주안점이 있고 병역의무자에 대한 합리적 차별에 따른 우대제도이고, 군복무 젊은이들이 명예심과 자긍심을 갖게 하는 국가차원의 배려와 보상으로 볼 수 있다. 이와 함께 국가와 사회는 여성과 장애인에 대한 배려와 개선방향에 대해서도 관심을 가져야 한다.

(2008.02.20.)

인권신장 배심재판 국민 관심 가져라

　국민이 직접재판에 참여하는 '국민의 형사재판 참여에 관한 법률'
이 2007년 6월 1일에 제정되어 2008년 1월 1일부터 시행되었다. 이
법률은 앞으로 한시적으로 운영하다가 2012년부터는 이 기간 동안
제도의 장·단점을 분석한 뒤 최종 확정해 본격적으로 시행할 계획이
다. 배심제(陪審制)는 11세기경 영국에서 시작되어 지금은 미국·호
주 등 50여 국가에서 시행되고 있고 참심제(參審制)는 13세기경 스
웨덴에서 시작되어 오늘날 독일·프랑스·이탈리아 등 유럽에서 실시
되고 있다. 배심제는 사법과정의 민주성 보장, 사법절차를 인권보장
에 적합하게 하고, 국민이 재판에 친근해지게 하는 장점이 있다.

　배심제란 일반시민으로 구성된 배심원단이 법관과 독립하여 사실
문제에 대한 평결(verdict)을 내리고 법관이 사실판단에 대한 평결
의 결과에 구속되어 재판하는 제도를 말한다. 참심제란 일반시민인
참심원이 법관과 함께 재판부의 일원으로 참여하여 법관과 동등한
권한을 갖고 사실문제와 법률문제를 모두 판단하는 제도를 말한다.
미국은 배심원이 유·무죄만 판단하는데 우리나라는 유·무죄 의견
제시뿐만 아니라 양형결정 과정에도 참여하여 참심제와 유사한 점도

있으나 법관에게 기속력이 없기 때문에 헌법 제27조의 법관에 의한 재판을 받을 권리의 침해라는 위헌 시비에 말릴 위험성은 없다고 본다. 우리는 미국의 배심제에 가깝다.

국민의 형사재판의 대상이 될 수 있는 사건은 특수공무집행 방해 치사, 폭발성 물건파열 치사, 살인·존속살해 등 제 5조의 대상사건의 범죄이다. 미국은 형사사건은 경범죄만 제외하고 있으며 민사사건도 배심재판을 하고 있다.

우리의 경우 배심재판은 피고인이 원할 경우에만 시행한다. 배심원은 해당구역에 사는 만 20세 이상의 주민 중에 무작위로 선정하는데, 정신적 장애자, 금고 이상의 실형을 받은 지 5년이 안 된 사람, 만 70세 이상인 자 등은 제외된다. 사형·무기징역 등 중범에 대하여는 9명의 배심원, 그 이외 사건은 7명이 참여한다. 변호인 측이 공소사실의 핵심내용을 자백했을 때는 5명의 배심원이 참여한다. 예비배심원을 둔다. 배심원 후보자가 이유 없이 불참하면 200만 원 이하의 과태료가 부과된다. 국민참여 재판은 검사와 변호사의 불꽃 튀는 설전이 중심에 있다. 누가 더 배심원을 감동시키느냐는 것이다. 모든 수단과 방법을 동원하여 배심원의 마음을 자기편으로 움직여 놓아야 한다. 피고인 신문 등 재판절차가 끝나면 배심원들은 재판장의 설명을 들은 뒤 유·무죄의 평의를 진행하고 전원일치이면 그에 따라 평결한다. 의견이 다르면 다수결로 평결하되 평결 전에 판사의 의견을 들어야 한다. 평결이 유죄인 경우 판사와 함께 양형에 관해 토의

한 뒤 양형 의견을 낸다. 재판부는 유·무죄 평결과 양형 의견을 따르지 않아도 되지만 존중해야 한다.

미국은 유·무죄만 결정한다. 참심제의 독일은 참심원이 유·무죄, 양형까지 결정한다. 우리는 양형도 간여하지만 독일처럼 기속력이 없다. 미국의 경우 살인죄는 1급·2급 살인죄로 구별하는데 1급 살인은 고인살인(故意殺人)이고 2급 살인은 과실치사(過失致死)인데 배심원은 이것을 판단한다. 무면허 운전과 음주 운전으로 사람을 죽인 경우는 고의살인으로 보아 1급살인에 해당된다고 평결한다. 우리는 재판을 하루만에 끝내는 것을 원칙으로 하여 전원일치의 합의가 되지 않으면 다수결로 결정하는데, 미국은 전원일치 때까지 회의를 계속한다. 하루에 평결이 되지 않으면 합숙하여 며칠간 회의를 계속하게 된다. 일례로 미국은 배심원이 12명인데 한 사람이 1급 살인죄의 평결에 반대하여 하루를 묵게 되었는데 다음날 회의를 시작하자 찬성하여 만장일치의 평결을 했다. 그런데 왜 동의하지 아니하였느냐고 물었더니 이 사람 말이 어제가 내 생일인데 살인죄에 동의할 수 없었다고 하여 참석자들에게 고소를 금치 못하게 하였다고 한다.

금년 2월 12일 대구지방법원 11호 대법정에서 강도상해 혐의로 구속기소된 이모씨에 대한 재판이 국내에서 처음으로 진행됐다. 최후 변론에서 검찰과 변호인측은 12명(배심원 9명·예비배심원 3명)을 상대로 각자의 입장을 소상히 설명했다. 본 재판이 끝난 뒤 최종의견을 조율한 배심원단은 2시간 뒤 부장판사에게 결과를 건넸다. 평의

결과를 토대로 이씨에게 징역 2년 6월에 집행유예 4년, 사회봉사활동 80시간을 선고했다. 다음은 청주지방법원에서 비슷한 사건으로 2번째 벌였고, 3번째로 이 달에 부산지법 제5형사부에서 국민참여재판을 수용하기로 했다. 문제는 올해 1·2월에 접수된 전국의 형사혐의사건은 2008건으로 피고인이 신청하면 참여재판이 가능한데 이 중 0.1%인 단 2건만 회부되어 재판했다.

모처럼 도입한 배심재판이 뿌리 내리기 위해서는 우선 국민의 관심으로 활성화되어야 한다. 먼저 전국적으로 적극적인 홍보를 하여 널리 알려야 한다. 이 제도는 국민을 괴롭히기 위한 제도가 아니고 국민의 인권보장과 신장을 위한 제도임을 알려야 한다. 피고인들에게 참여재판이 유리하다는 인식을 심어주어야 한다. 공판중심주의가 정착되어 약한 피고인에게 원고인 검사와 대등한 지위로 격상시키는 배심재판은 변호사를 붙일 능력이 없으면 국선변호사를 자동적으로 붙이게 된다. 이젠 법정에서 검사와 피고인이 1 : 1로 대결하게 되니 국민의 기본권이 격상되게 되어 있다. 앞의 2건의 사건에 검사가 모두 항소했다고 하는데 배심제의 활성화를 위해 신중했어야 했다. 항소심은 배심재판이 아니기 때문에 제도 자체가 유명무실할 가능성이 있다. 국민의 인권보장을 위한 제도개선에 전 국민과 판·검사, 변호사의 적극적인 협조가 절실한 시점이다.

(2008.03.18.)

인권 사각지대 관심 가져라

지난 10일은 제54회 세계인권선언기념일이다. 세계인권선언문은 1948년 12월 10일 제3회 국제연합총회에서 채택한 선언으로 유엔총회에서 회원국에 12월 10일을 인권의 날로 정할 것을 결의·권고함에 따라 우리나라도 이 날을 기념하는 행사를 치르고 있다.

세계인권선언은 전문과 본문 30개조로 되어 있는데 전반부 제21조까지는 자유권에 관한 규정이고, 후반부는 생활권에 관한 규정으로 되어 있다.

세계인권선언을 채택하게 된 동기는 세계제2차대전에서 빚어진 나치정권의 600만 유태 민족의 잔혹한 학살과 전쟁의 참화에서 다시는 이 같은 비극이 발생되지 않아야 한다는 유엔회원국의 희망에 의하여 이루어졌다. 그러나 세계는 아직도 도처에 국지전이 가시지 않고 있고 테러의 위험도 상존하고 있다. 우리는 세계인권선언일을 맞아 몇 가지 문제점에 유의할 필요가 있다. 밖으로는 대 북한의 참혹한 인권사항이다.

미국이 악의 축의 세 나라를 지목한 것도 이들 나라가 인권의 완전한 사각지대라는 점이다. 이들 나라에서는 인권이 발을 붙이지 못한다. 자기 정권에 저항하거나 반대하면 죽음을 각오해야 하기 때문이다. 지난번 이라크의 대통령 선거에서 후세인이 100%의 지지로 당선되었다.

이스라엘의 〈탈무드〉에 만장일치는 무효라는 말이 있다. 지금도 북한은 제22호 정치범수용소에 북한 주민 5만 명이 수감되어 있으며 이들에게 고문과 공개처형이 일상처럼 반복되고 있다고 하니 어이가 없다. 이곳 이외 5곳에 20만 명 정도가 수용되어 있고 이들은 하루에 옥수수 300g으로 연명하고 있으며 중노동과 영양실조에 시달려 죽지 못하여 살아가고 있다고 한다.

지금은 국제여론을 의식해서 중범도 징역형을 선고하고 있다고 하나 북한은 북한 전역이 교도소나 수용소와 다를 바 아니다. 북한 주민에게 거주이전의 자유, 언론의 자유, 신체의 자유 등 국민의 인권은 완전히 무시된 인권의 사각지대이다. 1년에 100만 명 이상이 굶어 죽었다고 하니 우선 남아도는 식량을 북한에 지원하는 것이 바람직하겠지만, 우리는 이제 지원과 동시에 우리의 이유 있는 주장을 해야 한다. 북한의 인권을 거론해야 한다.

세계인권선언의 실현을 북한에 강도 높게 주장할 때가 되었다고 본다. 우리나라에 돈 벌기 위해 입국한 산업연수생의 학대도 중지하라는 것이다.

이들에게 인간적인 동등한 대우를 해주어야 한다. 한국을 다녀간 수많은 연수생들에게 '치사한 한국'으로 낙인 찍혀 있는 한 한국은 선진국 대열에 들어설 수 없다고 본다. 이들에게 임금을 체불하고 손·발이 잘린 산업재해자에게 보상도 제대로 하지 않고 팽개치는 행태나 이들의 봉급을 송두리째 사기치는 몰염치한 치한이 존재하는 한 우리는 우리보다 못 사는 나라에 좋은 나라도 비칠 수 없을 것이다.

다음 안으로 우리의 인권사항을 살펴보면 검찰이나 경찰의 고문이 문제인데, 검찰사상 초유인 고문치사사건으로 현직 검사가 구속되었다.

자유권은 국가가 침해하지 아니하여야 보장되는 권리이다. 고문을 방지하기 위해서는 미국의 판례에서 보는 '불법의 과실도 불법'이라는 논리가 적용되어야 한다고 본다. 고문으로 얻어진 증거는 그 증거가 진실이라도 증거능력을 부인한다. 대검찰청사에 밤새도록 불을 밝혀 수사하는 것은 그 자체가 고문현장과 마찬가지이다. 검찰과 경찰이 국민인권 보장에 앞장서야 할 것이다.

다음은 넓은 의미에 있어서 인권문제인데 이는 악덕 업주들로부터 피해자의 보호를 말한다. 유흥업소 특히, 성매매 피해여성들의 인권보호는 제도상으로도 어렵게 되어 있다. 자신들이 신고를 하면 오히려 범법자로 걸려들 수 있기 때문에 이들에게는 인권의 사각지대에 살고 있다고 해도 과언이 아니다. 성매매가 합법화되기 어렵다면 사실상 양성화된 선도지역에 알맞은 이들의 보호 입법이 시급히 마련되어야 할 것이다.

악덕 사채업자들이 인권의 사각지대로 몰아가고 있다. 가족들에게 빚독촉 협박을 하고 심지어는 시골 부모들에게 자식 연체빚을 갚지 않으면 사기죄로 고발하겠다고 협박까지 하고 있으니 빚독촉이 죽음보다 무섭다는 말이 나온다. 수익을 올리기 위해 거리로 나가 미성년자에게 마구 카드를 발급하던 금융회사들이 이제는 갑자기 빚 회수에 나선 것도 앞뒤가 맞지 않는다.

카드빚 때문에 신용불량자 300만 명을 눈앞에 둔 지금 우리는 자신의 인권을 자기가 박탈하고 있지 않은지 깊이 명심해야 한다. 절제의 미덕을 실천해야 한다. 세계인권선언일을 맞아 우리는 인간의 존엄성을 다시 자각하고 남을 배려하는 심정으로 이 날을 뜻 있게 맞이하자.

(2002.12.11.)

처형 직전까지 결백 주장, 진범이 아니라고 한다

22년간 결백을 주장한 미국의 흑인 사형수 트로이 데이비스(43)가 전 세계와 미국 국민들이 구명에 나섰으나 지난 9월 21일 밤 11시 8분에 조지아주 주교도소에서 사형이 집행됐다. 데이비스는 1989년 조지아주 사바나의 버거킹 주차장에서 백인 경관 마크 맥페일을 권총으로 쏴 숨지게 한 혐의로 기소됐다.

당국은 증인 9명을 내세워 현장 부근에 있던 그를 범인으로 단정했다. 증거재판주의가 원칙인데도 경찰은 총과 증거물도 확보하지 못했고 증인 9명을 내세워 그를 범인으로 단정했지만 7명의 증인이 경찰의 강압으로 그를 범인으로 몰아갔다며 증언을 뒤집어 사형판결의 타당성에 의문이 제기되면서 국내외적으로 구명운동이 전개됐다. 증거물도 없고, 위증도 문제이지만 더 중요한 것은 사형수가 22년간 결백하다고 주장한 대목이다. 형의 집행 직전까지 결백을 주장하는 사형수는 일반적으로 결코 진범이 아니라고 한다. 증거물도 없고 위증에다 결백의 주장 등을 통합해 보면 데이비스의 판결은 오판일 가능성이 짙다.

사형제를 폐지한 나라가 전 세계적으로 절반을 넘는다. 미국은 50

개 중 34개 주가 사형을 유지하고 있다. 법률상 사형제도를 두고 있지만 10년간 집행하지 않은 국가는 사실상 폐지국이 된다. 우리나라는 김영삼 정부 때인 1997년 23명이 사형이 집행된 이후 여태까지 집행하지 않아 실질적 사형 폐지국가이다. 현재 58명의 사형수가 수감되어 있고 '사형제도 폐지특별법안'이 국회에 상정된 지 오래이지만, 언제 통과될지는 미지수이다.

대법원과 헌법재판소는 사형제도를 인정하고 있으며 특별법이 통과되면 사형제도는 없어지지만 감형이 없는 종신형으로 대체된다. 국민들 60% 이상은 사형을 찬성하고 있다.

사형제도 폐지 반대론자들은 살인자의 인권도 중요하지만 피해자의 인권이 더 소중하고, 형벌은 응보가 목적인 이상 극악한 범죄자는 사형해야 범죄 예방의 효과가 있다고 본다.

사형 폐지론자들은 사형제도가 인간의 존엄과 가치의 기본적 인권 보장의 본질을 침해하는 행위이기 때문에 헌법 위반으로 인정할 수 없다고 본다. 이는 헌법학자들의 다수의 견해이다. 현대국가에서 오판에 관한 제도적 장치가 마련되어 있다고 하지만 재판도 사람이 하는 이상 오판이 있을 수 있다. 오판에 의해 형이 집행되면 사람의 생명을 회복시킬 방법이 없다. 국가에 의한 사법살인이 된다는 것이다.

살인사건의 흉악범 체스맨은 오토바이에 붉은 불을 켜고 닥치는 대로 살인해 몇 번이나 단두대에 올랐다 살아남았는데 그는 교도소에서 옥중수기를 집필해 그 책이 베스트셀러가 돼 많은 돈을 벌었다.

그 돈으로 일류 변호사가 구명운동을 해 연명했는데, 결국에는 구제 방법이 없었다. 유일한 한 가지 방법은 '사형 폐지의 법률안'을 주의 회에서 통과시키는 것이었다. 책에 감동해 데이비스처럼 세계 지도 자들이 구명운동에 나섰다. 세계적 여론에 굴복해 캘리포니아 주지 사가 '사형 폐지 법률안'을 제안했다. 제안하고 나니 국내여론이 들 끓었다. 흉악범을 살리기 위한 입법은 안 된다는 여론이 몰아쳤다. 결국 주의회에서 폐지 법률안은 부결되고 그는 단두대의 이슬로 사 라지고 말았다.

데이비스의 구명운동에는 지미 카터 전 미국 대통령, 교황 베네딕 토 16세, 노벨평화상 수상자 투투 대주교 등이 나섰다. 연방대법원 은 지난해 무죄증명을 할 재판 기회를 주었으나 지난 3월 사형판결 을 번복할 만한 증거가 충분하지 않다며 주법원의 유죄판결을 유지 해 형을 집행하게 됐다. 구명 탄원서보다 차라리 사형제도를 인정하 고 있는 조지아주에 '사형폐지의 법률안'을 주의회에 제출하는 방법 을 택했으면 하는 아쉬움이 남는다. 흉악범 체스맨과 데이비스는 훨 씬 다른 차원이기 때문이다.

(2011.09.30.)

성년 헌법재판소의 평가와 발전 방향

현행 헌법재판소법이 1988년 9월 1일에 시행되어 금년이 20주년으로 헌법재판소가 성년을 맞이하게 되었다. 건국 60주년의 우리나라는 1948년 제헌헌법에서 위헌법률심사 등을 헌법위원회에서 심사케 하였으며, 제2공화국에서는 헌법재판소, 제3공화국에서는 법원, 제4·5공화국은 헌법위원회와 제6공화국에서 현행의 헌법재판소를 정착하게 된 것이다.

건국 이후 민주주의의 수난기에는 헌법재판의 기능이 마비사태에 있었다. 단적인 사례가 건국 이후 40년간 위헌 결정을 내린 사건이 5건에 불과했다는 것이 이를 증명하고 있다.

헌법재판소는 지난 20년 동안 16,400건을 접수하여 5,600건을 처리했는데 위헌법률로 결정한 것만도 300여건에 달한다. 호주제·동성동본금혼법·군가산점 등에 대해 헌법불합치의 위헌 결정을 내렸으며, 양심적 병역거부 사건·간통죄·사형제도·청소년 성매수자 신상공개·백화점 셔틀버스 운행금지 등에 대하여 합헌결정을 내렸다.

현재의 단기간 내의 국민의 인권신장 등에 기여한 공적은 높이 평가하는 반면 줄타기·지각결정 등의 비난도 면키 어렵다는 점에 유의

해야 할 것이다. 지난 2004년 노무현 대통령에 대한 국회의 탄핵소추 의결을 헌재가 기각한 사건은 헌재가 대통령의 선거개입 발언을 선거법 위반으로 인정하면서 국민여론 등을 의식하여 대통령직을 파면할 정도는 아니라는 판단은 줄타기 비난을 면키 어렵다는 것이다.

지난해 6월 노무현 대통령이 "정치적 표현의 자유를 침해당했다"며 선거중립 의무준수를 요청한 선관위를 상대로 낸 헌법소원 사건을 미루어오다 선거가 끝난 금년 1월에 기각 결정을 내려 지각결정의 비난을 받았다.

이 사건은 선거운동 시작 전에 판단해야 실효를 거둘 수 있는데 정치권 눈치보다 실기한 판단이다. 이 같은 사례가 한 두건이 아니였다. 이강국 헌재 소장이 기자회견에서 "오늘 이 자리에서 분명히 말하지만 헌재가 권력의 눈치를 보기 때문에 결정을 늦추거나 하는 일은 절대 없다"고 한 약속은 국민이 믿게 해야 할 것이다.

제10차 헌법개정을 예상할 경우 헌재의 활성화 방안을 모색한다면 첫째, 구체적 규범통제 이외 추상적 규범통제를 도입하여 실질적 인권보장과 재판기능을 강화해야 한다. 구체적 소송사건과 관계 없는 법률 그 자체의 위헌심사로 법률의 효력을 상실케 해야 한다. 헌재를 갖고 있는 독일은 추상적 규범통제를 하고 있다. 이 제도가 도입되면 국회도 입법에 있어서 충분한 검토와 신중한 입법을 하게 될 것이다.

둘째, 헌법재판소의 소장과 재판관은 대법원의 대법원장과 대법관에 못지 않는 지위를 갖고 있다. 위헌법률심사의 경우 정부와 국회가 합작하여 만든 법률의 위헌여부의 판단은 국회와 정부의 상위기관이라고도 할 수 있다. 그런데 위상 면에서 본다면 대법원장과 대법관은 국회의 동의를 얻어 대통령이 임명하는데 헌재소장은 국회 동의를 얻어 대통령이 임명하고 3인은 국회에서 선출한다. 모든 재판관은 국회에서 선출하게 하여야 한다. 독일의 헌재 재판관은 모두 의회에서 선출한다.

셋째, 위헌불선언합헌 결정이 문제이다. 위헌법률심판에 있어서 위헌 결정은 재판관 6인 이상의 찬성이 있어야 한다. 그런데 5인이 위헌이고 4인이 합헌인 경우 1인이 모자라 처음에는 위헌불선언이라고 했다가 1996년 2월 16일 이후에는 합헌결정이라고 하고 있다. 민주국가에 있어서 모든 결정은 다수결이 원칙이다. 다수가 위헌이라고 하는데 합헌이라는 결정에 문제가 있다. 헌법 개정시에 6인 이상이 아니고 다수결로 개정하는 것도 검토되어야 할 것이다. 미국의 연방대법원의 위헌·합헌판단은 5 : 4로 결정하고 있다.

넷째, 대통령과 국회의원의 선거소송은 헌재의 관할로 옮기는 것이 바람직할 것이다. 제2공화국의 헌재는 선거소송을 담당했다. 정치적 중립이 중요한 법원에서 보다 정치적 판단이 가능한 헌재에서 담당함이 합당할 것이다.

다섯째, 헌재는 위헌여부를 가리는 기관이기 때문에 재판관에 헌법학 교수를 참여시키는 문제도 검토되어야 할 것이다. 독일처럼 재판관 자격에 법관의 자격 이외 헌법학 교수를 추가하는 방안이다.

여섯째, 헌법재판소법 제68조 1항은 헌법소원심판청구의 대상에서 법원의 재판을 제외하고 있는데 이 규정의 취지는 법원의 재판 자체를 대상으로 하는 헌법소원심판은 원칙적으로 허용하지 아니한다는 의미이다. 현행 헌법재판소법에는 법원의 재판을 헌법소원심판에서 제외하고 있을 뿐만 아니라, 다른 법률에 구제절차가 있는 경우에는 그 절차를 모두 거친 경우라야 헌법소원심판청구가 가능하도록 한 것은 지나친 제한 규정이기 때문에 소원제도의 활성화를 위해서는 여기에 대한 검토도 병행되어야 할 것이다.

성년 헌재는 이 나라의 법치와 인권신장에 기여하여 그 명성이 널리 알려지자 후발 국가들은 우리의 헌재를 모방하고 있다. 창립 20주년을 맞이한 헌재가 9월 1일부터 4일간 전 세계 30개국의 헌법재판기관이 참여하는 세계헌법재판소장회의를 개최한 것도 우리 헌재의 발전 위상을 세계에 알리는 계기가 된 것이다.

국민의 인권보장의 최후의 보루인 헌재는 과거를 냉철히 평가·반성하여 앞에 지적한 문제들을 포함하여 발전적인 대안을 모색하여야 한다. 우리의 정체성을 공고히 다지고 정치적 중립을 견지하여 국가발전과 인권신장에 신속하게 최선을 다하는 신뢰받는 재판관상의 정립을 국민들은 기대하고 있다.

(2008.09.11.)

문화

근면과 민주의 열정으로 이룩한 산업화
민주화에 문화진흥 뒷받침 돼야
강국으로 진입가능

조선사는 세계사의 기적이다

육당 최남선은 '조선사'를 세계사의 기적이라고 갈파했다. 3면이 바다로 둘러싸여 있고 북으로는 거대한 중국과 소련에 접경하고 있는 세계에서 지정학적으로 가장 불리한 위치로, 이들이 밀고 내려오면 지구상에서 영원히 없어질 운명인데도, 반만년을 버티고 생존하고 있는 것이 세계사에서 찾아 볼 수 없는 기적이라고 하였다.

지금도 우리는 기적의 연속 속에서 살아가고 있다. 8월 15일은 제61주년 광복절이었다. 이 날은 제2차세계대전이 연합국의 승리로 일제의 혹독한 강점기가 끝나고 자유민주주의 대한민국이 탄생한 날이다. 그동안 우리는 6·25전쟁, 4·19학생의거, 5·16군사혁명, 6·29민주화선언, IMF 등 극심한 혼란과 수난을 겪으면서 척박한 이 땅에서 국민소득 2만 불 시대를 바라보고 있으며, 경제·무역이 세계 10위권 진입의 선진 경제 대국으로 부상하고 있다. 민주주의의 꽃이라고 할 수 있는 평화적 정권교체를 이룩하여 경제와 민주의 기적을 이룩하였다.

이 같은 기적의 배경은 첫째, 우리 국민의 근면성과 우수성에서 찾아야 하고 둘째, 민주국가로 시장경제와 자유경제체제의 바탕에 민주주의가 뒷받침돼 있으며 공산주의 북한은 고사 직전에 이르렀다. 셋째로 미국의 후원이 있었기에 가능했다. 일본과 독일은 전후 미국의 군사적 도움으로 국방비를 경제개방에 투입했기에 세계 2위와 3위의 경제대국이 되었다. 우리도 6·25전쟁 때 미국의 개입으로 적화통일이 되지 않고 오늘의 번영을 누릴 단초를 마련했으며, 지난날 미국의 안보 우산 속에 살았기에 군비를 절약하여 세계 11위의 경제대국이 가능했다.

지금 우리는 국내외적으로 심각한 위기에 놓여 있다. 대내적으로는 좌우·진보로 분열되고 경제는 어려워 서민의 고통은 더해 가고 있으며, 대외적으로는 미·일·중·북한 관계도 올바르게 정립된 것이 없다.

첫째, 국론분열의 진원지는 좌경정부이다. 전교조 부산지부 통일학교 자료집은 복한 '현대조선력사'를 베낀 것으로 6·25전쟁은 조국해방전쟁이라고 묘사하고 있고, 심지어는 교육현장에서 6·25는 남침한 것이 아니고 우리가 북침해서 일어났다고 왜곡하여 어린 학생들이 북침했느냐고 부모에게 묻고 있다는 말까지 나오고 있는데, 정부는 방치하는 이유가 무엇인가.

김정일의 선군정치를 찬양하는 북한은 세계에서 남아 있는 공산국가 가운데 가장 폐쇄적인 공산독재국가이고, 지금 북한은 전역이 교도소라고 해도 과언이 아니다. 남의 나라 도움없이 도저히 살아 갈 수 없는 최빈국이다.

핵무기와 미사일을 생존수단으로 삼고 있는 이들을 따라 가겠다고 안달이 나 있는 좌경세력이 시계바늘을 거꾸로 돌리는 이유를 대부분의 국민들은 이해를 못하고 있다.

둘째, 한미동맹관계는 한미방위조약과 6·25전쟁 참전으로 생긴 혈맹관계이다. 6·25때 미군 전사자가 3만4000명임을 상기하라. 지금 동맹관계는 균열이 심각하고 상호불신의 골이 역대 정권 중에서 최악이라고 한다. 노 대통령은 자유국방을 위해 전시작전통제권은 지금 환수되더라도 행사할 수 있다고 한다.

환수문제는 결국 미군의 전면철수로 이어질 수 있는데 문제의 심각성이 있다. 애치슨 라인을 잊어서는 안 된다. 북한이 마지막 바라는 미군철수와 보안법 철폐인데 이것마저 무너지면 한국은 안보의 공백상태에다 남침 오판도 우려된다. 또 수백조원의 방위비 부담도 생각해야 한다. 그렇기 때문에 전 국방부 장관들이 단독행사에는 국민의 동의를 받아야 한다고 들고 나왔다.

셋째, 중국과의 관계인데 중국은 공산국가이고 티베트를 삼키는 중국임을 명심해야 한다. 중국은 고구려사는 물론 고조선·부여·발해사까지 왜곡하고 있다. 이들의 저의는 북한에 급변사태가 돌발했을 경우 북한이 옛날 자기 땅이니 접수하겠다는 심보이다. 여기에 대한 대처는 우리의 혈맹인 미국이라는 주장이 설득력이 있다.

지금 이 나라의 선장인 노무현 대통령은 한국호를 정상적인 항로에 진입시킬 막중한 의무가 있다. 조국은 대통령의 소유물이 아니고 국민의 것이기 때문이다. 우선 좌경의 편향에서 벗어나 자유민주주의 실천에 전력하고 국익과 안보 차원에서 한미 갈등을 해소하기 위해 북한 위폐·마약·인권문제에 강하게 대처하고 작전권 행사도 서두르지 말아야 한다.

말 많은 인사문제도 코드가 아닌 능력위주의 적임자를 발굴하라. 선거참패의 민의를 겸허하게 수용하여 국민과 기업인이 신바람 나는 분위기 쇄신으로 기적을 이어가기를 국민들은 마지막으로 고대하고 있다.

(2006.8.23.)

대한민국의 주인은 국민이다

오는 12월 19일은 대한민국의 제17대 대통령을 뽑는 날이다. 대통령 선거는 국가의 운명이 걸린 중요한 행사이다. 대선의 성패가 국운을 좌우하게 되니 국가나 국민은 최선의 노력과 최선의 선택을 해야 한다. 그러나 선거 과열이 혼탁과 혼란으로 얼룩져 국가 위기로 몰고 가서는 안 된다. 지금 우리 사회에는 이념·노사·빈부간의 갈등, 안보·외교·교육·경제 등에 수많은 과제들이 산적해 있다. 이것들은 도외시하고 국가나 국민의 모든 에너지가 대선에 집중될 때 그 여파를 우려하지 않을 수가 없다.

국가발전과 위기상황을 해결할 최고의 책임자는 대통령이다. 대통령은 국가의 운명을 책임진 행정부의 수반이고 국가원수이다. 대통령은 남은 임기 1년 동안 경제·안보·대선 관리에 최선을 다하여 후회와 미련 없이 정권을 넘겨야 한다.

이 같은 막중한 임무를 완수하기 위해서는 대통령은 탈당을 하고 정치에서 손을 떼어야 한다. 대선의 공정하고 중립적인 관리를 위해서도 정치에 개입하지 말아야 한다. 이것은 국민의 여망이기도 하고, 전직 대통령도 그렇게 했다.

지난해 말 대통령의 민주평통 상임위원회의 김근태·정동영 전 장관에 대한 비하발언 등으로 신당파와 사수파의 갈등은 돌아오지 못할 강을 건넜다고 본다. 당이 분열되어 2개의 정당이 되었을 때의 심각한 문제는 국회에서 소수당이 되고 한나라당이 다수당이 되어 정부의 정책수행을 상당히 어렵게 만든다. 국민의 지지도가 대통령과 여당이 합해도 20%대인데, 분열되면 한쪽 표를 잃게 된다. 그런데 국민들이 과연 이 싸움을 달가워 하겠느냐는 점이다.

지금 한나라당은 국민여론에 고무되어 있다. 후보자들이 지지도에서 1위와 2위를 달리고 있고, 정당 지지도에서도 앞서고 있다.

문제는 후보자들이 경선결과에 반드시 승복해야 한다는 전제조건에 동의해야 한다는 데 있다. 자기에게 불리하다고 해서 경선 직전에 탈당하여 출마할 경우, 한나라당은 최악의 국면을 맞게 될 것이다.

열린우리당의 당 파열음과 한나라당의 후보 이탈 가능성에 대한 불안 이외에도 대선의 혼란 요인으로는 네거티브선거 전략이다. 김대업사건 같은 것을 연상하게 되는데, 흑색전선을 통해 상대방을 제압하겠다는 발상은 이젠 그만 두어야 한다. 속을 국민도 없다는 점도 명심해야 한다.

지금 시중에는 대선 괴담(怪談)이 흉흉하게 퍼지고 있는데 여기에는 유력후보자 암살설, 김정일 위원장 남북정상회담 수용설, 노 대통령의 전격 사퇴설, 제2의 김대업 등장설 등이 있다. 사회가 안정되지 않고 불안할수록 괴담이 난무한다. 후보자의 암살은 북한이 주도

한다는 것인데, 이것이 사실로 될 경우 이 나라는 걷잡을 수 없는 혼란에 빠질 것이다. 정부는 여기에 대한 대비책을 강구해야 한다. 지난번 지방선거에서 박근혜 전 대표의 사건을 우리는 눈으로 똑똑히 보았다.

대권후보자의 신변 안전을 국가가 관리하는 법을 만들어 대통령 경호에 버금가는 경호원을 두어야 할 것이다. 그리고 대통령과 여·야, 국회는 국민이나 기업이 신바람 나고 생업에 종사할 수 있도록 남은 1년을 잘 살펴야 한다.

대선이 표에 눈 멀어 국가안보와 경제를 소홀이 하여 그 뿌리가 흔들릴 때 국민들은 그 원인을 제공한 정당이나 후보자를 지지하지 않아야 한다. 대한민국의 주인은 국민이다.

이제 우리는 흑색전선이나 깜짝쇼와 소리(小利)에서 벗어나야 한다. 순간의 잘못된 선택으로 5년간의 고통을 감수하는 어리석음에서 탈피해야 한다.

국민들은 현명한 눈으로 입후보자 가운데서 누가 최고인가를 똑똑하고 현명하게 판단하여 12월 19일에 임해야 할 것이다.

(2007.1.2.)

선진국의 조건 - 미국의 교훈을 중심으로

1. 부국의 조건을 갖춘 미국

미국은 우리나라의 42.5배이고 Alaska주는 미국 영토의 5분의 1로 우리나라의 7배이고, 남한 면적의 15배인데 1867년 소련으로부터 720만 불에 구입한 땅으로 지금은 자원의 보고로 각광받고 있다.

세계 GNP의 30%, 군사력 40%, 전 세계 40여 개국에 군사기지를 가지고 있으며, 군예산은 다음 20개국 합한 것보다 많다.

2. 미국의 힘의 원동력 자유

레이건 대통령은 자유가 부의 궁극적 원천이라고 말했다. 미국은 1787년 건국 이래 자유와 민주주의를 고수해와 세계 초일류 국가가 되었다. 자유민주주의란 자유과 민주주의의 합성어이다.

부시 대통령 취임 연설에서 49차례 자유를 언급했다.

자유가 무한한 무형의 에너지이다. 자유가 없는 공산국은 망하게 되어 있다.

자유는 자유경쟁(liberal competition)인데 경쟁 없이는 국가나 기업이 성장할 수 없다. 시장경제는 시장과 친해야 한다는 말인데 여기에는 국가가 경쟁을 막아서는 안 된다는 전제가 따른다. 우리나라의 기업규제는 7,400개 정도라고 하는데 규제 때문에 기업이 해외로 이전한다. 교육도 경쟁으로 가야 하는데 평준화다, 수능시험이다 하여 수월성 교육을 막고 있다. 입시는 대학의 자율에 맡겨야 한다. 스위스는 중앙 정부의 교육부가 없다. 교육은 주정부에 맡기고 있다.

3. 인사가 만사를 실천

미국은 제도와 법으로 움직이는 사회이다. 사람이 마음대로 움직이는 사회가 아니다. 대통령제인 미국은 확실하게 3분분립 제도를 확립하고 연방제를 실시하여 연방은 국방·외교·통화 등의 권한만 갖고 있고 이외의 권한은 주정부에 이양하여 정부의 독단을 제도적으로 막고 있다. 1787년에 제정한 헌법은 7개 조항으로 되어있는데 지금도 7개 조항은 그대로 유지한 채 27개 조항만을 추가하였다. 연방의 고급공무원 600여 명은 상원의 인사청문회를 거쳐 상원의 동의를 얻어 대통령이 임명한다. 부시 2기의 15명 장관 가운데 6명이 연임되어 대통령과 같이 8년 동안 장관직을 수행하게 되어있다.

4. 성공의 조건

미국에서 성공하려면 능력, 인격, 헌신을 갖추어야 한다.

(1) **능력**-최고가 되기 위해서는 최선을 다하여 능력을 길러야 한

다. 우리나라는 직업 2만개 , 미국은 5만개 정도라고 하는데 그 직업에서 최고가 되기 위해서는 최고의 능력을 가져야 한다. 자기 분야에 최고가 되어야 생존경쟁에서 살아남을 수 있다.

미국 연방정부에서 대통령 다음 서열은 부통령인데 실질적으로는 2인자는 국무장관이라 할 수 있다. 부시 1기 국무장관은 흑인출신 Powell이였고, 2기 국무장관도 흑인인 Rice였다. 법과 제도상으로는 흑백평등이지만, 아직도 미국사회 저변에는 흑백차별과 갈등이 여전하다. 그런데 부시 대통령이 흑인을 발탁한 것은 두 사람의 능력을 인정하였기 때문이다.

능력을 키우기 위한 투자도 대단하다. 첨단기술 연구개발예산 다음 6개국 예산 합친 것 3배 이상의 수준이라고 하니 능력개발에 투자하는 미국의 의지를 읽을 수 있다.

(2) **인격** – 초인적인 의지로 철저하게 삶을 금욕하고, 기독교 개신의 원동력이 합리성이라고 하는데, 합리성은 경제 이전에 종교적이고 도덕적이어야 한다고 한다. 정치도 가치정치(value politics)여야 한다. 윤리의식이 결여된 지식기계는 무서운 괴물이 된다. 부시가 지난 선거에서 승리한 것은 도덕적 승리라고 말한다. 동성결혼 낙태폐지 반대한 것이 승리요인인데 Kerry후보는 이를 지지하다 실패한 것이다.

(3) 헌신- 봉사

흔히 미국의 지배계층을 WASP(White Anglo-Saxon Protestant) 라고 한다. 이는 백인 앵글로 색슨 신교도이라고 하는데 보통 이 가운데서 대통령이 나온다고 한다.

그런데 미국을 사실상 지배하고 있는 계층은 유대인이라고 한다. 유대인은 미국 70만 변호사 가운데 14만 명, 뉴욕 중·고교사 50%, 대학 교수 30%, 하버드 UCLA 법·의대 교수 50%, 86년까지 노벨상 수상자 300명 가운데 93명을 배출했다. 재벌 400명 중 23% 유대인이다.

미국의 2000년 기부총액 2,034억5천만 불로 예산의 2%로 전 세계 기부액을 초과한 것으로 75%가 개인 기부이다. 99년 기부 총액 1,907억6천만 불로 우리나라 예산의 2배이다.

가장 많은 기부금 기탁자 100명 중 35%가 유대인이다.

미국을 지탱하는 힘은 ① 군사력 ② 넓은 땅 ③ 풍부한 자원 ④ 부자의 힘이라고 하는데, 부자는 살아 있을 때 기부하고 죽어서는 부를 사회에 헌납한다. 이 부는 세계 어디든지 소외된 사회를 위해 쓰여지고 있다.

마이크로소프트(MS)의 빌게이츠 회장은 끝없는 자선활동을 통해 5년간 250억불을 기부했다. 빌게이츠 아버지가 주동되어 120명이 부시 상속세 폐지반대의 신문광고와 의회청원까지 했다. 그들은 미국의 자본주의를 지키기 위해서였다고 한다. 누구나 노력하면 성공한다는 자본주의 장점을 유지하고 공정한 경쟁체제가 중요하기 때문에 상속세제도가 있어야 한다고 역설했다.

5. 법치주의 실천

미국은 73개 인종으로 된 다인종 국가이다. 교도소 재소자 인구비례 가장 많은 나라이다. 미국인은 무의식 중에도 줄을 서는데, 우리는 무의식 중에 사기를 치려한다고 한다.

미국은 거미줄 같은 법망, 치밀한 투명성 보장장치, 영이 서는 공권력, 추상같은 신상 필벌지배의 나라이다. 한 번 규칙을 어긴 사람, 한 번 신용을 어기면 그 사람의 운세는 거기서 끝난다고 본다.

우리나라는 법을 안 지킨다가 25%, 권력있고 돈 있는 사람이 법을 어겨도 처벌 안 받는다고 믿는 사람 95%이고, 법을 지키면 못 산다는 생각이 지배적이다.

1981년 미국 공항공제사가 임금인상을 조건으로 파업에 들어갔다. 레이건 대통령이 복귀명령을 내리면서 며칠까지 복귀하지 않으면 파면한다고 하였는데 복귀를 거부한 11,400명 전원을 파면시켰다.

국민이 매서워야 정치가 바로 선다.

지금 이 나라는 산적한 국정 현안을 앞에 놓고 갈팡질팡 표류하고 있다. 가장 중요한 민생과 경제문제를 외면한 채 정쟁에만 몰두하고 있다. 이것은 오직 내년 국회의원 선거에 기선을 잡기 위한 전략에서 비롯된 것이다. 총선에 승리하기 위해서는 민생이고 무엇이고 다 팽개치고 여기에만 몰두하니 나라가 이 꼴이 되었다고 볼 수 있다. 대통령이나 정치인 모두가 국민을 헌신짝 같이 업신여기고 있다. 이 같은 행패에 죽어나는 것이 국민뿐이니 원통하다 아니할 수 없다.

선거판에 멍든 민생과 경제

이렇게 당해도 선량한 국민들은 묵묵부답이라는 데 문제가 있다. 민주국가에서 주인은 국민이다. 대한민국의 주권은 국민에게 있다. 주인인 국민은 할 말을 하고 항의해야 한다. 모든 공무원이나 정치인은 국민에 대한 봉사자일 뿐이다.

이들이 국민에게 군림하고 권력행사에만 몰두한다면 이는 민주국가가 아니다.

중요한 국정현안인 이라크 파병·새만금·행정수도 이전·농민문제 등의 많은 문제들이 미해결 상태로 있는 데다 11월 25일 노 대통령의 측근비리 특별법안을 거부하여 국회로 환부 거부함으로써 한나라당이 국회 등원을 거부하여 국회 기능이 마비상태에 빠졌다.

노 대통령의 거부권 행사의 배경은 총선을 겨냥한 강공수라고 평가하고 있다. 특검을 수용할 때 총선에 악영향을 준다는 것이고 야당의 균열로 재의결 가능성이 높지 않다는 판단인 것 같다. 그러나 대부분의 국민여론은 거부권행사에 반대하는 입장이고 국회 재적의원 3분의 2 이상 찬성한 법안을 거부권 행사를 한다는 것은 정치 도의상으로도 용납되지 않는다는 것이다. 정부가 수사가 마무리되는 것을 보아 새 특검법안을 낸다는 것도 자기모순이라고 할 수 있다.

대통령이 특검법안을 거부하자, 한나라당은 강경대응으로 김홍신 의원을 제외한 148명 전원이 의원직 사퇴서를 작성하여 최 대표에게 맡겼다. 26일부터 최 대표는 단식에 들어가고 한나라당은 정기국회 거부라는 극한투쟁에 돌입했다. 그런데 최 대표의 단식과 국회 등원 거부에 대한 국민들의 반응도 비난의 소리가 많다. 법절차에 따른 거부권 행사에 국회의 다수당인 한나라당이 민주당과 제휴하여 재의에 부쳐 의결하는 절차를 밟는 것이 순리라는 것이다.

장외 투쟁이나 등원거부가 과연 최선의 선택이냐는 것이고 문제는 여기에 밀리면 내년 총선에 불리하다는 판단이 깔려 있다는 점이다. 노 대통령이나 한나라당이나 내년 총선의 승리에 최우선으로 두는데 이 나라 정치의 혼미가 극대화된다는데 심각한 문제가 있다.

국민이 도탄에 빠지고 경제가 침체로 빠지고 있는데 이를 팽개치고 정치싸움에만 몰두하고 있으니 개탄하지 않을 수 없다. 이젠 정부도 정치권도 믿을 수 없으니 이를 바로 잡는 것은 오직 국민밖에 없다고 본다.

국가의 주인인 국민이 나라의 정치를 바로 잡는데 앞장서야 한다. 그러므로 정치를 잘 하는 자는 백성의 본성에 따라야 한다는 옛말이 있다. 국민의 본성인 진정한 여론에 따른 정치를 외면하면 국민들은 엄중한 심판을 해야 한다. 선진국은 국민을 무시하는 정치를 할 수 없다. 정치인들은 국민을 무서워한다. 국민들이 무서워 여론을 무시하고 부정을 저지르지 못한다. 국민을 무시할 때는 반드시 선거로서 낙선시킨다. 정치인들이 잘못을 저지르지 못하게 되어 있다. 우리의 국민성에도 문제가 있다. 너무 쉽게 흥분하고 금방 잊어버리는 건망증이 문제이다. 선진국은 이 같은 정신이 없다. 끝까지 추적하여 심판하니 정치인이 정신 차리지 않을 수 없다. 그 나라의 정치수준은 그 나라의 국민수준과 같다고 한다. 지금 정국은 불법대선자금 수사로 들끓고 있다.

국정이 주인의 뜻대로 되게

이것도 따지고 보면 국민에게도 그 책임을 면할 수 없다. 돈 쓴 것만큼 표가 나오지 않아야 할 터인데 그와 반대이니 부정선거가 활개친다. 미국 같은 선진국에서는 후보자에게 후원금을 내면 내었지 금품을 바라는 유권자가 없다고 한다. 내년 총선을 겨냥하여 벌써부터 유권자들이 입후보 예상자에게 행사비 등을 요구하여 손 벌리기가 극성에 달하고 있다고 하니 심각하다고 아니할 수 없다. 유권자가 떳떳해야 큰 소리를 할 수 있다.

지금 국회나 정부는 정신을 바짝 차려야 한다. 국정의 난맥싱이 국가 침몰로 이어질까 염려하는 국민이 많다. 법정기일안의 예산 처리가 어렵고 1,206개의 안건이 대기하고 있다. 검찰도 인기에 연연할 것이 아니고 조기에 수사를 종결하여 이 나라 경제에 주름살을 지워야 할 것이다.

정부나 국회는 민생과 경제회생의 목적 달성을 위해 혼신의 노력을 다해야 한다. 이것이 득표의 지름길이다. 국민도 냄비정신에서 깨어나 선진국 국민처럼 정치인에게 매서운 회초리를 들어야 할 것이다. 내년 선거에 그 본때를 보여야 한다. 국민이 매서워야 정치가 바로 선다는 신념을 실천하여야 한다. 이것은 말로만 되는 것이 아니고 행동이 따라야 한다.

(2003.12.2.)

국력의 근간 '인사가 만사'

새 정부 출범 이후 2년이 지났지만 고위공직자에 관한 인선에 확고한 기준과 시스템이 작동하지 않고 있다. 최근 청와대는 우왕좌왕 인사로 국민을 실망시키고 있다. 이기준 전 교육부총리, 최영도 전 국가인권위원장, 강동석 전 건교부장관 등의 불명예 퇴진은 참여정부 인사에 철저한 검증작업이 없었음이 여실히 드러나는 사항이 아닌가 국민들은 의아심을 갖게 된다.

고위공직자라고 하면 선출직인 대통령과 국회의원, 시·도지사, 장관 그리고 국영기업체의 장들을 열거할 수 있는데 인선이 중요하다함은 선택을 잘못하면 국가발전에 저해요인이 발생하고 그 손실은 고스란히 국민의 몫으로 남게 된다. 제도보다 제도를 움직이는 사람이 더욱 중요하다. '인사가 만사'라는 것도 인사가 가장 중요하다는 말이고 인사에 신중에 신중을 기하라는 뜻이다.

첫째, 선출직 공무원의 선택인데 앞으로 4월 30일 국회의원 재·보궐선거를 비롯해 내년의 지방선거, 그 다음해의 대통령, 국회의원 선거로 줄줄이 이어진다. 선출직의 선거에 있어서 이제 국민들이 책임을 절실하게 느껴야 할 때가 되었다고 생각한다. 민주정치가 정당

정치이기 때문에 정당 선택도 중요하다. 그러나 정당보다 이제는 인물을 더욱 중시해야 한다.

둘째, 장관 등의 고위공직자에 대한 인사인데 우리나라는 고위공직자에 대한 인선에 미국처럼 확고한 제도가 정비되어 있지 않다. 미국은 제도로써 '인사가 만사'를 실천하고 있다. 미국은 상원의 인사청문회 대상자가 연방각료 15명 등 600명인데 너무 많아 일부는 서류심사로써 끝난다고 한다. 인사청문회는 상원의 16개 상임위원회서 실시하는데 먼저 대통령이 지명하고 해당 상임위원회의 청문회를 거쳐 상원 본회의에서 인준동의절차가 끝나면 대통령이 임명한다. 이렇게 발탁된 장관은 대통령 임기와 거의 같이 한다. 부시 2기 출범때 15명의 각료 중 6명이 연임되어 8년을 같이 하게 되었다. 노 대통령은 장관의 수명을 2년으로 보는데 이것도 문제가 있다.

인사청문회의 국회법 등 관련법을 개정하여 범위를 확대한다고하니 늦었지만 다행으로 생각한다. 국무총리·대법관 등 헌법상 국회동의를 요하는 인사청문회와 국회동의를 받지 않는 경찰청장 등 소수의 공무원이 인사청문회 대상이 되고 있다. 인사의 신중을 기하기위하여 후자의 대상으로 국무위원 등 청문회의 확대를 거론하고 있는데 장관뿐만 아니라 권한이 강한 금감위원장 등과 국영기업체 장도 대상에 포함시켜야 할 것이다.

셋째, 국영기업체의 장에 관한 인사이다. 국영기업체는 민영화하는 것이 바람직하다. 세계화의 경쟁시대에 월급쟁이 사장이 사명감을 갖고 일류기업으로 키우겠느냐는 것이다.

국영기업체장은 낙하산 인사로 여당 정치실업자의 나누어 먹기식인 자리라는 인식이 국민들 사이에 팽배해 있다. IMF시절 공적자금을 공짜자금인 줄 알고 나누어 먹은 공기업이 있었으니 그 돈이 국민의 세금인데 그렇게 몰지각한 짓을 한 공기업이 있었다. 지금은 광업진흥공사 임원의 직원 직접투표 선출, 철도공사의 소련 유전개발 실패 등 소가 웃을 짓을 하고 있으니 공기업이 비난의 대상이 된다.

공기업도 기업이니 사장은 그 방면에 가장 유능한 인재가 등용되어야 한다. 그렇기 때문에 인사청문회 대상에 올려야 한다. 그리고 감사원은 차제에 나눠먹기식 국영기업체 장과 이사·감사 등의 연봉을 공개하고, 경영상태도 철저히 파악하여 공개하고 부실한 공기업은 민영화로 유도해야 한다.

일본은 철도를 국철과 사철을 병행 운영하고 있다. 공기업도 국민생활과 직결되는 철도공사 등은 적자를 감수해도 운영해야 할 것이다. 그렇지 않은 기업은 단계적으로 빨리 근실한 기업체에 불하해야 한다. 고위공직자 인사는 국가 흥망을 좌우하는 국가 대사이다. '인사가 만사'이고 국력의 근간이니 인사청문회의 철저한 제도개선과 확산에 국민은 큰 기대를 걸고 있다.

(2005.4.7.)

세종대왕, 위대한 지도력 지금도 귀감되다

한국 역사상 최고의 정치 지도자는 세종대왕이다. 치세 목표는 위민과 민본정치였고, 절대군주 정치에서도 여론조사 등 민주적 통치 방법을 채택했다. 처세의 근본은 고전 등 엄청난 독서량에서 나왔다고 본다. 최고의 치적인 세계에서 가장 뛰어난 문자인 훈민정음 창제도 어려운 한문 때문에 억울하게 손해를 보는 백성을 위해 제정한 것이다. 굶는 백성이 있으면 관리를 용서하지 않겠다고 했다.

먼저 탁월한 인사정책을 꼽을 수 있다. 출신·단점·과거를 불문하고 관노·서자 출신이라도 각 분야 최고의 능력자를 발탁해 등용했다. 명재상 황희·맹사성, 집현전 성삼문·신숙주, 천문학자 장영실, 이조판서 허조, 육진 개척 김종서·최윤덕 등 팔도를 뒤져 철저한 검정을 거쳐 인재를 적재적소에 투입했다.

세종 치하 최고의 인물은 황희였다. 중국 역사상 최고의 2인자에 제갈공명이 있듯이 그는 세종 치하 재상 24년에 영의정 18년의 업적은 우리 역사상 가장 훌륭한 2인자로 꼽힌다. 그는 탁월한 사태파악 능력, 아무리 복잡한 안건도 핵심을 파악해 간명하게 정리하는 능력, 왕에게 우선 순위를 말하고 그 자리에 적합한 인물을 추천했으며, 의

롭지 않으면 왕명도 거부했다. 황희가 조선시대 제일의 청백리가 됐다면 세종은 황희의 보필로 동방의 성군이 됐다.

두 번째 특징은 그의 통치 방식이다. 일반 국정은 재상에게 위임하고 남은 여유 시간을 혁신 과제에 투입했다. 어전회의는 민주적 방식인 세미나식으로 운영했다. 국왕은 발언을 최소화하고 반대의견도 끝까지 경청했다. 황희 정승도 회의 때 남보다 먼저 발언하지 아니했다.

먼저 발언하면 타인의 발언이 막힌다는 판단에서였다. 중대한 사안에 대한 토론이 결론이 나지 않으면 회의는 다음 날로 계속됐다. 합당한 안이 도출되면 황희는 마지막 자기의 식견을 총동원하여 종합적 결론을 내리면 세종은 '승상의 뜻대로 하시오'라고 하여 황희에게 힘을 실어주고 회의를 끝냈다고 한다.

세 번째, 세제개혁을 위한 여론조사이다. 우리나라 역사상 최초의 여론조사이다. 세금 징수에 관리들의 횡포가 심해 이를 개선코자 관리와 국민 17만 명을 상대로 공법 시행에 관한 여론조사를 했는데, 반대보다 찬성이 많았으나 이해가 엇갈려 시행을 보류하고 신중한 논의를 거쳐 새로운 공법을 14년 만에 제정해 조선시대 세법의 기본으로 시행했다.

세종의 치적을 귀감 삼아야 할 것이 한두 가지가 아니지만 인사와 소통문제는 본받아야 할 것 같다. 박근혜 정부의 일반적 실정은 인사실패와 불통으로 보고 있다. 청와대 문건 유출사건도 국민들은 원인을 여기에서 찾고 있다. 임기 3년차를 맞은 박 대통령은 먼저 인사개편과 소통정치로 대전환을 가져와야 떨어진 실점을 만회할 수 있을 것이다. 국무총리와 대통령 비서실장은 세종처럼 정파·지역·혈연·과거를 따지지 말고 국민들이 공감하고 감동하는 최고로 능력 있는 적임자를 선택하여 소신껏 일하게 권한을 과감하게 위임해야 한다.

우리는 대통령 리더십에서 폐쇄성을 단점으로 지적하고 있다. 어전회의는 지금의 국무회의를 말한다. 회의다운 국무회의를 못 본 것 같다. 지시나 전달로 끝나고 대통령의 지시사항을 적는 것으로 형식화되고 있다. 관계장관회의, 수석비서관회의 등 회의는 회의답게 난상토론을 통해 세종 때의 어전회의처럼 국정 쇄신의 실질적 틀을 만들어야 한다. 박 대통령은 번지르르한 보고서를 장시간 읽기보다 대면·현장과 실무에서 발전적 해답을 찾아야 한다. 불통에서 벗어나 각계각층·다방면의 전문가와 실무자와의 소통을 통해 정치 발전의 활로를 찾아야 한다.

세종의 위대한 지도력이 지금 우리의 척박한 정치현실에 실천해야 할 교훈과 귀감으로 가슴을 울린다.

(2014.12.26.)

위대한 국가 통치권자, 탁월한 2인자가 있었다

2인자는 1인자를 냉정하게 관찰하고 정직하게 파악하며 그 분석의 토대 위에서 2인자의 역할이 무엇인가를 빨리 파악하여 묵묵히 실천해야 한다.

미국 역사상 43명의 대통령 가운데 가장 위대한 대통령은 링컨이다. 링컨은 후보 시절 맞섰던 슈워드를 2인자인 국무장관으로 임명하여 남북전쟁을 승리로 이끌어 국가 분열을 막았고, 노예제 폐지의 수정헌법 제13조 헌법개정안을 정족수 미달의 불리한 여건을 슈워드의 설득으로 의회에서 통과시켜 노예제 폐지를 완결시켰으며, 여야뿐만 아니라 국민들도 반대한 알래스카 매입을 관철시켜 알래스카의 아버지가 되었다.

마오쩌둥을 주군으로 모신 저우언라이는 고교 출신인 그를 귀족 출신에다 프랑스 유학파인 그가 지도자로 추대, 그의 발걸음 뒤에서 영원한 2인자 역할을 했다. 실제 중국을 통합으로 이끈 두뇌는 저우언라이이다. 저우는 마오의 가장 친밀한 동지이고 믿을 수 있는 지지자로 현대 중국 역사에서 불세출의 2인자이고, 그를 그림자처럼 돕고 이끌어 지도부가 분열되지 않고 단합하여 새 역사를 기록하는 역할을 했다. 중화인민공화국 수립 이후 사망 전까지 27년간 총리를 역임한 그는 세계적 기록을 세운 중국 현대정치의 보배였다.

삼고초려와 읍참마속으로 유명한 중국 삼국시대의 촉한 유비의 2인자 제갈공명은 뛰어난 지략과 전술로 당대를 풍미한 전략가로, 그는 유비의 사망 이후 정권을 탈취할 수가 있었음에도 유비의 아들 유선 밑에서 2인자로서 충성을 다하여 그를 도와 세계에서 가장 뛰어난 2인자로 평가 받았다.

우리의 역사상 최고의 지도자는 세종대왕이다. 그의 최고의 치적은 세계에서 가장 뛰어난 문자인 훈민정음의 창제이다. 다음은 탁월한 인사정책이었다. 신분 같은 것 따지지 않고 각 분야에 최고의 능력자를 발탁하여 등용했다. 세종 치하 최고의 인물은 2인자인 황희였다.

2인자의 역할은 1인자의 운명에 결정적이라는 평가이다.

해방 이후 우리나라의 대통령, 특히 건국 대통령 이승만과 경제 대통령 박정희는 말년에 번번한 2인자가 없었기에 몰락의 길로 들어섰다고 평가한다.

초대 대통령 이승만은 어려웠던 독립운동 시절의 공로뿐만 아니라 해방정국에서 대한민국을 건국함에 자유민주주의 새 헌법을 제정하여 의무교육을 실시하고 농지개혁을 실시하고 평화선을 선포하여 동해를 일본으로부터 지켰다. 6·25전쟁 발발 시 미국과 유엔군의 참전을 이끌어 내고 한·미방위조약을 체결하고 반군포로 석방,

미국의 원조 증강 등 공을 세웠다. 그는 장기 독재집권과 이기붕을 2인자로 지명한 것이 몰락의 길로 들어서는 단초가 됐다. 이기붕의 부통령 당선을 위한 3·15부정선거로 그는 몰락했고, 그 책임을 부인할 수 없다.

박정희 대통령은 심혈을 쏟은 경제개발로 국민을 가난에서 벗어나게 했다. 그는 3선에 만족하지 않고 유신을 단행하여 몰락의 길로 들어섰다. 박정희의 평가는 경제건설과 정치행태의 입체적인 평가를 해야 할 것이다.

그는 2인자를 두지 않았다. 무능한 김계원 비서실장이 오만한 차지철 경호실장을 통제하지 못하여 10·26사태가 발생하여 비극을 낳게 됐다. 만약 김종필 전 총리가 2인자 역할을 했다면 10·26 같은 비극은 막을 수 있지 않았나 하는 아쉬움이 남는다.

박근혜 대통령은 2인자를 인정하지 않는 스타일이다. 지금은 대통령의 독재는 불가능하다. 대통령은 헌법상 2인자인 국무총리를 국민의 여론을 담은 가장 유능한, 감동적인 황희 같은 인물을 선택하여 행정은 그에게 위임하고 중요한 국방, 외교 등에 전념하는 모습을 국민들은 염원하고 있다.

(2015.6.30.)

역사에 남을 대통령 기대

지난 12월 19일, 21세기에 처음 실시한 제16대 대통령 선거에서 투표자 48.9%를 획득한 노무현 입후보자가 대통령으로 당선되었다. 노무현 당선자는 앞으로 산적한 국내외 문제를 슬기롭게 해결하고 국민에게 공약한 사항들을 성실하게 수행하여 성공한 대통령으로 오래 기억되기를 국민들은 기대하고 있다. 해방 이후 8명의 대통령들이 모두 실패한 대통령으로 말로가 불행했기 때문에 노무현 당선자만은 역사에 남을 대통령으로 기억되기를 국민들은 고대하고 있기 때문이다.

이들 대통령은 독재·독단·권력형 부정부패·편중인사·친인척비리·권위주의 등으로 국민으로부터 존경 받지 못하고 있다. 노무현 당선자는 이들을 반면교사로 삼아 전철을 밟지 않는다면 반은 성공한 대통령이 될 수 있음을 명심하기 바란다. 노무현 당선자가 훌륭한 대통령이 되기를 기대하는 이유가 여기에 있다.

미국의 헤리티지 연구소의 대통령직연구센터가 지난 100년 동안 미국의 대통령사에서 추출해 낸 훌륭한 대통령의 조건으로 첫째, 겸손하라, 둘째 야당과 잘 지내라, 셋째가 국민으로부터 믿음을 얻어라고 요약하고 있다. 이 세 가지를 잘 수행한 대통령은 훌륭한 대통령이 되었다고 한다. 겸손·야당존중·신뢰가 대통령을 받치는 덕목이었다고 한다.

우리에게는 이 같은 덕목과 함께 풀어야 할 구체적인 사항들이 많다. 첫째, 인사가 만사임을 꼭 실천해야 한다. 노 당선자에게 제일 중요한 것이 적재적소에 최적의 인사를 기용해야 한다는 점이다. 첫 번째 조각이 엄청난 의의가 있음을 인식해야 한다. 논공행상적·파당적·지역 편파적 인사를 해서는 안 된다. 최선의 인사에서 장관은 대통령임기와 같이 한다는 신념에서 인사를 하고 책임과 함께 권리를 이양하는 책임행정을 시행해야 한다.

분권형 대통령제를 주장하고 있으나 헌법 제94조의 '행정부의 장은 국무총리의 제청으로 대통령이 임명한다'는 규정에 따라 실질적으로 장관의 제청권을 국무총리에게 부여하고 내치의 권한을 국무총리에게 심어 주는 것이 국무총리가 소신껏 국정에 임하고 행정을 통할할 수 있게 될 것이다. 이것은 17대 총선 후 총리지명권을 다수당에게 넘긴다는 것과 맥을 같이 하는 것이다.

둘째, 정당의 민주화이다. 정당개혁은 공룡화된 중앙당을 없애고 밑으로부터의 지구당 중심으로 정당이 운영되어야 한다. 헌법 제8조에 정당은 목적·조직과 활동이 민주적이어야 한다고 규정하고 있다.

셋째, 지방분권을 실시해야 한다. 중앙집권의 결과 서울만 일방적으로 비대했다. 서울의 비대를 방지하고 지방재정의 확충방안을 강구해야 한다. 주세 등을 지방세로 전환하는 것이 시급하고 지방대학의 육성과 지방의 기관이나 기업들은 그 지방에서 인력을 우선 선발케 해야 한다.

넷째, 국정수행의 한 축은 국회이다. 지금은 여소야대의 정국이다. 대통령은 국회를 존중해야 한다. 대화와 타협으로 국정을 운영해야 한다. 대통령은 야당의 당수와도 만나고 야당의 원내총무와도 만나 국정을 협의하고 타협하는 자세가 필요하다. 여소야대 정국에서는 더욱 그렇다고 본다. 성공한 대통령은 야당을 존중하고 타협하는 대통령이다.

다섯째, 외교와 대북정책은 대통령의 국정수행의 중요한 과제이다. 미·일·중과의 협력을 강화하여 한반도의 안전과 평화에 기여하고, 특히 대북관계는 평화공존의 기조 위에, 대북지원은 국민의 합의아래서 지원이 되어야 하고, 경제적 지원은 국회의 동의가 필요하다고 본다. 퍼주기식 지원을 국민들은 원하고 있지 않기 때문이다.

여섯째, 신뢰의 정치와 부정부패를 엄격하게 척결해야 하고, 대통령의 권력행사는 원칙과 법에 따라 집행되어야 한다. 대통령이 헌법과 법을 잘 지키면 공무원이나 국민도 자연히 법을 잘 지키게 된다. 대통령이 신뢰하는 정치를 하면 국민들도 대통령을 진실로 믿고 협조할 것이다. 정직은 국가 발전의 원동력이 된다.

이제 노무현 당선자는 48.9%의 대통령이 아닌 반대한 51.1%를 포함한 모든 국민의 대통령이다. 대통령에게 있어서 최대 미덕인 겸손한 자세로 지역화합, 깨끗한 정부, 훌륭한 인재 등용, 야당과 갈등해소로 국론을 통합하고 나라와 민족을 위해 봉사하는 심부름꾼으로 국민 여망에 부응하는 역사에 길이 남을 대통령을 국민들은 고대하고 있다.

(2003.1.4.)

투표는 민주주의의 생명

올해는 선거의 해이다.

6월 13일의 지방자치제선거, 8월의 국회의원 보궐선거, 12월의 대통령 선거가 예정되어 있기 때문이다. 민주국가에 있어서 선거는 대단히 중요하다. 투표는 생명과 같은 것이다. 투표가 잘못되면 민주주의가 고사하고 국가가 위기에 처할 수 있다.

언론의 자유와 참정권은 민주주의의 기본요소이고 자유민주국가 질서의 구성원리이다. 언론의 자유가 보장되지 않고 선거가 잘못 치러지면 자유민주 국가질서가 붕괴되고 만다. 이같이 중요한 선거가 지금 월드컵의 경기로 인해 위축되어가고 있다. 나라가 온통 월드컵 열기로 6월13일 지방자치제 선거는 함몰되어가는 위기를 맞고 있다.

여기에다 12월 대선의 전초전으로 지자체선거가 타격을 받고 있고 불법선거가 지난 선거에 비해 10배로 증가하고 있다. 이로 인해 유권자의 무관심은 극에 달해 있다고 해도 과언이 아니다. 입후보자들의 선거 유세장에는 선거운동원만이 눈에 띄고 후보자들의 우렁찬 목소리만 메아리치고 있으니 이렇게 가다가는 투표율이 사상 최대로 하락할까 염려마저 나온다. 그러나 선거는 민주국가에 있어서 필수적인 것이며 선거 없이는 민주국가가 성립될 수 없다. 오늘날 국가는 직접 민주정치를 할 수 없다. 그렇기 때문에 간접 민주정치를 실시하여 국민의 대표자를 선출하여 이들에게 정치와 행정을 위임하고 있다. 간접정치가 원칙이다. 그렇기 때문에 자기를 대표할 대표자를 선택하는 것을 남의 일같이 생각하고 행동해서는 절대 안 된다.

나의 일과 같이 생각하고 최선의 선택을 해야 한다. 국민이 자기를 대신할 대표자를 선출하는데 무관심해서는 안 된다. 국가의 주인으로서 주인 행사를 투표소에서 투표할 때뿐이다. 이곳 이외는 아무데서도 주인 행세를 할 수 없다. 국민이 찍는 투표가 아무런 힘이 없어 보이지만 투표는 대포알보다 강하다고 한다.

왜냐하면 대통령제 하에서 막강한 대통령도 투표에 의하여 퇴임시킬 수 있으니 말이다. 정권교체도 국민이 찍는 한 표 한 표에 의해서 이루어진다. 그렇게 때문에 투표권 행사가 평화적 혁명을 가져온다.

오늘익 우리나라 정치가 바닥을 헤매는 것도 모두가 국민이 1차적 책임을 져야 한다. 국민에 의해 선출된 대통령과 국회가 잘못하면 선출한 장본인인 국민에게 먼저 책임이 있다는 말이다. 선거를 잘못하면 피해는 바로 국민이 받게 되니 선거를 똑바로 해야 한다.

월드컵에 이기는 것도 중요하지만, 우리는 이번 지방자치제 선거도 더 중요하다고 생각해야 한다. 지자체 선거에 문제점도 너무나 많다. 그러나 지금은 그것을 따질 시간이 없다. 우리는 현재 입후보한 후보자 가운데 누가 우리 고장을 잘 살게 하는데 가장 적임자인가를 판단하고 이들에게 투표권을 행사해야 한다. '나 하나 찍지 않는다고 무슨 큰 문제가 있겠느냐'고 생각하겠지만, 모두가 그렇게 생각한다면 선거는 되지 않는다. 젊은 층으로 내려갈수록 투표율이 낮게 나타나고 있는데 내일의 이 나라의 주인공이 될 젊은이가 선거에 무관심해서는 안 된다.

참정권과 투표권은 다르다. 투표 당일 날 투표권을 행사하는 것은 국가 공무원이 공무를 집행하는 것과 다를 바 없다. 국회의원이 국회의장을 선출하는 공무집행과 선거인단에 참가하여 투표권을 행사하여 대통령, 국회의원, 시장 등을 선거하는 투표권 행사와 다를 바 없다는 것이다. 대통령 선거의 선거인단은 전국이 하나의 선거인단이고 국회의원은 지역구가 하나의 선거인단이 된다. 투표권 행사를 공무집행의 차원에서 볼 때 정당한 이유없이 투표에 불참할 때 벌금을 부과하는 입법도 검토해 볼 만하다. 투표율이 바닥을 칠 때는 고려할 사항이다.

투표는 민주주의의 영원한 생명이다. 투표 없는 민주주의가 존재하지 않는다. 민주주의 국가에서 필수적인 선거는 국민들의 공정하고 정당한 평가에 의한 투표가 국가운명을 결정하는 지렛대 역할을 하게 된다. 지방선거에 국민의 적극적인 투표 참여로 이 나라 민주주의 발전에 우리 모두 동참해야 할 것이다.

(2002.6.11.)

국민은 투표에 대한 올바른 관심을 가져야

1. 머리말

선거란 그 나라의 운명과 직결된다. 선거가 잘못되면 나라가 망할 위기에 직면하게 된다.

우리나라의 자유당 정권이 3·15 부정선거에 의하여 이승만 정권이 무너진 것이 실례이다. 국가의 운명과 직결되는 것이기에 선거가 그만큼 중요하다. 이 같은 중요한 선거를 국민들은 경시하고 있고, 정치 지도자들도 선거를 공정하게 치를 생각을 하지 않고 오직 정권 획득에만 혈안이 되어 있으니 온전한 선거를 치르는 것도 어렵다. 해방 이후 선거과정을 보면 이제 투·개표는 바르게 정착된 것 같다. 몇 표 차로 낙선한 후보자가 선거소송을 제기하여 승리한 경우가 없으니 투표와 개표는 제대로 이루어진 것으로 평가된다.

2. 입후보자의 자질

선거의 입후보자는 후보자로서의 자질을 갖추어야 한다. 지역사회와 국가를 지키기 위해 목숨을 각오하는 애국심과 멸사봉공정신을 가져야 한다. 남을 위해 희생과 봉사할 수 있는 투철한 정신의 소유

자라야 한다. 개인의 영달을 위하여 선거에 출마해서는 안 된다. 입후보자는 직위에 맞는 능력과 도덕성을 겸비해야 한다. 가치관과 발전적 비전을 제시하고 뚜렷한 소신과 정당하고 합리적인 판단이면 이를 강력하게 추진할 추진력을 가져야 한다. 남의 의견을 존중하고 합의를 도출하는 민주적인 역량을 갖추어야 한다. 겸손은 고상함보다 우위이고 오만은 지도자의 자질이 아니다. 겸손과 국민으로부터 믿음을 얻는 신뢰받는 지도자를 국민들은 선택해야 한다.

3. 정당의 민주화

우리나라 정당들은 민주화가 되어 있지 않고 있다. 우리 헌법 제8조 2항에 '정당은 그 목적·조직과 활동이 민주적이어야 한다'고 규정하고 있다. 우리나라 정당들은 이 규정에 위반하고 있다. 정당의 낙하산식 공천이 이 규정에 위반된다. 우리나라의 정당의 민주화를 가로막는 장애요인은 공룡 같은 중앙당이다. 미국은 우리 같은 중앙당도 없고 당의 총재도 없다. 하마 같은 중앙당과 당총재 때문에 금권정치가 자행되고 부패정치가 횡행한다. 당 총재가 당을 좌지우지하니 독재 정당이 되고 독재 총재가 나온다. 제왕적 총재와 제왕적 대통령이 생긴다.

4. 지자체의 탈정치화

지방자치제는 정당이 개입되어서는 안 된다. 기초자치단체는 정당이 개입되어서는 안 된다는 것이 국민 다수의 여론이다. 자치단체의 균형적인 발전을 위해서는 정치개입이 되어서는 안 된다. 여당의 단체장과 야당의 단체장을 중앙지원에서 차별해서는 안 되기 때문이다. 정당에서 상향식의 공천이 아니고 하향식 공천이 될 경우 잡음이 있기 마련이고 잘못하면 자격자가 탈락하는 이변을 낳아 선거 본래의 취지를 잃게 된다. 지방자치단체장은 정치가가 아니고 행정가가 바람직하다는 지적에 따르면 지방정치는 주민자치이기 때문에 탈정치화가 바람직할 것이다. 지방자치는 탈정치화를 고려한다면 법적으로 당공천제도를 폐지해야 한다.

5. 지역주의 탈피

우리나라의 선거에서 가장 문제되는 것이 몽땅주의 폐단이다. 경상도와 부산은 한나라당 공천만 받으면 무조건 당선이 보장되고 전라도는 민주당, 충청도는 자민련의 공천만 받으면 당선되는 이 같은 풍토가 사라지지 않고는 우리나라의 선거의 선진화는 그림의 떡에 지나지 않을 것이다. 당만 보고 무조건 표를 찍는 지역감정을 청산해야 한다. 당 때문에 훌륭한 인물이 낙선하는 전철을 밟지 않기 위해서라도 지방자치제만이라도 정당공천을 없애야 한다.

6. 맺는 말

주권자인 국민이 주인의 행세를 하는 것은 오직 투표소에서 투표하는 것뿐이다. 어디 가서도 주인이라고 큰 소리를 칠 수도 없다. 선거 때는 입후보자가 국민에게 정중하게 주인으로 대접한다. 그런데 이렇게 중요한 선거를 별 것이 아닌 것으로 판단하는 국민이 많은 것 같다.

　오늘의 이 나라의 정치 형태에 관한 1차적 책임은 국민에게 있다. 왜냐하면 잘못된 정치의 책임은 국민이 면할 수 없기 때문이다. 우선 우리는 투표에서 선택은 최선의 선택이 되어야 한다. 만약 자기가 바라는 후보자가 없을 경우도 주권을 포기하지 말고 차선을 선택해야 한다. 최근 선거에서 연령별 투표율을 보면 20대가 최저이고, 50대가 최고로 나타나 있다. 젊은 세대가 투표를 피하는 것은 바람직한 것이 아니다. 선거풍토의 개혁은 투표에 대한 올바른 관심으로부터 출발해야 할 것이다.

(2002.6.4.)

겸손은 정치인의 필승 요건

대한민국은 대통령 것도 국회의원, 장관 것도 아닌 국민의 것이다. 대통령이나 정치인들은 국민을 우습게 생각해서는 안 되고 국민 다수의 소리에 귀를 기울이고 이들의 뜻에 따라 정치를 운영해야 한다. 그렇지 않으면 국민들은 무서운 심판을 내리게 된다. 진실로 국민의 뜻에 따르는 데는 우선 겸손해야 한다. 정치인이 겸손하면 국민의 뜻이 보인다. 아래로 민의를 살피면 길이 나타난다. 미국 헤리티지연구소의 대통령직 연구센터가 100년 동안의 역사적 사례를 모아 새 대통령에게 드리는 보고서가 미국 대통령사에서 추출해 낸 훌륭한 대통령의 조건은 첫째 '겸손하라' 했다.

역사적으로 출중한 일을 한 뒤 최악의 사태를 맞은 것은 성공이 가져다 준 교만 때문이었다고 한다. 미국 역사상 국회 특히 야당과 사이가 나빴던 대통령은 성공한 사람이 한 명도 없었다.

미국의 라이프지가 선정한 지난 1천년 동안 세계를 만든 100인 중 만델라가 유일하게 현존하는 인물로 뽑혔다. 그에게 대통령의 권한이 어디에서 나왔느냐고 물었을 때, 그는 대통령의 권한이 겸양에서 나왔다고 했다. 그는 13km 떨어진 로빈섬 감옥에서 옥중생활 27년 중 18년을 지냈는데, 그는 긴 감옥 생활에서 오기와 독기를 품지 않고 겸허한 자세로 미래를 준비하여 남아공과 세계적으로 위대한 대통령이 되었다. 지난 17대 총선에서 탄핵정국의 태풍과 차떼기 정당의 오명의 회오리 속에 난파 위기를 맞은 한나라당은 박근혜 대표의 겸손으로 위기의 고비를 넘겼다고 본다. 전국의 지역구를 돌며 견제정당으로 태어나게 오른손에 붕대를 감고 머리 숙여 참회 섞인 호소가 유권자를 움직여 한나라당을 기사회생시킨 것이다.

지금 이 나라는 정부 발표와는 달리 민생 경제가 상당히 어렵다. 정국은 안정을 찾지 못하고 있다. 도로공사의 행남도 의혹사건, 신행정 수도의 강행, 느슨한 공기업의 지방 분산, 부동산 대책의 혼선, 대입제도의 혼란 등 풀어야 할 과제가 산적한데 정부와 여당, 청와대는 분란과 책임 떠넘기기에 급급한 것 같은 인상을 국민에게 던지고 있다. 이 문제의 해결을 위해서는 정부나 여당은 겸허한 자세로 국민다수가 먼저 무엇을 원하고 있는지 파악해야 한다. 다음은 국정운영이 법과 원칙에 의하여 움직이는 것이 정도인데 이것을 무시하고 청와대가 일방적으로 사업에 개입하여 문제가 생겼다면 깊이 반성하고 대책을 마련해야 한다. 시스템 정치가 성공하게 위해서는 첫째, 국정운영의 비전과 철학이 분명해야 하고 둘째, 국정운영이 팀플레이로 운영되어야 하고 셋째, 철저한 사전 시뮬레이션이 이루어져야 한다. 우리의 국정운영은 과연 이 같은 절차를 밟고 있는지 깊이 음미해야 한다.

루스벨트 대통령이 첫 백일 동안 100개가 넘는 개혁을 할 수 있었던 것은 야당과 언론의 협조가 있었기 때문이라고 했다. 그는 대공황의 절망에 빠진 국민들에게 비전을 제시하고 그것을 뉴딜정책으로 실천에 옮겼다. 그는 정치적으로 성공하려면 성과를 이룬 뒤에 재빨리 웅크리는 고양이처럼 겸허한 자세로 임해야 한다고 겸손을 강조한 대통령이었다. 그는 모든 사람에게 전범(典範)이 될 만한 최고로 정제된 말만 골라 썼다고 한다.

　　우리나라 대통령이나 고위 공직자도 최고로 정제된 말만 골라 쓰기를 당부하고 싶다. 막말정치를 해서는 안 된다고 본다. 대통령의 재신임 발언, 민주당을 찍는 것은 한나라당을 도와주는 것, 동북아 균형과 역할 등과 국무총리가 우리나라 시·도지사 중에 대통령 될 만한 사람이 없다는 등은 격에 맞는 말이 아니다.

　　정권은 누가 잡겠다고 해서 잡히는 것은 아니다. 국민 지지가 없으면 정권을 잡을 수 없다. 겸손한 자세로 민심 속으로 다가서야 한다. 오만하고 오기만 부리는 자는 표를 얻을 수 없다. 지금 정부와 여당, 청와대는 겸허한 자세로 국민의 소리에 귀를 기울이고 국가 발전을 위해서 시스템과 법에 따른 바른 정치에 심혈을 기울여야 하는 것이 정권 장악의 기본임을 생각해야 한다. 겸손은 필승이고 오만은 필패라는 점을 명심해야 할 때이다.

(2005.6.14.)

부실 백화점인 공기업 개혁 국민의 뜻에 따르라

이명박 대통령의 중요한 선거공약 가운데 하나가 공기업의 민영화 사업이었다. 방만한 경영을 바로 잡고 효율성을 높여 국가 경제를 향상시키기 위해 주인을 찾자는 것은 국민이 지지하는 개혁이다. 민영화의 필요성은 적자는 국민들이 떠안아야 하는 주주이기 때문이다. 공기업의 개혁도 규제개혁과 마찬가지로 탄력을 잃고 흐지부지 되고 말았다. 공기업 민영화가 선진화 방안으로 궤도 수정을 하면서 1차 선진화 방안을 8월 11일 발표하였는데, 319개 공기업 가운데 41개를 선정하였다.

민영화 27개사, 통폐합 2개사, 기능조정 12개 사인데 공적자금이 투입된 기업을 제외하면 순수한 민영화 대상은 5곳 뿐이다. 5개 공기업도 규모가 크지 않아 쪼그라든 공기업 민영화로 포퓰리즘에 밀려 개혁은 후퇴하고 용두사미의 공기업 선진화 방안이라는 비난을 받지 않을 수 없게 되었다. 소신과 신념, 철학, 기준, 내용도 없는 방안이란 소리가 높다.

공기업의 민영화를 주장하는 당위성은 공기업도 기업이기 때문에 자유경쟁을 통해 경영의 효율성을 높여 흑자경영으로 국민경제 발전에 기여함에 목적이 있다. 그런데 대부분의 공기업의 방만하고 무원칙적인 경영으로 적자를 내고 국가 경제에 부담을 주어 결국 국민의 혈세로 적자를 메워 국민의 원성을 산다는 것이다. IMF 당시 구제자금을 지원받은 공기업이 그 돈으로 기업운영에 투자하지 않고 상여금 등 인건비로 갈라먹어 국민의 엄청난 비난을 받은 적이 있다. 공기업의 도덕적 해이를 파헤친 감사원, 검찰, 경찰 등의 일련의 비리 조사는 국민을 경악케 하고 있다.

감사원 조사 발표에 의하면 한국 전력은 실적을 조작해 상여금을 899억 과다 지급했고, 증권예탁원 간부는 재경부 직원 접대로 골프, 술자리에 법인카드를 물쓰듯 썼고, 기업은행은 흥청망청 이사회를 열어 몇 년간 7,450만을 쓴 것으로 들어났다. 또 한국석유공사는 비축유 살 돈은 없어도 복지기금에 434억 원을 출연해 비난을 받았다.

경기지방경찰청의 대한주택공사 수사에서 설계용역 과정에서 수억 원의 뇌물 혐의를 포착하고 전관예우, 인사 청탁, 수주비리 등 공기업의 각종 비리가 쏟아져 나오는 양상이 되고 있다. 검찰은 한국증권선물거래소 임직원이 비리 불감증에 걸렸다고 했다. 유흥주점·골프장에서 업무회의를 했고 해외연수 간다면서 회사 돈을 받아서 유럽 여행을 가기도 했다. 대검찰청은 비리 공기업 21곳을 적발하고 104명을 기소했다. 그런데 공기업의 연봉도 도마 위에 올랐다. 증권예탁결제원 직원들은 지난해 1인당 평균 연봉 9,677만을 받았는데 이 기관은 사업비로 쓴 돈 보다 인건비로 쓴 돈이 2배 가까이 많았다.

지난해 평균 연봉 7,000만 원 넘는 공기업이 30곳이었다. 공무원이나 일반 기업에 비해 이 같은 특혜를 받는 것도 문제가 있다.

부실·부정의 복마전 같은 공기업은 국민의 이름으로 민영화 내지 개혁해야 한다. 민영화가 정답이기는 하지만 단계적인 접근으로 큰 저항 없이 개혁이 이루어져야 할 것이다. 2,3차 개혁에서 50개 징도의 실속 있는 개혁이 달성되기 위해서는 첫째, 공기업 사장·임원인사가 낙하산·보은인사가 되어서는 안 된다. 능력과 전문성을 가진 국민의 눈높이 맞는 최고의 인사를 발탁하는 것이 가장 중요하다. 오늘의 공기업이 이 꼴이 된 것은 낙하산·보은의 무능한 인사를 등용한 것이 실패의 중요한 원인이다.

지금 이명박 대통령은 전 정권의 실패한 인사를 반복하고 있으니 딱한 노릇이다. MB정부 임명 사장 8명 중 6명이 고소영 S라인(서울시)이라고 야당은 거세게 반발하고 있다. 낙하산 인사로 전문성과 능력 없는 인사가 사장으로 발탁되면 노조에 밀려 구조조정이나 강력한 개혁을 추진할 수 없고, 이렇게 임명한 사장이 민영화 추진은 생각할 수도 없을 것이다. 지금부터라도 개혁의 사활은 인선이라고 생각하고 실천해야 한다.

둘째, 모든 공기업에 철저하고 공정·합리적 경영평가를 실시해야 한다. 평가 순위에 따라 최하위 공기업부터 민영화해야 한다. 공정한 평가 결과라야 개혁에 정항도 낮기 때문이다.

셋째, 감사제도는 폐지를 검토해야 한다. 감사가 제대로 감사했으면 오늘의 공기업이 이렇게 부실한 경영을 하지 아니하였을 것이다. 회계도 모르는 보은 낙하산 감사에게 생선을 맡기는 꼴이 되었으니 부실은 뻔한 것이었다. 공기업 감사 전담기구를 설치하여 1년에 한 번씩 강도 높은 감사를 실시하고 수시 감사로 실시하여 부정·부실 경영을 원천적으로 차단함이 마땅할 것이다.

넷째, 과다한 연봉이나 보너스를 조정하여 경영 합리화를 이루어야 한다. 사기업과 공무원의 보수를 비교하여 합리적인 임금 조정을 해야 한다. 국민이 납득하는 수준으로 조정이 마땅하다 할 것이다.

다섯째, 민영화로서 시장독점이 우려되거나 경영이 효율성보다 공익이 우선하는 경우 공기업 형태를 어느 기간 유지해야 한다. 전기·가스·수도·건강보험 등이 여기에 해당된다고 본다.

여섯째, 민영화에서 빠진 공기업도 철저한 경영평가와 경영의 효율화와 선진화로 흑자로 진입해야 할 것이다. 공기업의 방만한 상태를 접할 때마다 국민들은 분통을 터트린다. 2002년부터 2007년 사이 45개 공공기관이 설립되었고, 인원은 71,000명에 예산은 98조 원이 증가하여 GDP를 차지하는 비중은 33%가 되었다. 공기업의 경영을 바로 잡아야 하는 이유가 여기에 있다. 부실·부정의 백화점이라는 국민의 비난에서 벗어나기 위해 정부와 공기업은 뼈를 깎는 각오로 경영혁신을 이룩하는 것이 국민의 뜻임을 깊이 인식해야 한다.

(2008.8.19.)

부패망국지탄

이스라엘의 〈탈무드〉에는 '물고기는 물 밖을 나오면 죽게 되고 사람은 법질서 밖으로 나오면 죽는다'고 한다.

오늘날 우리나라가 위기를 맞은 원인도 다른 데서 찾을 수 있겠으나 근본적인 이유 중에는 이 나라의 구석구석이 부정부패로 얼룩졌기 때문이다. 얼마 전 국제투명성기구에서 발표한 우리나라의 부패지수는 87년 34위에서, 99년에는 50위로 껑충 뛰었다.

우리나라의 부패 수준은 갈수록 심화되고 있으며, 이것이 국가 발전에 엄청난 장애를 초래하고 있다는 것으로 분석된다.

그러나 선진국의 경우 부정과 부패를 일삼으면 살기 힘들지만, 우리나라는 법을 어기는 자가 오히려 더 잘 사는 형편이다. 무전이 유죄이고 무전이 유죄라고 하니 한심하다 아니 할 수 없다. 정부는 이같은 망국병인 부정부패의 척결을 위해 대대적인 사정을 벌인다고 한다. 그러나 문제는 일회적인 사정으로 비리와 부패가 근절될지 의심스럽다. 부정부패 방지를 위해서는 몇 가지 기억해야 한다.

먼저 일관되게 원칙을 갖고 추진해야 한다. 특히 정권 교체기나 국경일에 원칙없이 대대적으로 남발되는 대통령의 사면권 발동은 문제가 된다. 중요한 것은 법은 적용과 집행에서 모두 엄격해야 한다. 선심성 사면은 법의 존엄성을 훼손시키는 결과만을 낳게 된다.

두 번째는 지도층의 법치의 불감증 문제를 개선해야 한다. 지도층이 법을 지키지 않는다는 사실이다. 그리고 세 번째로는 제도적 장치가 제대로 만들어져야 한다. 현재 사정을 실시한다는 검찰이 탄핵문제로 갈팡질팡하는 처지에 놓여 있으니, 이것은 검찰의 중립성 확립이 안 되었기 때문이다.

검찰이 상명하복 관계에 서지 않고, 중립성의 보장을 위한 법제도의 확립과 아울러 부패방지법 제정이 시급하다. 그리고 더욱 중요한 것은 사회제도의 최고 덕은 공정이다. 공정과 불공정의 구별은 어떠한 사회가 참으로 정의로운 사회냐가 기준이다. 정의로운 사회 확립을 위해서는 우리 모두 힘을 모아야 한다. 또한 장기적 차원에서 부정부패의 방지를 위해서는 교육이 중요하다.

현재 중·고등학교는 입시교육에만 매달릴 뿐 인간다움의 기본을 닦는 교양교육은 뒷전으로 밀리고 있다. 그리고 대학에서 인문은 사회부패를 막는 항암제의 구실을 하는데 이를 경시하고 있다. 대학은 학부제다. 하지만 직업훈련소로 전락한 듯한 느낌을 준다. 기초 교양교육을 튼튼히 하고 교육은 봉사와 지혜를 바탕으로 사실만을 가르치는 것이 아니라 가치도 가르치는 교육으로 전환하는 것이 기본적으로 부패를 방지할 방법이 될 수 있다.

(2000.12.4.)

체면치레로 전락한 부조금, 미풍 되살리는 법

우리의 일상생활에서 경조사는 빼놓을 수 없는 일 가운데 하나이다. 특히 가을·겨울과 봄에는 간단없이 많은 청첩장을 대하게 된다. 청첩장은 반가운 소식이기도 하지만, 간혹 그렇지 않은 경우도 있다. 혼인이나 회갑연 등 일생을 통해 가장 기쁘고 경사스러운 일에 친척이나 가까운 친지들이 기쁨을 함께 나누는 것은 뜻 깊은 일이라 생각된다. 상사(喪事)에도 친척과 가까운 친지들이 모여 유족을 위로하는 예를 다해야 할 것이다.

이처럼 기쁨과 슬픔을 함께 나누는 것은 인간이 인간답게 살아가는데 필요한 '인정'을 표하는 하나의 형식이라 볼 수 있다. 이렇게 경조사에 서로의 따뜻하고 진실한 정을 나누는 것은 우리의 고유한 미풍양식이라 볼 수 있다.

그런데 이렇게 좋은 풍속이 세월이 감에 따라 퇴색되어가는 데 문제가 있다. 허례허식과 낭비로 인해 기쁘고 경사스럽고 엄숙하고 정중해야 할 자리가 혼잡과 빈축의 자리로 변모하고 있다. 이것은 다른 원인도 있겠지만 청첩장과 부고의 남발이 첫째 원인일 것이다. 게다가 고급공무원이나 정치인, 지도층이 이를 부추기고 있으니 더욱 문제이다.

청첩장은 일명 '납세고지서'라고까지 불리고 있다. 이 같은 폐단을 법으로 막아보자고 '가정의례에 관한 법률'을 제정해 시행하고 있지만 별다른 효과를 얻지 못하고 있다.

이 법률은 인쇄물에 의한 하객초청 금지, 경조기간 중 주류 및 음식물을 접대 금지 등을 규정하고 있고, 시행령에는 이를 완화하는 간단한 답례품 등의 규정을 두고 있다. 만약 이를 어기면 하객이나 혼주·상주 모두가 처벌을 받게 되어 있다.

그러나 이 법률을 위반해 처벌 받은 사람이 없는 것을 보면 이 법은 있으나 마나하다. 이것은 도덕에 맡기는 것이 오히려 타당할 것이다. 법의 권위만 떨어뜨리고 있다. 경조사 문화를 새로 정립해야 하는데 이것이 일조일석에 고쳐지는 것이 아니다. 또한 시대적 상황과 사회풍속에 걸맞는 경조사 문화란 그렇게 간단하지 않다. 먼저 지도층의 솔선수범이 필요하다. 가진 것 없는 자는 하고 싶어도 낭비나 허례허식에 찌든 결혼식을 치를 수도 없다.

그렇다고 청첩장이나 부고 등을 폐지할 수는 없다. 알리지 않고 있다가 뒤에 친지나 친척이 왜 알리지 않았느냐고 했을 때는 난처해진다. 또 경조사의 부조금은 어떻게 보면 '상부상조'의 풍습이라 할 수 있으므로 친한 사람에겐 알려야 할 것이다. 그러나 앞서도 지적한 바와 같이 친척이나 친지, 직장 동료에게 알리는 정도로 국한하는 것이 좋겠다.

결혼 시즌이 오면 일요일 같은 날은 몇 군데 결혼식을 나누어 가야 할 경우가 생긴다. 상부상조의 미덕을 뿌리칠 수 없고 상대의 서운함을 생각해 인사하는 것이 인간의 도리라고 생각해, 보내온 청첩장을 마다하지 않고 받아들고는 보내는 사람의 마음을 헤아려 본다.

간혹 꼭 참석해야 할 결혼식이나 상가와 연락이 여의치 못했거나 부득이한 이유로 결례를 하게 되었을 경우, 나중에라도 예의를 전하는 경우가 생긴다. 이를 위해 요즘은 먼 곳에 가지 못할 경우 송금, 축전과 조전을 우편이나 다른 인편에 보낼 수 있어서 상당히 편해졌다. 생활이 정신없이 바빠진 현대 사회에선 어떤 의미에서는 반가운 제도이기도 하다. 그러나 청첩장의 말미에 '온라인 번호'를 기재하거나, '화환 등은 사절한다'는 글귀는 너무 지나친 것은 아닐까 하는 생각이다.

몇 년 전 '교수신문'에서 교수들의 평균 경조사 부조금 액수가 월 평균 25만 원 정도라는 기사를 본 적이 있다. 그렇게 놓고 보면 지금은 아마 월 30만 원은 될 것이다. 봉급에 맞게 조절돼야 한다. '남이 이 수준이니 나도 무리를 해서라도 이 정도는 해야 체면이 서지 않겠느냐는 생각이 끼어들어 우리의 경조사 문화를 흐려 놓았다는 생각이 든다. 나부터라도 알맞게 부조금을 내면 다른 사람들도 그렇게 알아서 할 것이니 별 문제가 없을 것이다. 많은 액수의 부조금을 받는다는 것은 훗날 자신에게 결국 부담이 된다는 것을 알아야 한다.

사람이 살아가는 데 이웃, 친척. 친지간, 직장 동료 간에 애경사에 기쁨과 슬픔을 같이 나누는 것은 우리의 미풍양속으로 가꾸어야 할 풍속이다. 지나치지 않은 초청과 접대는 법 이전에 도덕의 문제이다. 과도하지 않고, 법에 위반되지 않으면서 절제된 경조사 문화를 지도층이 솔선수범함으로서 시대에 맞게 정착해 가야 한다고 생각한다.

독일과 일본의 행동 '하늘과 땅 차이'

제2차세계대전에 참패한 독일과 일본이 전후 처리에 있어서 너무나 차이가 있어서 세계인을 놀라게 하고 있다. 2차대전의 전범자인 양국은 닮은 점도 있지만, 한 가지 다른 점은 전쟁에 대한 사죄가 너무나 대조적이다. 이 차이를 두고 하늘과 땅의 차이라 하겠다.

닮은 점은 우선 기질면에서이다. 근면하고 강인한 품성은 프러시아 독일인과 사무라이 정신으로 무장한 의리와 집요한 노력의 일본인과 닮았고, 제국주의적 갈등에서 두 나라가 전쟁을 주도하여 모두 패전과 함께 몰락했으나 전후 두 나라는 심기일전하여 세계의 경제 대국으로 부상했다는 점이 닮았다.

일본은 선전포고도 없이 1941년 12월 7일 일요일 하와이 시간으로 오전 8시가 되기 전에 360대의 일본 전투기가 하와이의 진주만에 정박하고 있는 90대의 미국 태평양 함대의 군사시설을 2회에 걸쳐 무차별 공격하여 쑥대밭을 만들었다.

다음날 루스벨트 대통령은 일본에 선전포고를 하여 태평양 전쟁이 발발하였다. 1945년 8월 히로시마와 나가사키는 인류 역사상 가장 참혹한 비극을 맞았다. 이 전쟁은 5,200만 명 이상의 희생자를 낸 가장 잔혹한 전쟁이었다. 전범자 일본은 전쟁에 대한 반성은 손톱만큼도 없고 전쟁책임 논의는 터부시하고 원폭 피해국의 입장에 서서 자국민의 피해만을 애석해 하고 있다.

일본과 독일이 다른 점은 전범자 처리, 사죄, 피해배상, 역사왜곡, 기념관, 교육 등 다양하다. 첫째, 전범자 처리 문제이다. 독일은 패전 후 연합국에 의한 뉘른베르크 재판 이외 국내법으로 나치범죄에 대한 소추와 처벌을 계속하고, 동·서독 두 지역 국내형법에 나치 처벌 규정을 신설하여 자주적 재판을 계속하고 살인죄의 공소시효를 철폐하면서까지 나치 전범자를 추적하여 단죄하였다. 또 독일은 전범자의 모든 것을 다 없앴고 이들 전범자는 무덤도 없다. 그러나 일본은 A급 전범자가 수상을 지냈으며 이 자의 외손자인 아베 신조가 차기 총리로 유력시한데 그가 총리가 되면 야스쿠니 신사를 참배하겠다고 장담하고 있다. 이 신사는 독일 같으면 존재하지도 않았을 것이고 발상조차 하지 않았을 것이다.

둘째, 전쟁에 대한 사죄인데, 독일은 브란트 총리가 바르샤바의 유대인 거주지역에서 무릎을 꿇고 나치독일의 범죄에 대하여 진심으로 사죄하였다. 일본은 처참한 전쟁 피해자인 2천만 아시아인들을 위해 무릎 꿇고 사죄한 적이 있는가. 브란트 총리는 '과거를 잊는 자는 영혼이 병든다'고 참회했다. 지난 4월 10일 슈뢰더 총리는 희생자들을 향해 머리를 숙였다. 고이즈미 일본 총리가 4월 22일 자카르타에서 '과거침략에 대해 통절한 반성을 한다'는 말을 하였으나 우리는 이를 진심이 아닌 말장난으로 받아들여진다.

셋째, 전쟁 피해 배상인데 종전 50년 일본의 순수 배상액 6천246억 엔은 독일 배상액의 8분의 1에 불과하고 한국에 대하여 65년 5억 달러 차관으로 완결되었다고 하나 위안부·강제징병·징용자의 피해 보상은 이루어지지 않고 있으며, 독일은 2001년부터 나치 노역에 따른 보상이 시작되었다.

넷째, 전범자 일본의 왜곡된 역사교과서는 미화로 변명하기만 급급한데, 독일은 학생들이 유대인 박물관에서 생생한 나치의 만행을 학습한다. 독일이 역사교과서를 편찬할 때는 2차대전 피해국과 상의한다. 후소샤 교과서는 침략전쟁의 정당화로 일관하고 있다. 이들의 다른 역사교과서에서 우리의 독립운동을 폭동, 자기들의 침략을 진출, 토지강탈을 수용, 우리의 언어 말살을 일본어 교육, 신사참배를 참배 장려, 창씨개명을 개명 추진 등으로 거짓말 잔치를 하고 있다.

이 같은 왜곡 역사교과서 시정 등에 우리는 냄비정신으로 대하면 안 된다. 차제에 뿌리를 뽑겠다는 각오로 온 나라가 하나가 되어 일본이 진실로 사과와 참회가 있을 때까지 일본 내 우리의 지지세력과 국제사회의 호응을 유도하여 이번만은 관철시켜야 한다는 의지와 행동을 끝까지 보여야 한다. 일본이여, 독일의 진실한 참회에 감복하라.

(2005.5.12.)

예술분야의 독창성과 창의성 존중 실현

현대는 물질 문명도 중요하지만, 여기에 못지않게 정신문화도 소중하다. 지금 우리는 경제의 파탄 상태로 문화의 중요성을 강조할 계기마저 실종된 상태에 있다. 사느냐 죽느냐 하는 판국에 배부른 문화가 무엇이냐고 할지 모르지만 사람은 먹는 것만으로 만족할 수 없다. 어떻게 정신적으로 풍요롭게 사느냐가 중요하다. 사람이 사람답게 사는 것은 물질만 갖고 사는 것이 아니기 때문이다.

그 나라의 발전의 척도는 물질문명과 정신문화가 균형적으로 발전할 때 선진국이라고 할 수 있을 것이다. 문화·예술이 강조되는 이유가 여기에 있다. 여기서는 문화예술에 관계되는 법을 살펴보고 법이 과연 문화예술을 보호하고 발전하는 데 기여하고 있는지, 그렇지 않으면 발전을 가로막고 있는지를 검토하고 발전방향을 제시할까 한다.

경제가 발전하는 데는 시장경제의 원리가 작용하듯이 문화도 시장의 원리를 도외시 할 수 없을 것이다. 경제에 자유시장 원리가 발전의 생명선이 듯이 문화와 예술도 자유로운 창작활동이 생명이라고 하겠다. 법이 이 자유로운 창작활동을 방해해서는 안 될 것이다.

문화관계법에는 문화예술진흥법, 공연법, 영화진흥기본법, 영화진흥법, 음반 및 비디오물에 관한 법률 등이 있다.

문화예술진흥법은 문화예술의 진흥을 위한 사업과 활동을 지원함을 목적으로 하고 있으며, 공연법은 제반 공연(公演)에 있어서 예술의 자유를 보장하고 건전한 국민오락을 육성하기 위하여 제정되었으며, 영화진흥법은 영화예술의 질적 향상을 도모하고 영화산업의 육성, 발전을 촉진함에 그 목적이 있고, 음반 및 비디오물에 관한 법률은 음반 및 비디오물의 질적 향상을 도모하고 음반 및 비디오물 산업의 건전한 육성·발전을 촉진함에 그 목적이 있다고 규정하고 있다.

이상의 법률들은 문화예술의 발전을 도모함에 그 목적이 있는데, 과연 이러한 법률들이 문화예술의 발전에 기여하고 있는지 의문을 제기하는 경우가 있다. 예술의 자유를 과연 보장하고 있는지, 그렇지 않다면 무엇이 문제인지 살펴보아야 할 것이다.

예술의 자유를 보장한다고 하고 영화를 사전검열하는 것은 위법이 아니냐 하는 것인데, 헌법재판소는 이것을 위헌으로 판정하였다. 우리 헌법 제21조 제2항은 언론·출판에 대한 허가나 검열을 인정하지 않고 있다. 헌법에는 영화나 연예에 관하여 사전심열제도가 명문으로 규정되어 있지는 않다.

영화의 사전검열제에 관한 우리 헌법재판소는 영화진흥법 제12조 제1항, 제2항 및 제13조제1항이 규정하고 있는 영화에 대한 심의제의 내용은 심의기관인 공연윤리위원회가 영화의 상영에 앞서 그 내용을 심사하여 심의기준에 적합하지 아니한 영화에 대하여는 상영을 금지할 수 있고, 심의를 받지 아니하고 영화를 상영할 경우에는 형사 처벌까지 가능하게 한 것이 그 핵심이므로 이는 명백히 헌법 제21조 제2항이 금지한 사전검열제도를 채택한 것이라고 판시하여 위헌판 결한 것이다.

공연법 제25조의 3에 공연윤리위원회가 규정되어있다. 심의기준 으로 ① 헌법의 기본질서와 국가안전 및 공공질서의 유지, ② 민족 의 주체성 함양, ③ 민족문화의 창조적 개발, ④ 아동 및 청소년의 선 도 ⑤ 가정생활의 순결, ⑥ 공중도덕과 사회윤리의 신장 등으로 되 어 있는데 이 같은 포괄 규정이 잘못 해석되면 저촉되지 않을 영화가 없게 된다. 선정된 위원은 학식과 경험이 풍부한 권위자가 되겠으나 평가가 만만치 않다는 점을 상기할 필요가 있다.

문제는 공연윤리위원회의 심사에 있어서 심사기준이 문제인데 공 연법 제25조의 3의 기준과 영화진흥법 제13조의 심사기준, 음반 및 비디오물에 관한 법률 제18조의 심사기준이 상이하다는 데 있다. 기 준에 구체성이 없는 것도 문제이지만 청소년 문제와 관련해서 제기 되는 것이기도 하지만, 예술·문화에 있어서 국가안보 차원도 중요하 지만 예술성에 비중을 가장 크게 두어야 할 것이고, 여기에는 외설의 문제가 심사기준으로서 중요하지 않은가 생각된다. 예술성이나 외 설이냐는 기준은 여기에 깊은 조예와 식견이 필요하다고 본다. 작품 을 한 장면의 단편적 장면만을 보고 판단할 것이 아니고 전체 작품에 흐르는 예술성을 감안하여 판단할 문제라고 생각한다.

영화에 대한 사전검열이 헌법재판소에서 위헌으로 판정 났기 때문에 검열제는 폐지되어야 한다는 주장이기 보다 영화나 연예는 행정당국의 일방적·강제적 사전검열제는 예술 활동의 독창성과 순수성과 창의성을 말살한다는 데 그 이유를 찾아야 할 것이다.

자유로운 창작활동 없이는 독창적이고 질 높은 예술작품이 나올 수 없다고 할 때 '검열의 메스'가 이 창작활동의 위축을 막아서는 안 된다고 본다.

유해한 작품이 청소년들의 정서를 파괴하는 경우도 있을 수 있다고 가정도 해보지만 교각살우(矯角殺牛)의 우를 범하지 않기 위해서도 다른 적정한 방법이 강구되어야 할 것이다.

여기에 대한 대안으로는 영화인이나 연예인이 자신들에 의한 자율적·권고적 사전심의제를 채택하여 시행하는 것이 문제 해결의 한 방법이 될 것이다. 예술분야에 독창성과 창의성을 존중하고 실현하면서 사회윤리도 구현하는 효과적인 방법을 찾는 것이 바람직하지 않나 생각된다.

시(詩), 인생관

사람에게는 누구나 꿈이 있기 마련이다. 나도 유년시절부터 하나의 꿈을 간직하고 있었다. 그것은 바로 시인(詩人)이 되는 꿈이었다. 지금도 이 꿈을 버리지 못하고 있다. 인생에 있어서 꿈은 영원한지도 모른다.

내가 이 꿈을 접은 이유는 아버지께서 법학을 공부하라는 권유 때문이었다. 아버지 때문에 나의 진로를 바꾸게 된 것이다. 대학 강단에서 헌법학을 강의하게 된 것도 이 같은 이유 때문이었다.

1948년 제정된 헌법이 지금까지 9번 개정되었고, 그 가운데 5번은 전면 개정이었다. 개정 때마다 논문이나 책도 고쳐 써야 하거니와 이 개정이 바르게 개정되었다면 실망도 없을 것인데, 잘못 개정되었기 때문에 문제가 많았다. 법학에 흥미를 잃은 이유이기도 하다. 나는 두 아들에게 자신들의 진로는 자신들의 적성에 따라 결정하도록 하였다.

나는 꿈을 버리지 못하여 외국 여행이나 연구차 외국에 체류할 때 수상록을 집필하여 「미국의 명암」 등 4권의 수상록을 출간하였다. 또한 수상록을 쓰면서 그곳의 풍광을 보고 느낀 감상문을 모아 「구름을 이고 갈 산이 없는」이란 제목의 시집도 출간하였다. 헌법학에 관한 저서 등 다른 저서보다 이 시집에 가장 깊은 애정을 느끼고 있다.

학창생활을 제외한 내 인생의 거의 전부는 대학에서 연구하고 학생을 가르치는 것이었다. 하지만 지금도 유년시절의 꿈을 마음껏 펼쳐 보지 못한 것이 한(恨)으로 남아있다.

인생을 살아가면서 내 조그마한 신조는 '최선을 다하는 것'이다. 남이야 어떻게 생각하든지 나의 본분과 주어진 보직에, 그리고 몸 담고 있는 조직체가 발전적인 활성화를 가져오는데 미력하나마 최선을 다해 노력을 기울였다. 이 노력에는 지혜로운 노력을 기울여야 한다고 생각되었다. 세계에서 가장 지혜로운 민족이 유태민족이라고 한다. 그리고 유태인의 지혜의 보고는 〈탈무드〉이다

미국에 유태인이 600만 명 살고 있는데, 그 중 250만 명이 뉴욕에 거주하고 있다. 미국의 인구는 세계 인구의 4%에 불과하지만, 세계 총생산과 군사비는 각각 29%와 50%를, 그리고 1975년 이후 노벨상 수상자의 80%를 차지하는 초강대국이다. 이런 미국을 움직이는 사람은 백인 앵글로색슨이 아닌 유태인이다. 미국을 움직이는 것이 유태인이라고 한다면 세계를 지배하는 것이 유태인이다. 현재 세계를 지배하는 것이 미국이기 때문이다.

하버드대학교 운동장 벽돌담에 쓰여진 글을 눈여겨보아야 한다. 여기에는 '지혜를 북돋우기 위해 입학하고, 그대들의 나라와 그대들의 종족에 보다 훌륭하게 봉사하기 위해 학교를 떠난다'고 적혀 있

다. 대학은 지혜와 봉사를 연마하는 도장이 되어야 한다는 말이다.

지혜란 일의 경중·선후·합리성, 공정성, 정의 등을 정확하게 판단하는 능력을 의미한다. 지식을 선용하는 것이 지혜이다. 대학은 지식의 산실일 뿐만 아니라 지혜의 보고가 되어야 한다. 지식을 지혜의 차원으로 승화시킬 때 비로소 지식이 인류사회를 위해 진정으로 가치 있는 것이 될 수 있다. 지식이 잘못되면 무서운 괴물로 둔갑하기 때문이다. 고등교육을 받은 의사들에 의해 유태인 어린이들이 나치수용소에서 무참하게 독살되었다.

어렵지만 봉사하는 미국이, 풍요롭지만 비합리적인 국가보다 훨씬 낫다는 말이 실감나게 느껴진다.

나는 살아가면서 중요한 덕목으로 생각하고 실천하는 것이 겸손과 봉사이다. 겸손하고 봉사하면서 살려고 하지만 실천하기는 상당히 어렵다. 복(福)은 절약에서 나오고 덕(德)은 겸손에서 나온다는 말이 있다. 나는 절약하면 부족을 못 느낀다는 말이 사실임을 느끼고 있다. 낭비하면 항상 부족함을 갖게 된다.

나는 존경하는 인물로 황희 정승과 남아공화국의 만델라 대통령을 꼽는다. 황희 정승은 곧고 겸손한 성품으로 세종시절 18년간 영의정을 지냈다. 20세기가 낳은 세계적 지도자 만델라 대통령은 그의 권력의 원천은 겸허함이라고 했다. 백인 치하 27년간 감옥에서, 18년간 로빈섬 감옥에서 옥살이한 그는 한번 대통령직을 맡고 후임자에게 물려주었다. 그가 겸손해야지 오만해서는 안 된다고 주장했다. 미국의 헤리티지 연구소의 대통령직 연구센터가 미국 대통령사에서 추출해 낸 훌륭한 대통령의 첫 번째 조건이 '겸손하라'였다. 훌륭한 대통령은 겸손한 대통령이었다. 실패는 교만에서부터 시작된다고 하였다.

나는 살아가면서 실천해야 하는 것이 봉사라고 생각하고 주위나 이웃에 큰 힘이 되지 않을 지라도 작은 봉사를 하려고 노력한다. 이것이 삶의 보람이라고 생각하기 때문이다. 봉사는 남이 보지 않는 숨은 봉사가 중요하다고 생각한다. 이것을 음덕이라고 한다.

세계에서 가장 자원봉사를 많이 하는 나라가 미국이다. 선진국의 잣대는 봉사가 그 기준이 된다고 본다. 그런데 우리나라는 입양아를 가장 많이 보내는 나라이다. 이 같은 나라가 어떻게 선진국 대열에 들겠느냐는 것이다.

나는 인생살이에서 건강이 소중하다고 생각하고 건강에 대하여 관심을 갖고 생활하고 있다. 건강을 지키기 위해서는 몸과 마음을 많이 움직이라고 한다. 마음을 많이 움직인다는 것은 책을 많이 읽고 사색을 많이 하라는 뜻이고 몸을 많이 움직이라는 것은 운동을 하라는 말이다.

앞으로는 정년까지 못 다한 일들을 차츰 정리하며 지적한 덕목에 충실하면서 유년시절 꿈을 되살려 시작(詩作)에도 몰두하고 싶다. 젊은 날의 감정들이 폭포처럼 솟아나지 않아 아쉬움이 있겠다만 절규의 큰 산울림을 심호흡하면서 인생철학과 서정이 어우러진 채색된 삶을 살고 싶다.

한국, 건강 위한 등산 천혜의 나라

일 년 가운데 등산하기가 가장 좋은 계절이 가을이다. 그러나 등산은 계절에 관계없이 봄·여름·가을·겨울에 느끼는 운치가 달라 등산의 묘미를 만끽하게 된다.

등산이 건강에 좋다고 하여 등산 인구가 급증하고 있다. 등산하기 좋은 근교의 산들은 주말이면 몸살을 앓는다.

우리나라는 등산하기 좋은 천혜의 나라이다.

첫째, 산이 많다. 전국토의 67%가 산이다. 가용면적이 22% 밖에 되지 않으니 불평이지만, 보이는 것이 산이고 보니 등산하기는 그지없이 좋다. 높고 낮은 산이 다양하여 입맛에 따라 등산을 즐길 수 있다. 85년 7월 미국 아이오아대학에서 중부지방으로 달리는데, 산이라고는 없는 가도 가도 끝이 없는 옥수수밭으로 이어졌다. 몇 시간을 달려도 터널은 없었다. 산이 없으니 터널이 있을 수 없다. 89년 1월 서호주대학의 세미나를 마치고 퍼스에서 동부의 시드니까지 고속버스로 여행을 했다.

비행기로 5시간 소요되는 거리를 밤낮 3일 만에 시드니에 도착했다. 3일간 본 것은 광활한 벌판뿐이었다. 산은 볼래야 볼 수도 없었다. 시드니 근처에 오니 낮은 산들이 보였다. 호주의 가운데는 진공상태나 다름없었다. 산이 없는 미국의 중부지방 같은 곳이나 호주 같은 나라는 등산을 하고 싶어도 산이 없으니 불가능하다.

둘째, 한국은 등산하기 힘든 악산이 없다. 전국 어느 산이든 등산의 특수 장비가 없어도 등산이 가능하다.

셋째, 4계절이 뚜렷하며 계절 따라 새로운 풍경을 만끽할 수 있다.

넷째, 유명산이 전국에 고루 분포되어 있어서 등산과 여행을 함께 즐길 수 있다.

등산은 인간이 기계적으로 만든 스포츠가 아니고 자연이 만든 자연에 가장 가까운 천혜의 운동이다. 자연과 한 몸이 되는 부담 없는 운동이다.

첫째, 자가용이 없어도 기차·버스·배로 전국 어느 산이라도 갈 수 있다.

둘째, 등산은 사치와 거리가 멀기 때문에 등산 복장에 도시락과 음료수만 준비하면 된다.

셋째, 혼자 할 수 있는 운동이니 행동하기가 너무 쉽다.

넷째, 무리가 따르지 않는 운동이니 마음도 편하다. 경쟁자가 없기 때문이다. 자기 체력에 맞게 조절이 가능하니 위험부담도 없어 좋다.

등산이 건강에 좋다고 하여 산을 찾는데 그 이유가 무엇일가?

첫째, 산에는 깨끗하고 맑은 공기와 숲속에 산소가 풍부하다. 등산을 하게 되면 이 좋은 공기를 마음껏 마시게 된다. 운동이 몸에 좋다는 것은 공기를 많이 마시기 때문이라고 한다.

단전호흡이 좋다고 하는데 등산을 하게 되면 자연히 단전호흡이 된다. 단전호흡은 가슴호흡이 아니고 아랫배 호흡인데 산을 오를 때는 자연히 마음껏 공기를 흡입하는 단전호흡을 하게 된다. 700m 이상의 산에는 대기 가운데 영양소인 음이온이 가득하여 이를 흡입하면 자연의 영양소를 마시게 되어 건강에 좋다고 한다.

둘째, 등산을 하면 물을 많이 마셔야 하는데 산에는 깨끗한 석간수가 있어서 좋다.

셋째, 등산은 육체를 단련시키는데 특히, 심폐기능 강화와 하체를 단련시킨다. 건강한 사람은 하체가 튼튼하다. 하산할 때는 자기 몸의 4배 정도를 누르니 다리가 단련되지 않을 수 없다.

넷째, 등산을 하면 땀을 많이 흘리는데 땀은 우리 몸의 노폐물과 독소를 뽑아내어 유익하다. 사우나에서 흘리는 땀은 몸의 영양소를 뽑아낸다고 하니 땀은 많이 흘려서는 안 된다는 것이다.

다섯째, 등산은 정신건강에 좋다. 사철 변하는 산의 아름다운 경치에 감탄하고, 힘겨운 산행에는 강한 의지를 단련시킨다. 혼자 하는 등산에는 미래를 설계하는 시간과 구상한 주제를 체계화시켜보는 것도 유익한 즐거움이다.

운동이나 등산을 하지 않는 사람이 필요성을 느껴 운동복이나 등산복을 사다놓고 몇 번하다가 그만두는 작심삼일(作心三日)인 사람이 있다. 그렇게 해서는 건강을 유지하지 못한다. 비를 맞고도 등산 길에 나서는 의지가 건강의 지렛대이다. 지천에 널려 있는 고마운 산들은 사람을 그리워하고 손짓하고 있으니 외면하지 말아야 한다.

산이 귀한 나라는 등산을 하고 싶어도 불가능하다. 등산하기에 천혜의 왕국인 한국에 태어난 것을 행운으로 생각하고 몸운동·배운동·머리운동의 3박자 운동인 등산으로 몸과 마음을 튼튼하게 해야 한다. 만산홍엽의 가을 산이 우리를 유혹하고 있는 이 때, 건강 잃고 후회하지 말고 미리 배낭을 짊어지는 지혜로운 생활을 하자.

(2008.10.1.)

운동은 인간에게 선택이 아닌 필수다

장수건강 5계명, 남성장수 10계명, 의사, 건강 서적 등 건강에 관한 운동이 필수로 나와 있다. 운동을 하면 성장호르몬이 증가하고 인체에 물리적 자극을 주어 성장뿐 아니라 뼈, 근육을 강화시키고 혈액순환을 촉진하고 세포에 충분한 영양을 공급하니 몸에 유익하고 뼈에는 칼슘보다 운동이 좋다는 보고도 있다.

그런데 건강은 돈으로 살 수도 없고 제일 소중한데 당장 시급한 문제가 아니니 배려에서 밀린다.

가장 중요한 인생 관리의 대표적 대상이 건강임을 명심해야 한다. 불치의 병이 들고나면 백약이 무효이고 후회한들 소용이 없다. 하루 30분 이상 꾸준히 규칙적으로 운동을 하면 병이 예방되고 병이 났을 때도 치료효과가 있다고 한다.

인명재천(人命在天), 인명재금(人命在金), 인명재인(人命在人), 인명재의지(人命在意志)라는 말이 있는데 사람의 목숨은 운명이고, 돈이 있어야 병도 고치고, 사람과 자신의 의지에 달려 있다는 말이다. 건강의 유지는 작심삼일(作心三日)이 아닌 초지일관(初志一貫)하는 강한 의지가 가장 중요하다.

만병의 해결사라고 하는 운동에는 몸운동, 배운동, 머리운동 등이 있다. 몸운동에는 등산, 달리기, 걷기, 수영 등 유산소운동과 역기, 아령 등 무산소운동인 근력운동이 있다. 배운동은 복식호흡인 단전호흡이 있고 두뇌운동은 사고(思考), 독서(讀書), 집필(執筆) 등이 있다.

몸과 머리를 많이 움직여야 건강하게 장수한다고 하는데 뇌는 최대한 많이 쓰면 좋다. 필자의 부족한 운동경험이 독자에게 조그마한 도움이 되었으면 한다.

필자는 1971년 대학에서 산악회를 조직하여 정년 때까지 이끌어 왔다. 매달 1회 정기 등산을 했으며 정기등반이 없는 주말에는 주로 무학산에 오르고 등산을 하지 않는 날은 새벽에 운동장에서 50분 정도 속보로 운동한다.

근력운동은 팔굽혀펴기, 아령 등으로 집에서 주로 하고 독서, 집필 등으로 뇌 운동을 계속한다. 저녁때는 녹음기로 1분에 세 번 호흡하는 기(氣)흡입의 단전호흡을 동작에 따라 45분한다. 30년 넘게 하고 있다.

아침운동은 관절에 무리가 올 것 같아 조깅에서 속보로 전환했다. 몸은 기계보다 정확하다. 무리하면 반드시 그만 두라는 신호가 온다. 미련하게 신호를 무시하면 탈이 난다. 걸을 때는 바른 자세로 팔, 머리, 복부 세 가지 운동을 한다. 팔을 힘차게 많이 흔들면 팔이 날개 역할을 하기 때문에 관절에 무리를 줄이고 발걸음이 활기차 진다.

숨은 날숨을 길게 깊게 하여야 한다. 나간 것만큼 들어오기 때문에 호흡에 부담이 없고 단전호흡이 자연히 이루어진다. 운동장을 돌 때 한 주제(主題)를 갖고 해결방법을 모색하면 뇌의 운동이 된다.

등산은 우선 관절이 튼튼하고 이상이 없어야 한다. 등산이나 속보도 시작하기 전에 반드시 관절운동을 해야 한다. 등산은 하산 때 조심해야 한다. 하산(下山)이나 달릴 때 다리에 받는 하중(荷重)은 자기 몸무게의 세 배 반 이상이니 관절에 무리가 온다.

호흡을 할 때 공기와 우주의 기(氣)를 동시에 빨아들인다고 보는데 보통 기는 의식적인 단전호흡 때 단전을 거쳐 경락(經絡)을 통해 전신에 활력을 준다. 자율신경을 강화시킨다.

필자는 건강에 자신은 없지만 꾸준하고 규칙적인 등산, 걷기, 단전호흡 덕분인지 모르지만, 지금도 안경 없이 글을 읽고 이도 갈아 넣은 것없이 오징어도 씹는다.

머리염색도 필요 없고 혈당이나 관절도 정상이다. 그러나 건강은 누구도 장담하지 못한다. 그러니까 재천(在天)이라는 말이 나온다. 어려운 병인 중풍이나 당뇨병 같은 것도 하루에 30분 이상 꾸준히 규칙적인 운동을 하면 예방할 수 있다고 한다.

병이 나도 운동과 관리를 하면 별 지장 없이 생활할 수 있다고 한다. 관절염이나 중풍 등도 움직일 수만 있다면 몸이 굳지 않도록 하기 위해 반드시 운동을 해야 한다고 한다.

운동이 병을 예방하고 만병통치약(萬病通治藥)이니 생활화해야

한다. 건강과 장수를 위해 유·무산소운동의 병행으로 몸의 균형을
유지하고 단전호흡으로 오장육부를 튼튼히 하고 뇌의 운동으로 정신
건강을 도모하는 신체·뇌·단전의 3박자 운동이 선택이 아닌 필수임
을 재삼 강조하고 싶다.

(2006.8.31.)

교육

주입식 아닌 창의적 토론식 수업돼야

시름하는 공교육

제16대 마지막 정기국회가 산적한 민생문제 등 현안을 제쳐둔 채 지난 대선 때의 불법정치자금 문제 등으로 여야 정치는 이전투구의 정치투쟁에 몰입하고 있다. 정치 싸움도 싸움이지만 이보다 더 중요한 것이 이 나라의 교육 붕괴현상이다. 지금 우리 공교육은 붕괴직전으로 치닫고 있어 뜻있는 모든 국민의 우려를 자아내고 있다. 한 국가의 경쟁력과 장래를 결정하는 것은 사람이고 교육이기 때문에 더욱 그러하다.

사교육이 우선되는 현실

고교평준화를 시행한 지 30년, 일류고와 이류고의 격차는 해소되었지만 지역 간·빈부간의 격차는 더욱 심화되고 있다. 평준화는 상향평준화가 되지 않고 하향평준화가 되어 실력 있는 학생들은 수업 분위기에 적응하지 못하고 보다 나은 교육을 위해 학원을 찾게 되고 이것이 일반화되어 고등학교 교실의 절반의 학생들이 졸지 않으면 학원의 과제를 한다고 하니 이 나라의 공교육은 붕괴되고만 것이다. 서울지역 고교생 10명 중 7명이 사교육을 받고 있고, 지역별 사교육

격차가 심각하다. 우리나라 사교육비가 17조6,000억 원으로 교육예산 21조6,000억 원에 육박하고 있고 이는 OECD 국가 중 1위이다. 평준화가 만국병을 잡으려다가 키운 셈이 되고 말았다.

서울 강남지역의 초·중·고의 1인 월 사교육비가 150만 원대라고 하는데 학생 둘인 경우 300만 원이다. 웬만한 봉급 생활자는 이를 감당하지 못할 뿐만 아니라 국민간의 위화감만 조성한다. 차라리 교육이민을 택하는 세대가 많아진다.

중등교육의 붕괴뿐만 아니라 대학도 심각하다. 대학 정원을 채우지 못하는 대학이 수두룩하다. 지방대학들이 더욱 심각하다. 신입생을 채우지 못한 대학들은 수능성적 관계없이 고등학교 졸업장만 있으면 입학시킨다. 교육부도 이것을 예상했을 것인데 대학설립을 남발하고 정원을 늘린 것을 보면 이 나라 교육부는 오히려 없는 것이 낫다는 비난을 면키 어려울 것이다. 교육의 기본과 관계없는 대학평가도 숫자놀음이라는 비난을 면하기 어렵다.

지금 우리 교육은 공교육 붕괴가 교실 붕괴로, 참다못한 교육이민 열풍이 가정 붕괴로 이어지고, 사교육비의 증대가 가정경제를 위협하고, 역대 교육부의 정책 빈곤이 대학 위기를 가져와 교육은 이제 침몰 위기를 맞고 있다.

중·고등학교나 대학이 이 같은 심각한 문제에 직면하고 있는데도 교육부 당국은 무감각해서인지 여기에 대한 대책도 내놓지 못하고 있으니 안타깝기만 하다. 고교평준화를 포기해야 한다고 하는 주장과 여론이 주류를 이루는데도 교육부나 정책당국은 무감각 상태로 있다. 정치권도 정쟁보다 교육의 정상화에 관심을 쏟아야 한다. 평준화는 헌법 제31조 1항의 '모든 국민은 능력에 따라 균등하게 교육을 받을 권리가 있다'는 규정에 위반하는 위헌행위라는 것이다.

지금 우리는 지구촌의 세계화시대에 살고 있다. 우리만의 경쟁이 아니고 세계 선진국과의 경쟁의 시대에 살고 있다. 경쟁에 살아남기 위해 우리는 모든 분야에 최고가 되어야 한다. 미국이 초강대국이 된 것은 국가의 책무가 모든 분야에 공정한 경쟁을 유도하고 뒷받침했기 때문에 가능했다. 평준화는 경쟁을 무시한 것이다.

결론은 고교평준화를 없애고 입시제도를 평준화 이전으로 환원해야 한다는 것이다. 천재를 둔재로 키워서는 안 되고 이들로 하여금 국가의 동량이 되게 키워야 한다. 이들이 방황하게 해서는 안 된다. 평준화를 단번에 폐지하기는 여러 가지 문제가 있기 때문에 단계적으로 방법을 강구하고 평준화는 이제 확대해서는 안 된다. 비평준화 지역의 평준화를 위해 주민의 의사를 묻는다고 한다면 평준화를 하게 되어있다. 왜냐하면 학생들의 70% 이상이 중하위권이기 때문이다. 이것은 다수결로서 해결할 사항이 아니다. 중·고나 대학 모두 입학과 교과과정 등을 학교의 자율에 맡겨야 교육이 정상화된다.

교육, 학교자율에 맡겨야

교육부나 교육청은 부정이나 잘못에 대한 감독은 하되 다른 것은 학교 자율에 맡겨야 한다. 사교육이 판을 치고 학교 선생보다 학원강사가 우대하는 교육풍토에서는 인성교육은 기대할 수 없다.

오늘의 정치판이 따지고 보면 교육의 책임이 크다. 평준화 철폐의 이전 단계로 자립형 사립고와 특목고 등을 규제 없이 조건만 갖추면 대폭 늘려야 한다.

학생들에게 학교 선택권을 인정하여 학교간의 우열이 생기면 교사사회도 경쟁이 치열해지고 교육 붕괴의 부작용이 치유될 것이다. 대학에 대폭적 자율권이 인정되면 학생 선발도 다양화되고 적성을 고려한 학과 선택으로 각 분야의 특기자가 배출되어 성공한 사람으로 될 수 있다.

우리 사회는 빨리 학력 중심에서 능력 중심으로 바뀌어야 한다. 고교평준화의 30년이 남긴 교육 붕괴와 조령모개의 교육정책을 치유하기 위해 교육계의 증진으로 구성되는 정권과 관계 없는 엄정한 독립의결기관인 중앙교육정책위원회의 설립을 제안한다.

(2003.11.06.)

학교폭력 미봉책 아닌 근원적 대책 실천하라

학교폭력, 왕따·성적 비관 자살 등 사건 발생 때마다 다양한 대책을 세우지만 효과 없는 미봉책으로 끝나고 있다. 학교폭력을 뿌리 뽑는 근원적인 해법을 찾아야 한다. 그것은 공교육의 정상화이다. 반 이상의 학생들이 수업시간에 잠자는 참담한 교실 붕괴를 방치한 지 오래인 현실에서 이것을 장기간 방치한 채 근본적 대책을 세우지 않는 교과부의 존재 가치가 의심스럽다.

우리나라 학생 53%는 학교 수업시간이 불행하다 생각하고 있으며, OECD 국가 중 공교육이 바닥이다.

학교폭력을 없애기 위한 공교육 정상화의 근원적인 대책은 첫째, 주입식 일변도의 수업 방법에서 창의적 토론식 수업방법으로 전환하는 것이다. 선진국은 100년 전부터 토론식 수업을 하고 있다. 수업에 교사의 개입을 줄이고 학생이 주체가 돼 학습을 주도해야 한다. 일제 강점기의 수동적 학습 형태는 학생을 수업의 방관자로 만들고 만다. 교사는 학생들에게 공부하는 방법만 가르치고 공부는 학생 스스로 하게 해야 능률이 오른다. 학생이 수업 주체가 돼 활발히 토론하고 미비점에 대한 교사의 지도로 결론에 도달하는 수업시간은 공부도 재미가 있고 신나는 교실이 되어 학교폭력도 개입할 틈이 없어질 것이다.

둘째, 대학입시는 대학이 원하는 대로 다면평가 하에 대학 자율에 맡겨야 한다. 우리는 중학교부터 입시지옥으로 들어간다고 한다. 학원에 가면 모든 것이 해결된다는 기대감 속에 학원에 몰리는 어린 학생들이 억지 공부에 찌들고 있으니 문제이다. 입시 부담을 가중시키는 것이 수능이다. 수능 시험은 범위가 넓어 수험생에게 엄청난 부담을 준다. 우리와 같은 수능시험인 미국의 SAT는 영어와 수학 2과목만 치른다. 성적은 당락에 있어 절대 기준이 아니고 참고 사항이다. 창의성·봉사 등 다면평가를 통해 합격자를 결정한다. 우리도 내년부터는 국어·영어·수학을 A·B형으로 수준별로 나눠 부담을 덜게 하고 있는데 사회탐구와 과학탐구 같은 과목은 폐지해야 한다. 이 같은 방향이 성적 비관의 극단적 선택과 학교폭력을 완화시키는 방법이 될 수 있을 것이다.

셋째, 체육 등 예체능 수업의 강화가 학교폭력을 예방하는 약이 된다. 체육을 입시와 관계가 없다고 해 한 학년에 몰아넣는 집중이수제 수업이라는 몰상식한 제도를 시행하다가 뒤늦게 잘못을 깨달아 정부가 다음 학기부터 중·고등학교 음악·미술·체육 수업을 모든 학년에 걸쳐 고루 가르치기로 했다. 예체능 수업을 집중이수제에서 제외시킨 것은 학생들에게 바른 인성과 고운 정서를 심어줘 폭력성 예방에 도움이 된다고 봤기 때문이다. 특히 체육은 협동심·준법정신을 기르고 페어플레이 정신, 스포츠맨십, 사회성, 인간관계 개선, 도덕성, 스트레스 해소 등 순기능을 하기 때문에 체육시간은 폭력을 해소시키는 계기가 된다.

넷째, 세계와의 경쟁에 이기기 위해서는 수월성 교육에 역점을 둬야 한다. 평준화 교육은 맞지 않다는 분석이다. 금년도 수능시험 성적 분석에서 특목고·자율고·비평준화 고교가 강세인 이유는 특성에 맞는 자율 수업과 학생 중심의 수업을 해왔기 때문이다. 평준화의 수업 부실이 학교폭력과 연계된다면 입시와 수준별 등을 모색해야 한다.

다섯째, 교사가 학생 지도와 수업에 전념하기 위해서는 교육청의 공문을 없애거나 줄여야 한다. 학생 지도에 많은 시간을 써야 할 교사가 각종 공문서 처리에 허덕이고 있다. 보통 하루 8시간 수업에 2시간 공문 처리와 잡무에 시간을 보낸다. 발송 당일 결과를 보고하라는 공고도 있으니 교육에 도움도 안 되는 통계 보고 등은 없애야 한다.

학교폭력, 왕따·성적비관 자살 등은 단기적인 미봉책으로는 해결되지 않으니 공교육의 정상화를 통한 신바람 나는 교실 혁명의 근원적인 시책을 시행하는 것이 급선무이다.

(2012.07.04.)

수능시험 이대로는 안 된다

대학 수학능력시험 휴대전화 부정행위가 전국적으로, 또 조직적으로 이루어졌을 가능성이 큼에 따라 수능 부정사태는 일파만파 그 파장이 확산되고 있다. 우려되는 것은 이 같은 문제를 안고 대학입시가 치러졌을 때 부정행위와 관계 없는 선량한 학생들이 피해를 보았다고 항변할 경우 어떻게 수습해야 할지 염려되지 않을 수 없다. 사상 초유의 부정행위 사태를 교육발전의 획기적인 전기로 삼아야 할 것이다. 먼저 교육의 근본을 되찾아야 하고 왜 이 같은 조직적 무법천지의 부정행위가 자행되었는지 그 원인을 진단하고 제도개선의 발전 방향을 내놓아야 할 것이다.

교육은 인격의 골격을 이루는 작업이고 사람이 사람답게 사는 것을 가르치는 것이 교육의 참뜻이다. 학교 교육은 국가의 역량과 기강의 기초를 기른다고 본다. 정직과 준법이 선진국 진입의 요체이다. 한국 교육은 백해무익의 오직 입시준비교육으로 시달려 왔고 급기야는 지금 교육 붕괴란 만신창이의 위기를 맞고 있다. 오직 수능점수에 매달리다 보니 기강과 도의력은 눈에 보이지 않게 되었다. 학교가 절도양성소처럼 되고 있다. 수능점수를 올리기 위해 학생들은 과외공부에 의존하게 되고 학교수업은 뒷전으로 밀려났다. 내신 성적을 올리기 위해 교사가 철저한 시험감독 대신에 부정행위를 눈감아 주고 커닝을 부추긴다고 하니 이 나라 교육 현장은 황폐할 대로 황폐화하고 있다.

정부는 내년 1월까지 매주 수요일 관련 부처회의를 열어 수능부정 종합대책을 내놓을 계획이라고 하는데 문제를 몰라도 한참 모르는 소리인 것 같다. 부정행위방지책이 아니라 부정행위가 근원적으로 발생하지 않는 대책을 내놓아야 한다. 선생의 영이 서는 인성교육에 역점을 두는 고등학교 교육의 정상화 방안 말이다. 대학입시에 교육부가 간여하지 말고 대학의 자율에 맡기라는 것이다. 교육부는 잘잘못을 감독하는 감독기능만 가지면 된다.

같은 맥락에서 고등학교 평준화도 재고되어야 한다. 평준화 30년에 하향 평준화되고 국제경쟁시대에 이 평준화 교육이 머지않아 우수한 학생들은 유학을 가지 않으면 과외에 의존하게 되니 사교육비가 엄청나 학부모들의 허리가 휘게 된다. 평준화된 강의실에서 내신 성적에 혈안이 되고 수능공부에 시달리다 보니 공교육의 정상화는 설 땅이 좁아질 수밖에 없다.

입시를 대학의 자율에 맡기자는 것은 지금 수능시험성적과 내신 성적도 부풀어 신뢰할 수 없으니 대학 당국도 신입생 선발에 어려움이 많다는 이유에서이다. 국가가 개입한 고등학교 평준화와 대입 수능시험은 성공했다고 평가할 수 없으니 제도개선이 아니라 이는 앞으로 폐지해야 교육이 정상화될 것이다.

수능시험의 대안으로 자격고사를 거론하고 있다. 대입지원의 최저요건을 전제로 기초 공통과목을 대상으로 학교에서 배운 수준이면 충분히 통과할 수 있게 하는 합격·불합격만을 가리는 자격고사제로 바꾸자는 것이다. 이 제도는 고교교육 정상화에 기여할 것이다. 미국처럼 출제도 민간에게 넘겨야 한다. 미국의 SAT는 영어와 수학 각 800점 총 1,600점으로 1,400점이면 좋은 대학에 입학한다고 한다. SAT 만점을 받은 한국 유학생이 일류대학 입시에서 낙방을 하였는데 낙방의 이유가 학창시절에 헌혈을 한 적이 없기 때문이었다고 한다. 미국의 입시는 다양한 방법을 통하여 봉사와 창의성 등을 참고하여 선발한다고 한다.

수능부정을 계기로 교육개혁의 본질을 바로 파악하여 지식에 못지않게 인간의 근본을 가르치는 공교육의 정상화에 초점을 맞추고, 학교마다 특색있는 다양한 선발방법을 채택하도록 해야 한다. 부정에 면역되어 커닝의 잘못을 바르게 이해하지 못하는 젊은 학생이 장차 이 나라를 어떻게 짊어지고 나가겠는가. 교육 정상화를 위해 수능제도는 자격고사제로 바꾸고 대학 입시는 대학 전체의 목소리인 학교자율에 맡기는 교육부의 결단을 촉구한다.

(2004.12.07.)

인성교육의 뿌리는 가정

지금 우리의 현실은 가정의 위기에 직면하고 있다. 버림받은 아이들의 증가추세, 결손가정의 증가, 미혼모의 문제, 이민교육의 열풍으로 인한 기러기 아빠의 한 부모 가정, 과외교육의 열풍, 자녀들의 가출, 성매매, 소년·소녀의 동반자살, 음란메일 등이 가정 붕괴를 부채질하고 있다.

가정이 정상적이고 건전해야 자녀들이 곧고 튼튼하게 성장할 수 있다. 가정환경과 사회환경이 어린이의 성장에 결정적인 역할을 하기 때문에 부모들의 세심한 배려가 더욱 중요하다. 맞벌이 가정이 대부분인 젊은 세대의 주부는 어린 자식을 남의 손에 의하여 길러지는 경우가 많다. 어린이의 성격은 5세가 되면 형성이 된다고 한다. 5세까지의 성격형성이 일생을 좌우하게 된다는 말이다. 이 같은 중요한 시기에 부모들은 자식이 아무렇게나 성장하게 내버려두어서는 안 된다.

교육은 인격의 골격을 이루는 작업이라고 하는데 가정교육도 여기에서 예외가 아니다. 사람답게 사는 방법을 어린 자녀에게도 심어주어야 한다. 더불어 살아가는 지혜를 가정에서 가르쳐야 한다.

자녀교육에 많은 시간을 할애하는 우리 어머니들은 자기 자녀만을 생각하는 좁은 시야에서 벗어나 전체 어린이들을 볼 수 있도록 의식수준을 우선 높여야 한다.

미국이나 일본의 학부모들은 어릴 때 아이들을 엄격하게 키워 학교에 보내는데, 우리 학부모들은 기가 죽는다고 버릇없이 키워 학교에 보낸다. 교실의 붕괴, 영이 안 서는 교육현실이 우연이 아니라는 이유가 여기에 있다.

초등학교 4학년 한 학생에게 장래 직업을 물었더니 도둑과 강도라는 대답이 나왔다고 하니 우리의 교육현주소가 서글프기 짝이 없다. 지금 교사들은 겁 없는 아이들 앞에서 울고 있다고 한다. 학교에서 매는 폭력이고, 학원에서는 생활지도로 통하고 있다고 하니 이 나라의 학교교육은 학원 밖으로 밀려나고 있다.

오늘의 부모는 남의 집 아이를 때리고 들어온 자기 자식에게 매를 대던 그 옛날의 부모는 아니다. 내 자식 하나밖에 모르는 부모들 뿐이다. 서양 격언에 '매를 아끼면 아이를 버린다'는 말이 있다. 진정 자식을 사랑한다면 매를 들라고 했는데, 자식을 학교에 입학시켰으면 선생을 믿고 모든 것을 맡겨야 하는데 현실은 그렇지 못하다는데 문제가 있다.

세계에서 일등국민이라 할 수 있는 이스라엘 국민들은 2천년 동안 세계 각처에 흩어져 살면서 끈질기게 역사를 이어 살아남은 것은 철저한 가정교육이 있었기에 가능했다. 이들은 아버지를 중심으로 한 가정교육에 충실했다. 뉴욕에서 자녀에 대한 교육열이 우리나라와

이스라엘 민족이 1위였다고 한다.

그런데 교육발전지수의 순위는 이스라엘이 1위인데 우리나라는 29위에 그쳤다. 이스라엘 민족은 가치를 가르치는 교육을 하였는데 우리 민족은 사실교육에 충실하다 보니 창의력과 지혜 없는 교육이 되고 말았다. 우리의 가정교육 현실은 아버지보다 어머니들이 가정교육의 중심에 서 있다. 그렇기 때문에 어머니의 역할이 중요하다. 우선 어머니들은 자식의 평가를 정확하게 하고 자식의 적성을 존중해야 한다.

장래에 도저히 의사나 변호사가 될 수 없는 능력인데도 부모의 과욕으로 자식을 부모 뜻대로 몰고 갈 때는 자식은 파멸한다는 점에 유의해야 한다. 자기 적성에 맞는 학과를 선택한다면 다양성을 인정하는 민주사회에서 대성할 가능성이 높다는 점에 유의해야 한다. 1등한 학생 한 명만 추앙 받고 2, 3등 마저 실패자라고 해서 안 된다.

교육목표가 다양하면 누구나 성공한 사람으로 될 수 있다. 부모들은 자식을 이끌어갈 생각을 말고 바로 가게 뒤에서 도와주면 되는 것이다. 교육의 참뜻이 사람이 사람답게 사는 것을 가르치는 것이기 때문에 지식 못지않게 덕성을 길러줘야 한다. 인성교육의 뿌리는 가정이라는 점에서 가정교육의 중요성은 아무리 강조해도 지나침이 없다.

(2003.06.10.)

'훌륭한 지도자의 자질'

– 대학은 고전을 통해 인생을 풍요롭게 닦는 시기임을 명심해야 –

오늘날 대학이 학문과 지성을 연마하는 상아탑이라고 강조할 수 있을지 의문을 갖는 사람이 많다. 일반적으로 볼 때 대학생들은 이 나라의 내일을 짊어지고 갈 훌륭한 인재가 되기 위해 최선의 노력을 다하고 있는지 의심스럽다는 것이다. 훌륭한 지도자란 지식만으로 되는 것은 아니다. 훌륭한 지도자란 지식과 인격과 건강을 겸비한 인물이어야 할 것이다. 오늘날 우리의 교육현장이 과연 이 세 가지를 균형 있게 교육시키고 있는지 돌아보아야 할 것이다.

1. 한국 대학생들, 너무 공부하지 않아

죽도록 공부해야 대학을 졸업할 수 있는 선진국의 대학들을 보라. 철저한 기초 다지기와 신입생의 10% 정도가 중도에서 탈락하고 공부의 스트레스에 시달려 정신병원은 만원이라고 한다면 우리 대학생들은 믿지 않을 것이다. 선진국 대도시의 대학교 주변은 서점·우체국과 복사문구점이 대부분이고 드물게 있는 카페도 독서실처럼 운영되고 있다고 한다. 우리의 대학가에서 흔히 볼 수 있는 당구장·오락실·비디오방·여관이나 미용실은 찾아볼 수 없다. 학생들은 공부 이외 다른데 눈을 돌릴 분위기가 아니라는 것이다.

한국대학교육협의회가 지난 봄에 펴낸 〈한국 대학생〉이란 책자에서 우리나라 대학생들의 학습관·인생관 등에 대한 의식구조 조사를 통해 '한국의 대학생들은 너무 공부하지 않는다'고 전했다. 주당 평균 학습시간을 보면 우리 대학생들은 58%가 2시간 이하인데 반하여 미국은 13.3%, 일본은 12%에 불과했다. 우리 대학생들은 57%가 이틀에 한 번 술을 마신다고 하니 국가경쟁력의 기본이 대학임을 감안할 때 상당한 위기가 아닌가 생각된다. 이 같은 위기는 우리 대학생들의 의식구조에 가장 큰 문제가 있다고 본다. 대학이 종합적 사고력을 갖춘 지성인을 양성하는 데 실패하고 있다는 말이다. 국가경쟁력의 원천은 학교가 생산물을 만드는 공장으로 전락하고 있는 데 대한 반성이다. 국가경쟁력의 원천은 문학·철학·자연과학 등의 기초에서 나온다.

프랑스의 대학입학 자격시험의 첫날에 종일 철학시험을 치르는 데 주목할 필요가 있다. 생각할 줄 모르는 기술인간, '왜'를 물을 필요가 없는 전문가만을 만드는 지식사회가 되면 문화적 창조의 활력은 잃고말 것이다.

무한경쟁에서 이기기 위한 힘과 기술만이 있는 교육은 마약·음주·흡연·폭행·살인 등을 불러일으키고 있는 데 문제가 있다. 이것은 사회와 학교가 개인의 이기적인 권리만을 강조하고 남과 책임을 방치한 데서 온 결과라고 본다. 그리고 이는 정직·친절·자아 정체성의 가치를 무시하고 무조건 남을 이기면 그만이라는 현실주의가 만연되어 있는데 기인한다. 성적만 강조하는 반쪽 교육에 대한 철저한 반성이 따라야 할 것이다. 인성교육은 성적향상에도 도움이 된다는 점을 상기해야 한다. 인간다움의 기본을 닦는 인문교양이 중요하다는 것은 인문이 사회부패를 막는 항암제의 역할을 하기 때문이다. 막가는 세상에 항체의 역할은 지식이 아니라 인간의 교양일 뿐이다.

2. 인문학은 사회부패를 막는 항암제

인간의 길은 교양의 샘물인 고전(古典)에서 찾아야 한다. 고전에는 성경·불경·사서삼경 등이 있으나 나는 홍자성의 〈채근담(菜根譚)〉을 이야기하려 한다. 인간의 아름다움을 체득하는 것을 대중 잡지 같은 데서 얻는 것이 아니고 고전에서 찾아야 한다고 생각한다. 이곳에는 선인들의 깊은 삶에 대한 지혜가 배어있기 때문이다. 여기의 교훈은 시공을 초월한 인간의 지혜와 진리 그 자체이다. 채근담은 전·후집 359장으로 되어 있는데 그 사상의 뿌리는 유교에 두고 있으나 노장(老莊)의 도교(道敎)나 불교의 사상까지도 폭넓게 수용하고 있다. 그는 인생을 초월하고 속세를 초월하고 있으면서도 물질과 명예를 맹목적으로 부정하지 않는데 그것이 그의 사상의 특징이기도 하다. 채근담이 현대인에게도 친근감을 느끼게 하는 '소이(所以)'가 여기에 있다. 채근담에는 부귀한 사람에게는 경계를 주고, 빈천한 사람에게는 안락을 주며, 성공한 사람에게는 충고를 주고, 실의에 빠진 사람에게는 격려는 주는 책으로 누구에게나 인격 함양의 약이 되고 삶의 지혜의 샘물이 되며 만인에게 인생의 즐거움을 주는 책이라고 평가되고 있다.

채근담 가운데 가장 감명을 받은 몇 장을 소개한다면 그 중 제83장에는 '청렴결백하면서도 능히 도량이 넓고, 인자하면서도 능히 결단을 잘 하며, 총명하면서도 지나치게 살피지 않고, 정직하면서도 지나치게 따지지 않는다면 이야말로 달지 않게 꿀 바른 음식이요, 짜지 않는 해산물이라 할 것이니 비로소 아름다운 덕이 되는 것이라'라고 설명하는 부분이다. 이 구절은 나에게 가장 감명을 준 글로서 나의 인생에 깊은 교훈을 안겨 주었다.

3. 인간에의 길을 고전에서 찾길

나머지 몇 장을 더 소개하면 제31장에 '부귀한 집안은 마땅히 너그럽고 후해야 하거늘 도리어 각박하게 군다면 이는 곧 부귀하면서도 그 핵심을 빈천하게 함이니, 어찌 그 부귀를 능히 지닐 수 있으랴. 총명한 사람은 그 재주를 거두어 감춰야 하거늘 도리어 내놓고 자랑한다면 이는 곧 총명하면서도 어리석고 어둠에 병들어 있는 것이니, 어찌 실패하지 않을 수 있으랴'라는 구절은 보통 사람이면 부자는 너그럽고 후하지 않고, 총명하면 내놓아 가장하게 되는데 즉, 부귀한 집안이 각박하면 빈천하게 되고 총명함을 자랑하면 어리석고 어둠에 병들어 있다는 것을 충고하고 있으니 부귀한 자와 총명한 자에게 던지는 뼈아픈 교훈이 될 것이다.

제93장에는 '평민이라도 즐겨 덕을 심고 은혜를 베풀면 곧 벼슬 없는 재상이 되고, 사대부로 한갓 권세를 탐내고 총애를 팔면 마침내 벼슬 있는 거지가 되느니라'고 충고하고 있다. 탐관오리는 벼슬자리에 앉은 도둑이나 거지에 불과하다고 꼬집고 있다.

채근담은 일 년 내내 한 장씩 읽어도 싫증이 나지 않는 마음의 양식이 되는 글로 자신을 뒤돌아보고 앞을 채찍질하는 인생의 귀감을 담고 지레 넘치는 글로 누구에게나 권하고 싶은 책이다.

대학생들은 자신의 인생을 풍요롭게 할 수 있는 기반을 대학에서 닦으라고 충고하고 있다. 인생을 풍요롭게 할 수 있는 기반은 단순한 지식 습득만으로 해결되는 것은 아니다. 여기에는 지성인으로 갖추어야 할 올바른 인생관이 확립되어 있어야 한다. 인생관을 좌우하는 바탕에는 건전한 교양이 따라야 하는데 이 교양의 바탕은 채근담과 같은 고전을 통해 다져야 한다.

식지 않는 학문의 정열에다 뜨거운 가슴에서 용솟음 치는 이성의 격조 높은 교양과 든든한 체력의 뒷받침이 자신을 승화시킨다는 각오로 대학생활에 임해야 할 것이다. 대학생들은 더 나은 조국을 만들기 위해 최선을 다하는 계기를 마련해야 할 것이다. 이 나라의 밝은 미래는 학생들의 어깨에 놓여 있다는 점을 항상 명심하면서 뜻 있는 대학생활을 영위해야 한다. 이것이 조국이 거는 기대임을 잊지 말아야 한다.

바람직한 교원의 자세

1. 전제

교수는 연구· 교수하며 품성을 유지하고 봉사활동도 해야 한다. 이를 원활하게 수행하기 위해서는 건강해야 한다. 선진국에 있어서 성공하려면 능력(competence), 인격(character), 헌신(devotion)을 갖추어야 한다.

지도층은 3가지 원칙, 정직하고 근면하게 살면서 본연의 책임을 다하는 태도와 실천을 강조한다. 교수에 있어서 능력이란 자기의 전공분야의 지식을 말하는데 자기의 전공에서 최고가 되기 위해 최선을 다해야 한다. 연구를 해야 새로운 강의가 나온다고 한다. 그런데 존경받는 훌륭한 스승은 지식만으로 되는 것이 아니고, 인격도 갖추고 봉사활동도 해야 한다. 대학교육이 사회에 기여할 수 있는 인성을 갖춘 인격을 키워야 하기 때문에 더불어 사는 지혜를 가르치는 교양교육을 소외시켜서는 안 된다. 그리고 대학은 남을 배려할 줄 하는 인간이 되게 기회만 되면 봉사활동을 하게 한다. 미국의 대학입시는 다면평가를 하는데 SAT점수, 내신평점, 논문 에세이 심사, 면접 등을 종합평가하고 봉사 과외활동의 비중도 크다고 한다.

2. 연구방법

연구방법은 보다 심도있게 연구하느냐 광범위하게 종합적으로 연구하느냐에 따라 수직적 연구와 수평적 연구로 나누기로 한다.

(1) 수직적 연구

전공분야의 특수한 한 분야를 깊이 탐구하여 결론을 유도하거나 새로운 이론을 창조하는 것을 말하는데, 교수의 학문적 업적은 수직적 연구로서 얻어지는 결과물이라고 할 수 있다. 심도 있는 연구는 국내의 자료로써는 부족하고 외국의 문헌에 의존하기도 하기 때문에 2가지 정도 외국어의 해독이 필요하지 않나 생각된다. 학회의 논문 발표와 외국 학술지에 논문 게재도 권장되어야 한다.

(2) 수평적 연구

수평적 연구란 수업의 전공과목에 대한 광범위한 연구를 말하는데, 과목전반에 대한 포괄적인 연구로 수업교재에 관한 연구라고 할수 있다. 전공과목의 수업을 원활하게 수행하기 위해서는 교재의 출판이 필요하다고 본다. 교재를 출판할 경우도 몇 년마다 수정·보완이 따라야 한다. 한번 출판으로 개정판을 내지 않으면 공부하지 않는 교수로 평가될 가능성이 있기 때문이다.

3. 강의의 태양

강의에는 열강에서 졸강의 여러 태양이 존재한다고 보는데 나름대로 몇 가지 태양으로 나누어 보기로 한다.

(1) 열강

수업시간을 지키고 고성으로 열심히 강의하는 경우이다. 초임강사인 경우 열강을 주로 하게 되고, 체질상 열강하는 경우가 있다. 문제는 열심히 강의를 하였는데 강의가 끝나고 수강생의 머리에 남은 것이 없다면 이는 졸강이 될 가능성이 있고, 유익한 강의였다면 명강이 될 가능성이 있다는 것이다.

(2) 명강

수업의 준비를 충분히 하고 물 흐르듯이 쉽게 강의를 하고 수업을 받고 난 학생들이 만족하는 강의가 명강의라고 할 수 있는데, 이 경우의 교수는 자기 지식의 130%를 표현하는 발표력이 있는 교수라고 할 수도 있다.

(3) 감동적 강의

철저한 강의 준비는 물론이고 강의에 강약을 유지하고 정곡을 찌르는 강의로 학생과 교수가 하나로 되는 최상의 강의가 감동적 강의라고 할 수 있다. 이 감동적 강의는 경륜과 노력과 기술의 결정체라

할 수 있다. 감동적 강의는 기억하기 쉬울 뿐만 아니라 인상이 깊어 오랜 여운으로 남게 된다.

(4) 졸강

수업준비도 안 하고 시간도 지키지 않을 뿐만 아니라 책을 그대로 읽고 학생과 교수가 분리되어 수업 분위기는 엉망이고 수업 하나 마나한 수업이 졸강의 수업이다. 대학에서 이 같은 수업은 없을 것이다. 만약 있어도 도태되어야 할 수업이다.

4. 수업방법

우리나라 중소도시의 고등학교 졸업생은 서울이나 대도시 아니면 외국으로 유학간다. 이들을 붙드는 방법의 하나가 서울이나 외국에 가지 않아도 되는 교육여건을 만드는 것이다. 수업하기 좋은 환경을 만드는 것으로 그 가운데 하나가 수업에 관한 것인데 특성화된 학과, 영어교육, 나아가서는 영어강의의 강화 등이다. 고려대학교는 35% 영어강의를 하고 있다고 한다. 그런데 해방 이후 교단에서 변하지 아니한 것은 주입식 수업방법이다.

(1) 주입식 수업

주입식 수업은 교수 주도로 수업이 진행되고 있기 때문에 학생들의 적극적인 참여가 결여되어 있다. 지식전달 중심의 강의식 학습이다. 50명 이상의 강의에는 세미나식 수업이 불가능하다는 점도 주입식 수업을 포기하지 못하는 이유 가운데 하나이다.

(2) 세미나식 수업

세미나식 수업은 학생이 주체가 되어 수업에서 능동적으로 사고하고 탐구하는 과정을 중요시하여 학생들 스스로가 문제를 해결하고 자율적으로 공부하는 풍토를 조성하는데 있다. 그러나 수업이 학생 중심으로 이동했다고 하여 교수의 역할이 저하되는 것이 아니고 교수의 역할은 학생이 자율적·능동적으로 학습하도록 동기를 유발시키고 학습 분위기를 조성하여 학생의 성장을 돕는 것인데, 여기에도 교수의 수업기술이 중요하다. 세미나식 수업에는 학생 20명 이하가 좋다고 본다.

(3) 맞춤식 강의

대학도 생존 원동력을 특성화에서 찾고 있다. 몇몇 학과나 학부를 통합하여 미래의 활로를 개척하고 있으며 우리도 예외는 아니라고 본다. 대학도 시대 조류에 따라 취업이 잘 되는 실용학과가 증가 추세이다. 수업도 여기에 맞추어 취업 쪽에 무게를 두어 강의하게 된다. 취업과 밀착되는 학과목을 설정하며 강의를 하게 한다. 이렇다 보니 신입생은 아예 고시학원이나 영어학원으로 흩어지니 대학교육의 공백을 우려한다. 모든 선진국이 기초과학 교육에 힘을 쏟는 이유는 학생들에게 기본적인 과학지식을 가르치는 것과 함께 합리적 사고방식을 이해하고 습득시키는데 목적이 있고, 인문학도 중요한 것이 실용성의 굴레에서 벗어나 자유롭게 세상을 바라볼 수 있는 창의력의 원천이기 때문에 중요하다는 것이다. 또 지금 수업의 변화는 그 시간에 수업을 받지 못해도 홈페이지에 접속해서 지난주에 받지 못한 수업을 멀티미디어 동영상 파일을 통해 듣게 된 데까지 왔다. 담당 교수 목소리와 칠판 판서 내용까지 볼 수 있게 되었다.

5. 학생지도

학생지도에는 수업지도, 인간성지도 등이 있는데, 요즘은 학생 개인의 인성지도는 어렵기 때문에 전체적인 지도가 필요하다고 본다.

(1) 수업지도

한국 대학생은 하루 평균 2시간 공부하는데 미국 하버드 대학생은 하루 10시간 도서관에서 공부한다고 한다. 미국 대학생은 주중에는 열심히 공부하고 주말에는 휴식한다. 미국 학생들은 밥은 먹으면서 토론·수업 이야기를 하는데 한국 대학생들은 입학 초 술자리·신입생 환영식 일색이고 수업 이야기보다 개인 관심사 등 잡담일색이다. 수업시간에 과제를 많이 주어 공부하게 해야 한다. 예습과 복습을 강조해야 한다. 수업시간에 배우는 내용에 집중하게 해야 하고 다음은 수업이 끝난 뒤 5분 내로 방금 전에 배운 내용을 다시 짚어보는 시간을 갖는다.

하루 8교시 공부한다고 하면 40분 더 공부한 것이 된다. 5분을 5일 복습한 것을 합산하면 200분인데 기억의 양은 5배이기 때문에 1,000분의 학습효과이고 이는 15시간 이상 공부한 효과이다. 수업 끝나고 5분의 학습효과의 경이적인 결과를 꼭 실천해야 할 것이다.

(2) 인성지도

대학은 변화에 끌려가는 인간이 아니라 변화를 주체적으로 끌고 갈 심지 곧은 창조적 인간을 길러야 한다. 자율성과 능동성을 키우는 교육으로 다양화하되 기준과 수준을 높이고 암기식·주입식에서 창의성 교육으로 나아가야 한다. 교수가 학생들에게는 엄격하고 합리적이고 공정한 평가를 해서 학점을 준다면 교육의 질은 자연히 높아진다는 점에 유의해야 한다.

6. 맺는 말

교수에게는 연구· 교수·인격·봉사·건강 등이 모두 중요하다. 앞에 4가지가 건강하지 않으면 성취할 수 없다고 할 때 실제 우리에게는 건강이 제일 중요하다고 본다. 건강을 잃으면 모든 것을 잃기 때문이다. 농(農)이 천하지대본(天下之大)이라면 건강은 인생지대본(人生之大本)이며 인생의 기초자본이다.

인도의 간디는 인간의 첫째 의무가 자기의 심신을 건강하게 하라는 것이었다. 건강은 돈으로 살 수도 팔 수도 없다. 건강은 자유와 밀접한 관계에 있다. 반신불수로 누워있는 사람은 자유가 없다. 여행이니 공부도 할 수 없다. 자유가 박탈 당한다.

건강은 자유롭게 활동할 수 있는 것을 의미한다. 건강은 인생의 첫째 보배이다. 적당한 운동·식사·휴식이 무병장수의 비결이다. 교수는 미래지향적인 사고와 활동으로 항상 건강에 유의하면서 연구·교수와 인격함양과 봉사활동에 최선을 다하는 것이 바람직한 교원의 자세가 아닌가 생각한다.

능력사회의 상징인 미 라이스 장관

선진국은 능력이 지배하는 사회이다. 그렇게 때문에 경쟁에서 이 길 수 있다. 이것을 법과 제도로써 보장하고 있다. 미국은 연방정부 의 중요 고위직은 상원의 인사청문회와 동의를 얻어 대통령이 임명 한다. 무능력자를 임명할 수 없게 되어 있다. 우리는 장관임명에 인 사청문회를 거치지만 동의 없는 반쪽 청문회이고 이것마저 대통령은 무시하고 있다. 무능자 임명에 속수무책이다.

미국은 모든 국민이 법적으로 평등하다고 본다. 그런데 대통령 다 음에 제2인자라고 할 수 있는 국무장관을 부시 대통령 1기에는 흑인 인 파월을, 2기에는 흑인 여성인 라이스(Rice)를 임명하였다. 미국 이 능력사회임을 상징적으로 보여주는 장면이다. 미국의 대통령 유 고시 직위 승계는 부통령(당연직 상원의장) – 하원의장 – 상원 임시 의장 – 국무장관의 순서인데, 부통령은 대통령 유고시 직위를 승계 하고 평상시 상원의장일 뿐 행정에 관한 권한은 없다. 그렇기 때문에 행정의 실질적 2인자는 수석장관인 국무장관이다.

라이스는 오직 자신의 능력 하나만으로 출세가도를 달려 오늘에 이르렀다. 가장 혹독한 인종분리 정책이 시행되던 앨라배마 주에서 유년시절을 보냈으며, 목사와 미식축구 코치인 아버지와 교사인 어머니 밑에서 신앙과 교육이 인생 최고 가치라는 믿음 속에서 좋은 가정에서 훌륭하게 성장했다.

다섯 살 때 입학하여 월반을 거듭했고 어머니는 과잉보호라 할 정도로 교사직을 휴직하면서 딸의 천재성에 감복하여 열성적으로 매달렸다. 15세에 덴버대 입학, 19세에 학부를 마치고 26세 박사학위 취득과 함께 스탠퍼드대 교수가 되었고, 1994년 최연소·첫 여성·첫 흑인 스탠퍼드대 부총장에 취임하는 진기록을 세웠다. 운동과 음악에도 뛰어난 소질과 취미를 가졌으며 부시 대통령과 친해진 것도 처음 만났을 때 미식축구에 대한 얘기로 의기투합됐기 때문이라고 한다.

1999년 말 부시는 그녀의 재능을 인정하여 자문역에 임명하고 대통령 당선 후 가장 중요한 참모인 국가안보보좌관에 임명하였으며 2기에는 국무장관에 발탁했다. 백악관이 배출한 최고의 상품이라 평가하는 관리도 있는데, 취임 6개월 만에 체니 등 네오콘이 장악한 안보외교를 국무부에 외교의 중심을 되돌려 놓은 10년 만에 최강의 국무장관으로 우뚝 섰다. 그가 부시와 얼마나 가까운 사이인지는 사적인 자리에 5분만 있어 보면 안다고 하니 라이스에 대한 부시의 신임을 읽을 수 있다.

국무부를 1급 외교 전문가로 외교 안보팀을 구성했으며, 부시 1기의 일방주의와 군사력사용을 선호하는 네오콘(neo-con)에서 국제기구 및 동맹국과의 협력을 중시하는 네오리얼리스트(neo-realists)

정책으로 전환하여 유엔과 동맹국의 지지를 이끌어 내고 있다. 여성으로서 지도력·결단력도 대단하고 독신으로 스캔들도 없으며 부지런하기로도 유명하다. 새벽 4시 45분에 기상, 운동을 하고 6시 30분부터 일을 한다. 6개월 동안 38개국을 순방했다. 그는 미 경제전문지 포브스가 뽑은 세계에서 가장 영향력 있는 여성 1위에 2년 연속 올라 화제가 되고 있다.

세계 제1위의 여성 라이스의 다음 행보가 주목된다. 2008년 미국 제44대 대통령 공화당 후보로 본인은 부인하지만 거명되고 있다. 민주당은 힐러리 상원의원이 대선후보로 거의 확실시 되고 있다. 딕 모리스가 2008년 대통령 선거는 라이스와 힐러리의 대결이 될 것이라고 예측한 책을 내 화제가 되고 있는데, 그는 양자 대결에서 미국의 국익을 위해 능력이 탁월한 라이스가 승리할 것이라고 내다보고 있다. 대선 출마예상자로는 힐러리, 라이스, 매케인, 젭 부시 주지사 등이 물망에 오르고 있다.

제44대 대통령 선거는 선거 사상 이변이 일어날 흥미진진한 선거가 될 전망이다. 만약 힐러리가 당선되면 미국 역사상 첫 부부 대통령, 여성 대통령, 라이스가 당선되면 첫 흑인 대통령, 여성 흑인 대통령, 매케인 상원의원이 당선되면 최고령 대통령, 부시 동생 젭 부시가 당선되면 형제 대통령, 3부자 대통령이 되는 이변을 낳게 된다.

(2006.03.17.)

하인스 워드의 인간 승리

2월 6일 개막된 미국 최대 스포츠 이벤트인 피츠버그 스틸러스와 시애틀 시호크스가 맞대결한 제40회 수퍼보울에서 21대 10으로 스틸러스가 26년 만에 우승했고, 공격수 하인스 워드(Hines Ward, 30)가 미 프로풋볼리그(NFL) MVP(최우수선수)로 선정되었다.

미국에서 제일 인기 있는 구기종목은 미식축구이다. 그 인기는 광적이라 할 수 있다. 미국문화를 아는 것도 미식축구에서 출발하고 이를 즐길 줄 알면 미국문화를 거의 아는 것으로 본다.

이번의 수퍼볼도 미국 시청자 1억3천300만 명, 선전광고 30초당 25억 원인 것을 보면 그 폭발적인 인기를 짐작케 한다. 그 환호성 한가운데 강철 투혼으로 차별과 가난의 역경을 이기고 아메리칸 드림을 창조한 워드의 모자가 우뚝 서 있다.

7일 오전 11시부터 2시간 동안 피츠버그 시내는 수퍼보울 영웅 워드를 맞아 MVP연호 속에 시 전체가 뒤집혀졌다. 미식축구가 73개의 다인종 국가인 미국을 하나로 단합시키는 애국심 고취의 촉매역할을 하고 있다. 워드는 1976년 주한미군이던 하인스 워드 시니어와 김영희(56)씨 사이에서 태어났다. 생후 5개월 만에 미국으로 갔지만 곧 부모가 이혼하여 돈도 없고 영어가 익숙하지 못한 어머니는 양육권을 주장할 수 없어 워드는 할아버지 집으로 보내졌고, 여덟 살 때 어머니 품으로 돌아왔다. 어머니는 하루에 3가지 일에 16시간 뼈가 으스러지게 일하면서 워드를 훌륭하게 키웠다.

미국에서 성공하려고 하면 능력, 인격, 헌신을 고루 갖추어야 하는데, 워드는 이 세 가지를 갖추고 있다. 첫째, 능력에 있어서도 자기 분야에서 최고이다. 그의 성공비결은 오직 훈련, 훈련뿐이었다고 한다. 그러나 공부도 열심히 하여 초등학교 졸업 때는 남학생 가운데 1등이었다. 학업을 절대 포기해서는 안 된다는 어머니의 희망에 따라 고교 졸업 후 바로 프로팀에 가지 않고 대학을 마쳤다.

그는 어머니의 일이 끝나기를 홀로 기다리며 빗나가지 않고 학업과 운동에 매달렸다. 어머니는 아들을 당당하게 키우기 위하여 때로는 매를 들었고 저소득층에 주는 지원금도 받지 아니하였으며, 언제나 다른 아이들보다 비싼 옷을 사주고 원하는 것을 다 해주던 어머니는 자신을 위해 한 번도 돈을 써본 적이 없었다고 한다. 워드는 처음 어머니를 싫어했다. 혼혈아로 취급 받는 것이 싫고 피부색이 다른 어머니에게 거부감을 느꼈다.

워드는 어느 날 어머니의 차로 등교하면서 친구들이 못 보게 몸을 깊이 숙였다. 급히 차문을 열고 내리다 고개를 돌리는 순간 어머니가 흘리는 눈물을 보게 되었다. 그때 워드의 마음에 충격과 변화가 왔다. 나를 위해 희생하는 어머니를 부끄러워해서 안 된다고 작심했다.

어머니의 희생과 사랑의 힘이 워드의 노력과 합쳐져 미식축구의 영웅이 되었다. 오늘을 살아가는 우리에게 모성의 중요함을 일깨워주는 대목이다.

지금 워드는 세상에서 어머니가 최고라고 생각하고 있다.

둘째, 인격인데 워드는 어머니로부터 겸손을 배웠다. 어머니는 항상 겸손하라고 했고 내가 대접 받기 원하는 것만큼 남을 대접하라고 했다.

그는 항상 웃음을 잃지 아니하였고 동료들을 위해서는 상대와의 몸싸움도 마다하지 아니하였다. 워드는 수상 소감에서 "동료들의 패스가 좋았고, 나는 그저 달렸을 뿐이다"라고 겸손해 했다.

셋째, 그는 헌신에도 남달랐다. 워드는 초등학교 때부터 친구에게 자기 물건 주는 것을 좋아했고. 프로팀 입단 후 입단에 실패한 동료에게 매달 1천 달러를 보냈고. 고교시절 코치가 잭슨고교로 전출했는데, 지금도 풋볼 팀 유니폼 비용을 댄다고 한다. 워드는 한인학생들을 위한 장학재단 설립의 뜻도 밝혔는데 재단명칭은 어머니의 이름을 따 지을 것이라고 한다.

워드는 대학 때 자신을 찾아온 아버지에게 '내게는 어머니만 있을 뿐'이라며 만나지 않고 돌려보냈고, 어머니는 며느리가 될 아가씨에게 '이혼 때 재산분할 포기각서를 쓰지 않으면 안 된다'고 고집, 각서를 받고 결혼을 시켜 두 모자의 과단성 일면을 보게 한다.

미 수퍼볼의 영웅 워드가 어머니와 함께 4월 2일부터 1주일간 한국을 방문할 예정이다. 이들의 방문이 뼈아픈 혼혈차별의 극복 계기가 되기를 간절히 바란다. 그가 만약 한국에 살았다면, 미국에서 한국인 어머니가 아니었다면 오늘의 영광이 없었을 것이라고 한다면, 그 영광의 반은 어머니의 몫이다.

절반은 한국인이고 절반은 미국인인 워드, 산토끼 토끼야를 부르고, 한글로 새긴 '하인스 워드'의 팔의 문신, 때때옷의 백일사진 등은 동족으로서 우리의 가슴에 감동을 안겨준다. 이 땅의 모자들이여! 워드 모자의 역경의 인간승리를 우리의 것으로 받아들여 귀감으로 삼아야 한다.

(2006.02.17.)

올바른 대학생활의 방향

1. 대학의 자율

지상에서 가장 아름다운 곳은 대학이라고 영국의 시인 존 메이스 필드(John Masefield)가 말했다. 대학은 낭만·희망·정열이 차고 넘치는 창조의 푸른 광장이다.

고등학교 때까지의 통제된 규칙생활에서 완전히 해방되어 대학의 자유를 만끽하게 된다. 해방 공간에서 새내기 신입 농림학교 교장 클라크(Clark) 박사가 학교를 떠나면서 '소년들이여! 대망을 품어라' (Boys, be ambitious!)라는 짧고 유명한 말을 학생들에게 남겼는데, 이는 그의 묘비에 새겨지게 되었고 훗날 널리 알려져 각국의 꿈 많은 젊은이들에게 힘과 용기를 주는 말이 되었다.

원대한 희망을 안고 대학을 입학한 신입생들은 대학의 자유를 잘 활용해야 한다. 대학의 자유는 방종이 아니다. 수업을 듣지 않고 허송세월을 보내는 것이 대학의 자유가 아니다. 낙원과 지옥을 만드는 자유가 자신에게 달려 있다. 대학의 자유는 자율이고 독행정신의 실천장이어야 한다. 진취적인 대학생활을 위해 스스로를 독려하고 엄격하게 통제해야 한다.

2. 자기 분야에서 최고

미국 UCLA에서 355개 대학 18만 명의 신입생을 대상으로 설문조사를 했는데, 전체 75% 학생들이 자기 분야에서 권위자가 될 것으로 조사되어 주목을 받았다. 자기 적성에 맞는 학부를 선택하여 열심히 노력하여 자기 분야에 최고의 권위자가 되어야 한다.

우리는 경쟁사회에 살고 있다. 우리 대학생들은 좁게는 자기의 학부의 급우들과 경쟁을 하고, 넓게는 한국의 같은 학부의 학생들과 경쟁을 하고, 최광의로는 세계의 학부 학생들과 경쟁하게 된다. 세계화 시대에 살아남기 위해서는 피눈물 나는 노력을 쏟아야 한다. 피와 땀과 눈물을 인생의 고귀한 3가지 액체라고 한다. 피는 용기의 상징이고 눈물은 정성의 심벌이고 땀은 노력의 표상이라고 한다. 학생들은 3가지 심벌이고 땀은 노력의 표상이라고 한다. 학생들은 3가지 심벌에 심혈을 쏟아야 한다. 피눈물 나는 노력으로 자기의 분야에 최고가 되기 위해 노력을 다해야 한다.

한국의 고등학교 학생들은 하루에 10시간 넘게 공부하는데 대학에 입학하고 나면 책과 담을 쌓는다는 비난을 면키 어렵다고 한다. 한국 대학생들 하루 평균 2시간 공부하는데 하버드 대학생들 10시간 공부한다고 하니 경쟁에서 이기겠느냐는 것이다.

글로벌 시대에 있어서 중요한 것은 국제어의 역할을 하는 영어의 구사능력이다. 세계와의 경쟁에서 영어실력은 필수이기 때문에 대학생활에서 영어공부는 생활화해야 한다. 취업에 있어서는 마지막 영어회화 테스트에서 합격 여부를 가린다고 하니 학과에 못지 않게 관심과 노력을 집중해야 한다.

3. 지혜의 터득

대학에서는 지혜와 봉사의 중요성을 강조한다.

미국 대학생들은 18세 이상이면 성년이 되기 때문에 방학 때 아르바이트를 하여 자기 학비를 자신이 번다. 이렇게 돈을 버는 것이 첫째, 돈의 중요성을 알게 되고 둘째, 사회를 알게 되고 셋째, 공부시간이 없기 때문에 생활에 긴장감을 느껴 시간을 소중하게 선용하여 열심히 공부한다고 한다.

미국 대학생들은 평일인 주중에는 열심히 공부하고 주말인 토·일요일에는 운동과 휴식을 취한다. 밥 먹으면서도 토론하고 수업 이야기를 한다.

4. 도덕지원

교육의 목표는 사람을 만드는 것이지 점수를 따는 데 있지 않다고 한다. 건전한 인격이 모일 때 나라가 흥한다고 한다. 독일은 프리치(Fritsch)는 산업국가들의 위기를 다룬 〈우리는 생존할 수 있다〉라는 저서에서 우리가 의존할 수 있는 3가지 요소를 첫째, 에너지와 자원의 문제, 둘째 과학과 기술, 셋째 도덕적 자원 문제를 들고 있다. 도덕적 자원도 산업사회 위기극복에 중요한 요소라는 말이다.

도덕자원에는 겸손과 정직 등이 있다. 겸손하지 않으면 지도자가 될 수 없다. 선진국 지도층의 세 가지 원칙은 ① 정직하고 ② 근면하게 살면서 ③ 본연의 책임을 다하는 태도와 실천이라고 한다. 학생들은 옳고 그름의 감각과 비판의식을 길러야 한다. 진리·정의·선은 반드시 이긴다는 사실을 종교처럼 믿고 실천해야 승리할 수 있다는 명제에 확신을 갖고 생활화해야 한다.

5. 지도자의 자질

첫째, 지도자가 되려고 한다면 먼저 솔선수범해야 한다. ① 누가 해도 할 일이면 내가 먼저 하자, ② 언제 해도 할 일이면 지금 당장 하자, ③ 이왕 할 일이면 더 내가 잘 하자는 생활 지표가 지도자의 소양이 될 것이다.

둘째, 대학에서 봉사활동을 중요시한다. 대학에서 남을 배려할 줄 아는 사람이 되기 위해 기회만 있으면 봉사활동을 하게 한다. 아무리 부와 명예를 얻었다 해도 남과 나누지 않으면 사회적 존경을 받지 못한다. 부를 나누었을 때 성공한 사람, 사랑받는 사람이 된다. 서구에서는 남을 돕는 일이 선심이 아닌 인간으로서의 당연한 의무로 본다.

셋째, 대학교육은 모방이 아닌 창의성 교육이 되어야 한다. 대학교육은 주입식에서 탈피하여 자율성과 능동성을 키우는 창의적 교육이 되어야 한다. 변화에 끌려가는 인간이 아니라 변화를 주체적으로 끌고 갈 창의적 인간을 길러야 한다. 세계의 변화에 적응하는 시대가 꼭 필요로 하는 인재를 육성해야 한다. 그리고 학교 성적보다 창의적이고 고차적 사고능력, 자기 주도적 학습능력, 문제해결 능력이 뛰어나도록 교육에 초점을 맞추어야 선진국 교육으로 진입하게 된다. 국가와 사회는 진실로 이것을 요구하고 있다.

넷째, 학생들은 마지막으로 지도자가 되기 위해서 건강해야 한다. 건강은 인간의 기초자본이다. 건강하지 않으면 공부도 할 수 없다. 대학에서 운동을 권장하는 것은 첫째 건강, 둘째 인내심, 셋째 질서 지키기의 효과 때문이다.

(2008.3.5.)

신입생의 진로

신입생 여러분의 경남대학교 입학을 진심으로 축하하면서 다음 몇 가지 당부의 말을 하려고 한다.

흔히 대학을 지상의 낙원이라고 한다. 그런데 낙원을 만드는 것도 지옥을 만드는 것도 신입생 여러분들의 하기 나름이라는 점을 먼저 명심해 주기 바란다.

대학을 이끄는 정신적 지주는 대학의 자유이다. 자기 마음대로 공부하고 즐길 수 있는 곳이 대학이다. 여기에 자유는 방종을 의미하는 것은 결코 아니다. 여기에서 자유는 자기 스스로를 통제하는 자율을 의미한다. 자기를 바로 이끌 극기심이 바탕이 되어야 한다.

대학에는 초·중·고등학교처럼 담임선생님이 없다. 수업은 아침에도 있고 오후에도 있기 때문에 아침에 등교하여 하루 종일 수업이 있는 것도 아니다. 교육이란 독행정신을 기르는 것이다. 홀로 서서 살아가는 것을 익히는 것이다. 대학 4년은 결코 긴 세월이 아니다. 인생의 대죄는 시간을 낭비하는 것이라는 말은 대학 4년쯤 되어야 깨달을지도 모른다.

지상의 낙원인 대학의 낭만 속에서 '나는 열심히 공부하여 졸업 때는 후회 없이 대학을 마쳤다'고 자부심이 솟아나게 입학 때부터 다짐하고 실천해주기를 당부하고 싶다.

대학은 지·덕·체를 균형 있게 갈고 닦는 곳이다. 자기가 전공하는 학과에서 열심히 공부해야 한다. 우리나라의 교육 풍토는 중·고등학교에 비교하여 대학이 오히려 공부하지 않는 곳으로 인식되고 있다. 선진국은 밑으로부터 위로 올라갈수록 공부를 더 열심히 하는데, 우리는 거꾸로 가고 있으니 문제이다. 진짜 공부는 대학에서 더욱 열심히 하는 것이 기본이 되어야 한다.

대학에서는 종합적이고, 창의성을 갖춘 지성인을 길러내야 한다. 지식에 못지않게 덕성 함양에 무게를 실어야 한다. 대학생을 고등학교 4학년생이라고 매도하는데, 이것은 대학생을 이타심을 가진 고등학생 수준이라는 말이기도 한다.

대학에 있어서는 봉사활동이 덕성 함양에 좋은 계기를 제공한다고 본다. 동아리 활동은 봉사가 중심이 되어 있어야 한다. 미국은 봉사활동이 미국사회를 움직이고 발전시키는 원동력으로 본다. 세계에서 자원봉사를 가장 많이 하는 나라가 미국이다. 그렇게 때문에 미국이 초일류 국가가 되었다는 말이다. 정의를 바탕으로 한 봉사는 사회에 기여할 수 있는 인성을 갖춘 인격을 키울 것이다. 지식과 덕성의 함양은 교수와의 대화가 중요하고, 바람직하다고 본다.

세계화시대를 맞아 신입생들이 유념해야 할 것은 세계어인 영어와 컴퓨터 관련 분야에 더 큰 관심을 가져야 한다. 또한 이상의 과제들을 해결하는데 체력이 뒷받침되어야 하기 때문에 자신의 체력에 맞는 운동을 계속하여 건강을 유지하기를 마지막으로 당부한다.

(2004.3.4.)

대학 4년의 가치관

내일 우리나라의 운명은 지금 대학생들의 어깨에 매달려 있다고 해도 과언이 아니다. 대학생들에게는 대학생활 4년이 자기 일생의 운명을 좌우한다고 할 수 있다. 대학 4년 동안 최선을 다해 열심히 공부한 학생과 허송세월만 보낸 학생과는 하늘과 땅의 차이가 날 수 있다는 말이다.

대학의 자유란 방종을 의미하는 것은 결코 아니다. 대학의 자유란 대학의 자율과 동의어로 보아야 한다. 강제나 간섭 없이 스스로 대학생활을 추구할 자율이지만, 여기에는 반드시 성숙된 능력과 책임의식과 도덕성이 뒷받침되어야 한다. 대학생활의 자기 성숙을 위해 대학의 자유를 최대한 활용해야 한다. 미국의 교육은 '홀로서기'이고 일본은 '남에게 폐를 끼치는 사람이 되지 말라'고 하는데 미국식 교육이념인 '홀로서기'가 설득력이 있는 것 같다.

대학생들은 현실에 만족하지 말고 원대한 꿈과 목표를 향해 끊임없이 자기를 채찍질하면서 열심히 대학생활을 영위해 나가야 한다. 인간에게 있어서 자신을 이기고 극복하는 것이 제일 어렵다고 하는데 이 어려운 고비를 넘기지 않고는 대성할 수 없다. 부단히 이상을 향해 질주하는 자만이 승리의 월계관을 쓸 수 있다.

원대한 희망을 달성하는데 무턱대고 밀어붙이기 식은 금물이다. 여기에는 지혜가 필요하다.

대학은 지식의 산실일 뿐만 아니라 지혜의 보고가 되어야 한다. 지식이 지혜의 차원으로 승화되었을 때 지식은 인류사회를 위한 가치 있는 지식이 된다는 말이다. 지식이 악용되면 무서운 괴물로 전락하기 때문이다. 그렇기 때문에 교수는 피교육자의 합리적 사고방식과 건전한 판단력의 육성을 목적으로 삼아야 한다.

교수는 단지 지식의 전달자로만 전락해서는 안 되고 지식습득의 필요성을 인식케 하는데 심혈을 쏟아야 한다. 구체적으로는 응용하고 분석하는 살아있는 지식이 되게 해야 한다. 그리고 학생들로 하여금 부단히 자신을 개발하게 하는 창의적인 인간으로 성장하게 해야 한다. 사회에 나가서 직접 지식을 활용하게 하는 산지식의 교육에 관심을 갖고 교육해야 한다.

선진국의 학교생활에 있어서 좋은 교육이란 남을 배려할 줄 아는 인간이 되게 기회만 되면 봉사활동을 하게 하고, 인내심을 기르기 위해 운동을 권장하고, 창의성과 사회성을 북돋우기 위해 자유로운 클럽활동을 보장할 필요가 있다는데 유의한다.

성적만 강조하는 반쪽 교육에 대한 반성도 있어야 한다. 직업을 잃게 되는 원인 요소에서 지금은 구조조정 등으로 조기 퇴직 풍조가 있지만 85%가 품성 내지 성격 결함이라고 하고, 15%는 능력 부족으로 나타난 것을 보면 직장에서도 인성이 중요함을 입증하고 있다.

'공부는 발로 하는 것이다'라는 말이 있다. 몸소 열심히 뛰어야 한다는 말이다. 계획을 세웠으면 끝까지 밀고 나가야 한다. 대학에서 지성과 야성이랑 말을 자주 한다. 야성이란 박력과 결단력을 의미하는데 동물원 안에 갇히기를 원하는 동물이 아니고 밀림을 누비는 활기찬 맹수의 기질로 자기 앞길을 스스로 계획해 나가는 야성을 가져야 한다.

인간에게 가장 큰 죄가 '시간의 낭비'라고 하였는데, 대학생은 지상의 낙원인 대학에서 황금 같은 4년을 낭만과 지성과 야망이 어우러진 활기찬 생활로 가장 값지게 장식하라고 당부하고 싶다.

(2003.9.3.)

국제

굳건한 단결과 국력을 바탕으로 남북대치와
국제사회에 신뢰와 위상을 강화해야

독특한 미국의 선거인단제도-승자 독식을 중심으로

1. 머리말

미국의 대통령 선거제도는 간접선거제도이다. 국민이 대통령을 직접 선거하지 않고 대통령을 선거할 선거인단을 선거하는 제도이다. 이 선거인단제도로 다른 나라에서 유래를 찾아 볼 수 없는 독특한 제도를 운영하고 있다.

이 제도는 미국이 건국 이래 지금까지 시행해 온 제도로서 다소의 불편과 모순이 있어도 변경하기는 어려울 것이다. 이것의 독특한 특성은 승자독식제도이다. 승자가 주의 표를 모두 독점한다는 것이다. 득표의 비례에 따라 표를 나누는 것이 아니고 이긴 정당이 모두를 독식한다. 그렇기 때문에 결과에 모순도 나타난다.

2. 선거인단제도

미국의 대통령 선거는 4년마다 실시하는데 선거일은 연방법률에 11월 최초 월요일 다음 화요일(이번 선거는 11월 2일)에 전국에서 일제히 실시한다고 규정하고 있다.

대통령 선거는 먼저 각 정당이 후보자를 선정해야 한다. 각 주는 후보자 선출을 위한 전당대회(national convention)에 나갈 대의원을 예비선거(primary election)로 선출한다. 각 정당의 주 예비선거에서 지지 후보자의 지지도가 나타난다. 후보자 지명을 위한 전당대회는 야당이 먼저 하는 것이 관례이다.

이번 선거의 전당대회도 야당인 민주당이 7월 26일 ~ 29일까지 4일간 보스톤에서 개최하여 대통령후보에 케리(Kerry) 상원의원과 부통령 후보로는 에드워드(Edwards) 상원의원을 지명하였으며, 공화당은 한 달 뒤인 8월 30일 ~ 9월 2일까지 4일간 뉴욕시에서 개최하여 현 대통령인 부시(Bush) 후보와 부통령인 체니(Cheney) 후보를 대통령과 부통령 후보로 지명하였다. 후보 지명이 끝나면 선거전에 돌입한다. 보통 전당대회가 끝나면 대통령 후보의 지지도가 상승한다. 전당대회의 열기가 뜨거워 선거에 영향을 미친다는 것이다.

미국의 대통령 선거는 간접선거로 11월 2일은 대통령을 선거할 대통령 선거인(presidential electors)을 선거한다. 선거인단수는 상원의원 100명에 하원의원 435명과 워싱턴 D.C 3명을 합한 538명이다. 각 주는 연방상원의원과 하원의원을 합한 수만큼 선거인단을 선거한다. 50개 주에서 가장 큰 주인 캘리포니아 주는 55명으로 상원의원 2명에 하원의원 53명이다.

다음은 텍사스 주(34명), 뉴욕 주(31명)이고, 가장 작은 주는 상원의원 2명에 하원의원 1명인 알래스카 주 등 8개 주이다. 작은 주 8개를 합쳐도 24명밖에 되지 않으니 선거운동은 큰 주를 중심으로 과열되기 마련이다. 선거 종반은 각 당의 우세·확정지역이 나타나기 때문에 접전지역을 중심으로 선거운동이 치열하게 전개된다. 접전지역 가운데서도 선거인단의 수가 많은 주가 중심이 된다.

미국의 선거인단 선거에서 독특한 제도가 승자독식 제도이다. 어느 주라도 한 표라도 많이 얻은 정당이 선거인단 모두를 독식하게 된다는 것이다. 캘리포니아 주에서 민주당이 한 표라도 더 얻으면 55표를 모두 민주당이 독식하게 된다. 득표에 비례하여 표를 나누어 갖지 않는다. 그렇기 때문에 일반투표에서 승리하고도 선거에 지는 기현상이 나타난다. 2000년 고어(Gore) 후보의 경우가 그러했다. 일반투표에서 고어 후보가 승리하였으나 선거인단 수에서 고배를 마셨다.

어떤 선거는 승자독실을 채택하지 않는 주가 2개 주인데 메인 주(4명)와 네브레스카 주(5명)이다. 이 두 주는 전체의 승자가 상원의원의 몫인 2명을 갖고 나머지는 연방하원의원의 선거구별로 승자가 선거인단 1명씩을 배정 받는다. 비합리적이라고 하는 승자독식방식에 진일보한 제도로 평가할 수 있다. 승자독식의 관행에 돌출현상이 나타나는 것은 헌법이 선거인단 수와 몇 가지 중요 사항 이외는 각 주에 위임하고 있기 때문에 오는 결과이다. 선거방식과 투·개표방식은 각 주에 위임하고 있다. 콜로라도 주는 이번 선거에 승자독식방식에 정면으로 반기를 들고 있다. 9명의 선거인단을 뽑는 콜로라도 주는 득표비율에 따라 배분하는 방식으로 바꾸자는 주헌법 개정청원이 받아들여져 11월 2일 대통령 선거와 함께 투표에 부쳐져 통과되면 바로 시행되게 되는데 진 정당에서 문제가 일어날 조짐이 나타나고 있다.

대통령으로서의 당선은 538명의 과반수인 270명이다. 270명을 얻어야 대통령으로 당선된다. 과반수를 얻지 못하여 대통령 당선자가 없을 경우 대통령은 하원에서 선출하고, 부통령은 상원에서 선거한다. 각 정당의 선거인단 입후보는 유권자이면 가능하고, 각 정당은 각 주의 선거인단 수만큼 입후보자를 낸다. 선거 당일 투표할 때 국민들은 선거인단 입후보자를 보고 표를 찍는 것이 아니고 대통령 후보를 보고 표를 찍는다.

당선된 선거인은 12월 2번째 수요일 다음의 첫 번째 월요일(이번은 12월 13일)에 각 주의 수도에 모여 투표하고 그 투표결과를 연방 상원의장에게 송부하여 익년 1월 6일에 연방양원합동회의에서 개표하여 당선자를 결정한다. 당선자는 1월 20일 대통령으로 취임하게 된다. 대통령 당선자는 법적으로는 1월 6일 양원합동회에서 개표결과 발표되는데, 통상 선거인단 선거가 끝나고 개표가 완료되면 대통령 당선자를 발표한다. 이는 각 당의 선거인 당선자가 변절하지 않는 데 기인한다. 1월 6일의 개표는 형식적인 요식행위에 불과하다.

3. 승자독식의 문제점

한 표라도 많이 받는 정당이 그 주의 선거인단을 독식하는 것은 평등선거에 위반한다는 것이고, 승자독식의 결과는 일반투표에서 많이 얻은 후보가 선거인단수에서 실패함으로서 낙선되는 것은 대표성의 원칙에서 위배되는 것이 아닌가 하는 의구심을 낳게 한다.

이 같은 문제점을 완화하는 방법으로 당장에 콜로라도 주와 같이 득표비율에 따른 배분이 어렵다면 메인 주와 네브레스카 주가 채택하고 있는 전체 승자에게 2명을 배분하고 나머지는 하원의원 선거부별로 승자가 선거인단 1명씩 배분 받는 방법이 합리적일 것이다.

그런데 선거인단 독식방식이 없다면 더 큰 문제가 발생할 소지가 있다는 것이다. 대통령 선거를 직접선거할 경우 캘리포니아 주 등 큰 주가 몇 개 단합하여 윤번제로 돌아가면서 대통령 입후보를 독차지할 우려가 있다는 것이다. 이렇게 될 경우 작은 주에서는 대통령후보의 꿈도 꾸지 못할 것 아닌가 하는 우려를 낳게 한다.

4. 맺는 말

각 주의 선거인단 수는 각 주의 연방 상·하원의원을 합한 숫자인데 선거인단 선거와 선거인단의 대통령 선거를 연계시켜 보면 대통령 직선제에 연방제를 조화시킨 멋진 선택이라고도 할 수 있다. 승자독식제도가 고수되는 것도 선거인단의 당선자가 변절되지 않고 꼭 자기당 후보에 투표하기 때문에 이 제도가 튼튼하게 자리잡을 수 있었다고 본다. 미국 헌정사상 2번 멋대로 투표한 경우가 있었지만, 지금은 주의 선택에 복종하는 불문율이 오래 전부터 확립되어 있다. 일번투표와 선거인단 투표의 불일치는 대통령 직선제 개헌의 빌미가 되겠지만 승자독식제도가 폐지되기가 어려울 것이고, 제도개선을 통해 보완할 전망은 전혀 배제할 수 없을 것이다. 선거인단선거의 묘미가 대선에 관심을 불어넣고 한 표의 가치가 얼마나 중요한가 하는 관심을 국민의 가슴에 깊이 심기도 할 것이다.

대통령의 직선제 개헌이 어려운 것은 헌법을 개정하려고 하면 연방상원과 하원의 3분의 2 이상의 찬성과 50개 주의 4분의 3 이상의 찬성을 얻어야 개헌이 확정된다. 간접선거를 인구가 적은 주는 찬성을 하고 있다. 특히 자기 주의 선거인단이 대통령 당선에 결정적 역할을 했다는 자부심이 깔려 있다고 볼 때 적은 주는 찬성하지 않을 것이고 직선제 개헌을 어려운 과제임에 틀림없다.

만약 대통령 당선자가 없을 경우 수정헌법 제12조에 의거 대통령은 하원에서 선출하고 부통령은 상원에서 선거한다. 부통령은 상원의원 과반수인 51명의 지지만 받으면 당선된다. 그런데 대통령 선거는 하원의원 전 의원이 선거에 참여하지 않고 각 주의 대표의원 1인만 투표에 참여한다. 50개 주이기 때문에 26표를 얻어야 대통령에 당선된다. 각 주의 대표 1인은 의석수가 많은 정당의 의원이 대표의원이 된다. 문제는 하원의원 53명의 주나 1인의 주가 동일하게 1표를 갖는 것에 문제가 있다. 이 같은 불합리를 시정하는 것도 헌법을 개정하지 아니하면 불가능하다. 작은 주들이 반대할 것이 틀림없기 때문에 헌법개정은 어려울 것이다.

(2004.11.05.)

21세기 미국 대선 선거혁명 분수령

11월 4일 미국의 제 44대 대통령 선거를 앞두고 1월 3일, 미국 대선 레이스의 개막식이라 할 수 있는 아이오와 주 코커스에서 오바마(Obama) 상원의원이 민주당에서 1위를 차지하고, 공화당에서는 허커비(Huckabee) 전 이칸소 주지사가 1위를 차지하는 이변을 연출하였다.

1월 8일 뉴햄프셔 프라이머리에서는 7일 눈물을 비친 힐러리 클린턴(Hillary Clinton) 상원의원이 아이오와의 3위에서 여론을 뒤엎고 1위를 차지하는 기염을 올렸으며, 공화당은 매케인(McCain) 상원이원이 승리함에 따라 양당이 경선에서 1위가 바뀌어 4명의 승자가 나와 유력 후보끼리 한 치의 앞을 내다 볼 수 없는 박빙·격돌·혼전·접전이 예상된다.

미국의 공화당과 민주당은 대선 후보를 전당대회에서 대의원의 간접선거로 선출되는데 전당대회의 대의원은 2가지 방식으로 선출된다. 코커스(caucus)인 당원대회와 프라이머리(primary)인 예비선거이다. 코커스는 당일 저녁 당원들이 학교나 교회 등 큰 강당에 모여 후보자별로 공개적인 지지그룹을 형성하고 그 숫자에 따라 대의원의 수를 결정하고 프라이머리는 당원과 일반 유권자가 모두 참여하는 비밀투표를 통해 대의원을 선출한다.

코커스는 아이오와 주가 가장 먼저, 프라이머리는 뉴햄프셔 주가 가장 먼저 실시하는데, 미국 50개 주 가운데 약 40개 주가 프라이머리 방식을 나머지 주가 코커스 방식을 채택하고 있다. 2번의 예비선거 결과를 보면 이번 대선은 민주당은 2강으로 압축되고 공화당은 다자 혼전 구도로 나아갈 전망이다.

초반전의 이 같은 구도가 2월 5일 22개 주에서 일제히 당원대회나 예비선거가 실시되는 쓰나미 화요일까지 이어지거나 전당대회까지 몰고 갈지 예상하기 어려운 상황이 전개될지도 모른다. 이번 대선은 언론사마저도 예측 불허의 혈전을 예상하고 있다.

1월 19일 민주당 네바다의 당원대회도 박빙의 접전이 예상된다. 힐러리가 선두주자이지만, 오바마가 조합원 6만여 명의 네바다 주 외식업계 노조의 지지를 받아냄으로써 힐러리에게 부담을 주고 있다. 네바다 주에서 오바마가 승리할 경우 곧 열리는 사우스캐롤라이나에서 승리를 기대할 수 있다는데 힐러리는 긴장하지 않을 수 없다. 이렇게 치열한 혈투가 계속된다면 2월 5일 수퍼 화요일에도 대세가 한쪽으로 기울이지 않을 가능성도 있다. 1월 15일 치뤄지는 공화당의 미시간 예비선거는 매케인 우세 속에 롬니·허커비의 한판 승부가 예상된다. 미시간의 승리가 중요한 것은 재기의 발판을 마련할 수 있기 때문이다.

이번 제44대 미국 대통령 선거는 미국 역사상 선거혁명을 이룩할 분수령이 될 것이다. 43명의 대통령 가운데 흑인이나 여성 대통령이 한 사람도 없었다. 이번 선거는 흑인 대통령이나 여성 대통령이 당선될 가능성이 높다는 점에서 선거혁명을 말한다. 미국 사회의 저변에는 아직도 흑인 경시와 여성 비하가 완전히 사라졌다고는 볼 수 없다.

헌법상 모든 국민은 법 앞에 평등하다고 규정하고 있다. 인종이나 성별의 벽을 넘어 흑인이나 여성이 대통령으로 당선된다면 미국은 국내뿐만 아니라 세계로부터 과연 미국이구나 하는 찬사를 받을 것이다. 이것은 오직 미국 국민의 선택에 달려있다.

국민들 사이에서는 부시 가와 클린턴 가에서 대통령직을 독식하는 것 아니냐는 비난이 있다. 부시 가는 아버지 4년, 현 부시 대통령 8년에 12년이고, 클린턴은 8년에 힐러리가 재선되면 16년이니 양가를 합치면 28년간을 독식한다는 비난인데 능력사회인 미국에서 후보 가운데서 최고라고 한다면 국민의 선택에 탓하지 못할 것이다.

이번 대통령 선거는 민주당 클린턴 8년에서 공화당 부시 8년으로 정권이 이양되었고, 공화당에서 민주당으로 정권 교체가 가능한 시기와 맞물려 있다고 보기 때문에 민주당으로의 정권 이양이 가능하지 않나 생각된다. 거기다가 현 부시 정부가 이라크전과 경제문제로 인기가 바닥이라는 것과 국민들은 미국의 변화와 새로운 희망을 갈망하고 있다. 대통령직이 주지사에서 상원의원으로의 변화의 조짐은 실무형에서 정치력으로의 변신을 의미한다.

46세의 연방상원의원으로 혜성처럼 나타나 대선판에 돌풍을 일으키고 있는 오바마는 제2의 케네디를 연상시키고 있다. 젊음·변화·희망의 3박자가 케네디를 연상시킨다고 한다. 그의 변화·희망·신선함·유머·카리스마가 마지막까지 빛을 발휘할 지는 넘어야 할 산이 많다. 힐러리의 경륜과 선두주자의 두터운 벽을 넘어서기는 힘겨운 태산이 앞을 가로막고 있다. 토크쇼의 여왕 오프라 윈프리의 지지와 지난 대선 때 민주당 대통령 후보 케리 상원의원도 튼튼한 원군이 될 것이다.

힐러리나 오바마는 예선뿐만 아니라 본선에서도 넘어야 할 복병이 많다. 특히 공화당의 대선후보와의 누구도 장담 못하는 예측불허의 결전이다. 공화당은 매케인 후보가 강력한 유력 주자로 대두되고 있지만, 미국 보수 기독교 층을 대변하는 허커비 전 아칸소 주지사도 변수로 대두할 가능성이 크다. 그는 목사 경력·낙태·동성애 반대 등 보수층을 결집해 돌풍을 일으킬 가능성이 높다.

21세기 초에 치뤄질 미국 대선은 선거혁명의 분수령을 넘어 여성 대통령에 부부 대통령, 백인사회에 흑인 대통령 탄생이란 큰 이변을 예상하는 올 대선을 전 세계는 예의 주시하고 있다.

(2008.01.17.)

능력사회 입증 오바마의 세기적 승리

6월 3일 몬태나·사우스다코다 주 민주당 대통령 후보 경선을 마감한 결과 오바마(Obama) 후보가 전체 대의원의 과반수(2,118명)를 확보해 사실상 민주당 대선후보로 확정되었다.

대선 일정상 8월 25일~28일 사이에 콜로라도 덴버에서 열리는 민주당 후보 지명 전당대회에서 선출되지만, 이미 과반수를 획득한 후보에게는 형식적인 절차에 지나지 않는다.

5개월간 치열한 접전 끝에 패배한 힐러리(Hillary) 상원의원은 7일 오후에 미 워싱턴에서 민주당 대선 경선 패배를 시인하며, 경선에서 승리한 오바마 상원의원에 대한 지지를 선언했다. 힐러리는 지지자들에게 감사의 뜻을 전한 뒤 "오늘 나는 선거운동을 중단한다. 나는 그의 승리를 축하한다. 그를 전폭적으로 지지한다. 여러분이 나를 위해 한 것처럼 오바마를 위해 열심히 뛰어달라."고 호소했다.

오바마 상원의원은 케냐인 아버지와 미 캔자스 주 출신 백인 어머니 사이에서 태어났다. 오바마는 5번째 흑인 상원의원으로 "상원 경력이 2년 조금 넘는 신출내기가 대통령이 되는 건 불가능하다. 다음을 기약하라"는 충고를 받기도 하였지만, 대담한 희망에 불을 붙여 힐러리를 침몰시켰다.

오바마가 민주당 대선 후보로 승리함으로써 금년 대선은 미국 230여년 역사상 처음으로 흑백대결로 치러지게 됐다. 미국 43명의 대통령 가운데 유일하게 흑인 대통령이 탄생할 가능성이 있다.

흑인에게 투표권을 인정한 1870년으로부터 138년 만에 흑인을 주류 정당의 대선후보로 선정하였다. 오바마의 경선 승리는 아직도 사회 저변에는 흑백차별이 상존하는 현실에서 지각변경을 일으킨 역사적인 사건이고, 강대국 미국을 격상시키는 대변혁이라고 평가한다.

다수인 백인 우월사회에서 흑인 대통령을 수용할 준비가 되어 있다는 말이기도 하다. 오바마 의원이 대선후보가 되면서 미국은 인종화합을 국내외에 과시하는 세기적 승리의 계기가 됐고, 4월 CNN방송이 유권자를 대상으로 한 여론조사에서 백인의 78%가 흑인 대통령을 수용할 준비가 됐다고 답했다고 한다.

눈여겨보아야 할 것은 미국은 능력사회로 진입했다는 것이다. 능력만 있으면 인종을 초월하여 성공할 수 있는 사회가 되었다는 말이다.

오바마를 민주당 대통령 후보로 선정한 것은 당원이나 국민들이 오바마 상원의원의 탁월한 능력을 인정했기 때문이라고 보아야 한다. 힐러리 상원의원이나 여타의 후보보다 정치적인 능력이 앞섰기 때문에 후보가 된 것이다.

미국 역사상 첫 흑인 대통령 후보가 된 오바마 상원의원은 5일 민주당이 1964년 대선 이후 한 번도 승리하지 못한 버지니아 주에서 대선 후보로 첫 유세에 나서면서 자신뿐만 아니라 민주당 전국의원회도 로비스터들의 돈을 받지 않을 것이라고 선언했다.

그는 로비스터들의 부패를 비판하며 대선 본선초반에 선거 의제를 선점하는데 관심을 표명했다.

오바마 상원의원이 민주당 대선후보로 확정됨에 따라 일찍 공화당 대선 후보로 확정된 매케인(McCain) 상원의원과는 46세 흑인과 71세 백인간의 치열한 흑백대결이 예상된다. CNN은 5일 CBS 등 4개 기관이 실시한 여론조사를 합산한 결과 오바마 47%, 매케인 45%의 지지율을 기록해 오바마가 2% 포인트 차로 오차 범위 이내에서 접전하고 있다고 보도했다.

강경보수로 중무장한 원칙주의의 백전노장인 매케인 상원의원과 케네디 대통령의 젊음과 패기를 닮은 오바마 상원의원간의 예측불허의 선거전이 예상된다.

우선 오바마 상원의원이 선거에서 유념할 사항은 첫째, 경호문제이다. 벌써부터 연방정부에서 경호를 하고 있지만 철저하고 완벽한 경호를 해야 할 것이다. 링컨, 케네디 대통령과 킹 목사의 암살을 염두에 두어야 한다. 이들은 흑백대결에서 연유되어 일어난 사건이다. 힐러리 상원의원이 한때 자신의 경선에 완주해야 할 이유로 1968년 민주당 경선 1위를 달리다 암살된 로버트 F.케네디 전 상원의원의 예를 들어 파문을 일으켰다. 오바마 상원의원이 유세 중에 암살될 수 있다는 뉘앙스를 풍겼기 때문이다.

둘째, 부통령 지명 문제인데 힐러리 상원의원이 부통령 후보를 원하고 있다. 오바마가 힐러리를 부통령 후보로 지명함으로써 저소득층·백인여성·히스패닉계의 힐러리 지지층의 지지를 받을 수 있다는 것이다.

셋째, 오바마 상원의원은 미국 내 수퍼파워 유태인을 끌어안아야 한다. 2일 미국에서 가장 영향력 있는 이스라엘 로비 단체인 미국·이스라엘 공동정책의원회의 연례 총회 개막연설을 한 매케인 상원의원은 열렬한 환영을 받았다.

4일 같은 장소에서 오바마도 "이스라엘의 안보는 신성불가침이다"라고 지지를 호소했다.

희망·변화·젊음을 업고 출마한 오바마가 승리의 고지에 우뚝 설지는 모른다. 그가 흑인으로서 가능성의 유력 정당의 대선 후보로서의 역동적인 활동을 세계는 경이의 눈으로 미국과 오바마를 지켜보고 있다. 우리는 국익 차원에서 미대선의 변화에 다각적·능동적으로 대처방안을 강구해야 할 것이다.

(2008.06.11.)

세기적 관심의 흑백대결 미국 대선

이번 대선은 대통령 후보에 백전노장인 공화당 매케인(McCain, 72) 상원의원과 변화를 외치는 젊은 흑인 민주당의 오바마(Obama, 47) 상원의원이 대결하고, 부통령 후보로는 가족 마케팅의 힘으로 스타가 된 젊은 공화당의 알래스카 주지사 페일린(Palin, 44)과 외교통인 노장 민주당의 바이든(Biden, 65) 상원의원이 대결하고 있다.

대통령 후보를 결정하는 전당대회 이전에 대의원을 선출하는 예비선거가 실시되는데 공화당은 매케인 상원의원이 일찍이 대선 후보 고지에 올라섰으나 민주당은 오바마와 힐러리 상원의원의 치열한 대결이 전당대회까지 이어졌다.

전당대회는 관례상 야당이 먼저 실시한다. 민주당 전당대회는 콜로라도 덴버에서 8월 25~28일까지 진행되었는데, 대통령 후보 수락연설은 8만 4000명 이상이 입장한 덴버 인베스코 미식축구 경기장으로, 이날 8월 28일은 킹(King) 목사가 '나에게 꿈이 있다(I have a dream)'고 연설한 45주년 그날이다. 계획적인 뜻있는 날의 선거전략적인 날이다.

그는 수락연설에서 "부시 대통령의 지난 8년간을 심판하고 위기에 빠진 아메리칸드림을 되살리자고 호소하며 평범한 사람들이 꿈꾸고 이끄는 미국을 만들 것을 다짐했습니다. 케냐와 캔자스 출신의 저의 부모는 유복하거나 유명하진 않았지만, 그들의 아들이 자라서 무엇이든 이룰 수 있다는 꿈을 갖고 살았습니다. 지금 이 순간 이 선거가 그 꿈을, 미국의 약속을 21세기에도 살아있게 할 기회입니다"라고 외쳤다.

그는 "노동자 가정의 95%에 감세 혜택을 주고, 미국 경제의 힘은 억만장자의 수가 아니라 창조적 벤처기업가나 비번일 때 병든 어린이를 돌보는 웨이트리스로부터 온다"고 국민의 심층에다 호소했다.

변화를 강조한 오바마는 "매케인은 부시 대통령에 90% 찬성을 보였다. 나머지 10%로는 변화를 가져올 수 없다"고 구체적으로 꼬집었다. 그는 "공화당은 8년이면 됐다(Eight is enough)며 앞으로 4년 더 나은 나라를 만들자"고 했다.

공화당 전당대회는 미네소타 세인트폴에서 9월 1~4일까지 열렸는데 대통령 후보에 매케인, 부통령 후보로는 페일린을 선출했다. 공화당 전당대회가 허리케인으로 인한 모금대회로 변질되는 어려움 속에서 혜성처럼 나타난 페일린의 등장으로 공화당 전당대회를 살려냈다. 베이징 올림픽 개막식보다 더 많이 시청한 페일린 드라마가 성공하여 오바마에 육박하는 성과를 올린 듯 했다. 오바마는 페일린 효과에 고전하다 금융위기에 매케인에게 직격탄을 날렸다. 매케인은 페일린 효과도 활용하지 못하고 지금은 페일린이 부담으로 작용하고 있다.

페일린은 지성을 비웃는 편견을 지니고 있고, 부통령이 될 준비도 되어 있지 않고, 경험도 부족하고, 비리의혹도 있으며, 할리우드 스타들도 페일린 때리기에 나서고 있다. 부통령 후보 TV토론도 페일린이 선방했지만 노련미를 보여준 바이든이 여론조사에서 우세로 나타났다.

안보 우선의 매케인이 경제 우선인 오바마에게 밀리는 것은 금융위기 때문인데, 매케인은 금융위기 초반에 미국 경제는 기초가 튼튼하다고 해 경제문제에 어둡다는 세간의 평가를 받았다. 매케인은 구제금융에 반대하다 표심이 악화되자 입장을 바꾸는 정치적 변신의 우를 범했다.

첫 번째 TV 맞짱토론에서 51% 대 38%로 오바마가 매케인에게 판정승했다. 오바마는 매케인을 부시 대통령과 한통속으로 묶으려 했다. 금융위기는 부시가 추진했고 매케인도 지지했던 실패한 경제정책 8년의 최종판결이라고 주장한 반면, 매케인은 오바마에게는 지식과 경험이 있다고 믿지 않는다며, 오바마를 경험 없는 순진한 정치인으로 낙인찍으려고 했다. 2·3차 TV토론에서도 이변 없이 오바마가 3전 전승으로 압승을 거두었다.

오바마는 우군도 튼튼하다. 케네디 가와 일찍 동맹을 맺었고 소수민족지지와 공화당인 파월 전 국무장관도 공식적으로 오바마 지지를 선언했다. 막판 유세장에 오바마는 인산인해이고 매케인은 한산하여 대조를 이루고 있다. 오바마는 선거계획도 치밀하다.

보이는 곳에는 백인, 안 보이는 곳에는 흑인 공략, 게임 안 끝났으니 긴장들 해, 결승선까지 계속 달려라, 가정방문 선거운동 등이다. 오바마는 2배가 넘는 여유 있는 선거자금으로 300만 달러를 투입해 4대 방송사에, 10월 29일 오후 8시~8시30분까지 미전역에서 오바마의 경제카드 선거유세 연설을 하게 된다.

1929년 10월 29일 "오늘 바로 80년 전 경제대공황이 시작되기 전날이며, 지금 미국은 제2경제 대공황이 닥쳐오고 있다고 전제하고 이 위기를 해결할 사람은 오바마 밖에 없다"고 강한 메시지를 전달할 것이다. 지금 30여 개 주에서 이미 투표 중인데, 금융위기에 오바마가 앞선 상황에서 오바마에게 유리하다는 것이고, 접전지역마다 매케인의 패색이 짙고 소수민족 표가 접전 중에 승부를 가른다는 평가도 나오는데, 이것도 민주당에 유리하다.

이 같은 상황으로 볼 때 오바마의 승리 가능성은 1932년 루스벨트만큼 크다고도 본다. 오바마는 선거인단 최대 353대 185표를 내다보는 압승을 CNN은 예견하고 있다. 오바마의 승리가 예상되지만 돌발사태의 이변을 전적으로 배제할 수 없다. 다수의 백인사회에 브래들리 효과를 도외시할 수 없다.

그러나 미국의 국익, 변화 갈망, 강한 지도자, 신뢰, 경제위기극복, 언론의 지지, 이라크전 해결, 세계인의 환호 등에 누가 적합한가를 물었을 때 오바마의 지지 가능성이 높다고 본다.

정권 교체 시기와 세계적 관심이 집중되고 있는 세기적 흑백대결의 미국 대선에서 오바마가 당선된다면 능력 사회의 인정뿐만 아니라 강대국 미국의 위상은 한 단계 더 높아질 것이다. 우리는 변화에 맞추어 대미외교와 4강외교의 강화에 대각적인 대책을 수립해야 할 것이다.

(2008.10.23.)

미국 중간 선거·평가의 한국에의 도입

미국의 중간선거가 법규정에 따라 11월 최초 월요일 다음의 화요일인 11월 7일 실시된다. 대통령 4년 임기의 중간에 실시되기 때문에 중간선거라고 한다. 대통령의 업적과 실패를 평가하는 중간평가이기도 하다. 이번 선거는 하원의원 435명 전원, 상원의원 1/3인 33명, 주지사 50명 중 36명과 기타 지방단체장 등 많은 선거가 동시에 실시된다. 미국은 하원의원 2년. 대통령 4년. 상원의원 6년 등 임기가 절묘한 조화를 이루고 있다. 하원 2년과 상원의 2년마다 6년 임기의 1/3의 선거가 대통령의 독선을 견제하는 지렛대 역할을 하고 있다.

중간선거에서 야당인 민주당이 2001년 공화당의 부시 대통령 이래 상·하 양원 모두 한 번도 다수당이 되지 못하는 불운을 겪었다. 현재 상·하 양원의 공화·민주당의 의석 분표를 보면 상원은 공화 55석. 민주 44석. 무소속 1석이고. 하원은 공화 230석. 민주 201석. 무소속 1석. 공석 3석이다. 양원 모두 공화당이 과반수를 차지하고 있어서 부시의 정책수행에 애로가 별로 없었다. 그런데 현재까지의 모든 여론조사에서 민주당의 강세를 예상하고 있다. 유권자들이 이번만은 '바꿔야 한다'는 바람이 거세게 불고 있다. 이것은 이라크 전쟁에 대한 평가가 최악이고 경제도 중산층이 힘겹다는데 기인한다. 공화당은 여론조사의 열세를 만회하기 위해 이라크 정책의 수정 등으로 맹추격을 시도하고 있다. 국민에 의한 정치를 위해 부시도 고집을 꺾고 있다는 것이다. 우리 대통령의 지방선거 참패와 계속되는 재·보궐선거 패배에도 고집을 부리는 오기와 다르다. 미국의 중간선거는 잘못된 정책에 대한 심판이기 때문에 국민을 의식하지 않을 수 없다. 무서운 국민에 무서움을 아는 대통령이다.

만약 공화당이 상·하 양원에서 패배하여 여소야대가 된다면 조기 레임덕을 예상할 수 있으나 미국은 양대 정당 모두 정당의 보스가 없고, 정당의 위계질서가 없기 때문에 의원들은 국익과 안보 차원에서 교차투표(cross-voting)로 극단적인 마찰은 피할 수 있으리라고 본다. 북한·이라크 정책도 큰 변화가 없을 것이라는 전망도 하지만 민주당이 양원을 석권할 경우 대북·이라크 정책 등이 재검토될 가능성을 배제할 수 없다. 상·하 양원선거에서 패배할 경우 중간평가에서 낙제점수를 받는 치욕을 면하기 어렵다. 중간선거에서 좋은 평가를 받기 위해 국민을 위한 선정을 베풀어야 한다.

우리나라도 중간선거제도의 도입을 검토할 필요가 있다고 본다. 대통령의 독주와 독재를 방지하기 위해서이다. 의원내각제 개헌이 아닌 대통령제에 대한 개헌이면 대통령 임기 4년에 중임제. 부통령제, 그리고 대통령 임기 중간에 국회의원과 지자체 선거를 동시에 실시하는 미국식 중간선거제를 도입하자는 것이다. 대통령, 국회의원,

지자체선거를 각각 선거하는 패단을 없애고 민주화를 정착하는 방향에서 지자체선거와 국회의원선거를 동시에 실시하되 선거 시기는 대통령 임기 중간에 실시하는 중간선거를 실시하여 대통령의 독선과 독재를 투표를 통해 국민이 견제하자는 것이다.

개헌에서 제기되는 일반적 견해가 대통령과 국회의원선거를 동시에 실시하여 여대야소를 만들어 정국을 안정시키고 선거비용을 줄이자는 주장인데 선거비용의 절감을 지자체선거와 국회의원선거를 동시에 실시하면 이 문제는 해결될 것이다. 동시에 실시한다고 반드시 여대야소가 되는 것은 아니라고 본다. 미국은 여소야대가 일반화되어 있다. 그렇다고 미국의 대통령제가 후퇴하는 것이 아니고 오히려 유권자들은 여소야대를 선호한다. 강한 대통령에 강한 의회가 견제하라는 명령이다. 우리의 경우로 한국 민주정치 발전을 위해서는 대통령과 국회의원 동시선거보다 중간선거제도가 훨씬 정치발전에 기여하리라고 생각한다. 여당도 자신들의 입지 강화를 위해 대통령을 강하게 견제하여 정치를 잘하는 풍토를 조성하게 될 것이다. 여대야소가 여소야대가 되는 것도 그들의 실패 때문이라는 것을 뼈저리게 느끼게 해야 한다. 미국의 중간 선거·평가가 우리의 정치풍토 향상에 순기능을 할 것이라는 기대와 정치인은 국민을 무서워하고 무서움의 표시가 미국의 중간선거라는 교훈을 우리에게 던져주고 있다.

(2006.11.02.)

미국 여소야대 상식과 다른 정국 풍향계

11월 7일의 미국 중간선거는 상하양원에서 민주당이 승리함으로써 12년 만에 여소야대가 되었다. 여소야대가 되었다고 당장 경천동지(驚天動地)의 변화가 일어난다고 속단하지 말아야 한다. 부시의 중간선거 패배가 우리가 생각하는 상식적 충격과는 풍향계를 달리하고 있다는 점에 유념해야 한다. 민주당이 양원을 장악함으로써 미군의 6개월 안에 이라크 철수와 북한과의 양자대화에 민주당의 압력이 바로 가시화된다고 믿는 것도 문제가 있다. 전쟁의 총사령관은 행정부의 대통령이다. 행정부가 주도적으로 전쟁을 수행하고 의회는 예산 지출·통제의 권한을 행사할 뿐이다.

공화당의 패배는 부시 대통령의 이라크전 장기화에 따른 국민의 질책이 근본 이유이고, 한반도 내의 북한 핵실험을 막지 못한 것도 이유 가운데 하나가 될 수 있다. 부시 대통령은 선거 패배 이후 전적으로 자기의 책임임을 강조하고. 즉각 민의에 따라 선거 다음날 럼즈펠드 국방장관을 해임했으며, 차기 하원의장이 될 민주당 하원 원내대표 펠로시 의원과 하원 총무인 스테니 호이어 의원을 백악관 점심에 초대하여 협조를 당부하고, 선거 패배 이후 낮은 자세로 국정운영에 활력을 넣기 위해 최선을 다하고 있다. 우리 대통령은 지방선거와 3번의 재·보궐선거 참패 이후에 자기의 국정운영 잘못을 한번도 국민의 심판 앞에 겸허하게 사과한 적도 없고, 야당 지도자를 만나 국정 현안 협조를 당부한 적도 없거니와, 임기말에도 코드인사로 부적정한 인사를 밥 먹듯이 하고 있으니 딱할 노릇이다.

미국의 여소야대가 상식처럼 심각하지 않는 이유는 첫째, 미국은 일원에서 통과한 의안을 타원에서 수정하였을 경우 양원협의회를 연다. 양원의장은 3명 내지 5명. 중요한 의안에는 7명 내지 9명의 위원을 임명하여 협의하는데, 협의회에서 결정된 의안은 양원에 회부하여 다시 결정한다. 지금 하원은 과반수를 훨씬 넘겼기 때문에 문제가 없으나, 상원은 무소속 당선자 2명을 포함하여 민주당이 51석이고 공화당 49석인데, 리버먼이 변수로 작용한다. 리버먼은 2000년 대선 때 민주당 부통령 후보였고, 민주당 예비선거에서 이라크전을 계속 지지하다 낙마했다. 유대인인 리버먼이 이라크 주둔 미군의 전면 철수안에 대하여 반대표를 던질 경우, 50대 50으로 나오면 의장인 부통령이 캐스팅 보트를 행사할 경우 부결되고 만다.

둘째, 미국의 정당은 보스가 없고, 정당의 위계질서가 없기 때문에 의원 개개인의 자유투표 성향이 강하다는 점이다. 자기 당의 정책이 맞지 않다든지 주민들의 여론이 반대라면 반대표를 던진다. 세계에서 애국심이 가장 강한 미국인이기 때문에 의원들도 안보와 국익을 우선하는 정치력을 발휘한다고 본다.

다수당이 된 민주당은 대북관계의 핵문제 해결을 위해 북미 양자 회담을 강력하게 요구하고 있다. 부시 대통령은 시종일관 양자회담을 거부하고, 6자 회담의 틀에서 해법을 찾으려는 결심은 확고하다. 양자회담을 거부하는 가장 근본적인 이유는, 부시는 김정일을 믿을 수 없다는데 있다. 1차 북한의 핵위기는 1993년 클린턴 대통령 재임 때 NPT에서 탈퇴하면서 시작되었으며, 미국과 북한이 직접 협상을 벌여 다음 해 제네바 합의를 이끌어내었지만 실제로 뒤에서 속이고 핵개발을 계속했다.

미국은 북한이 핵을 포기할 경우 한국전의 종료 선언을 검토할 수 있다고 밝히고 있으나, 김정일의 생존이 달린 핵을 포기할 것이라고 동의하지 않고 있다는 데 심각한 문제가 있다. 강석주 북한 외무성 제1 부상이 22일 "6자회담은 곧 열릴 것이다. 그러나 북한은 절대로 핵을 포기하지 않을 것"이라고 단언했다. 이것은 김정일의 말을 대신한 것이다.

문제는 북한의 핵이 기정사실화될 경우, 한반도의 위기상황인데 주변 4강이 핵을 보유하고 대남적화통일에 활용할 핵무기를 북한마저 소유할 때 우리만이 핵을 보유하지 않는 처지가 된다. 지금도 미국의 핵우산만 제거한다면 한반도의 남북간 군사적 균형관계는 파괴되고 만다. 우리는 여기에 대비해야 한다.

(2006.11.30.)

한미 대법원장 교체와 위상 차이

한국과 미국의 사법부 수장이 교체된다. 한국은 이용훈 대법원장이고, 미국은 아직 인준 절차가 끝나지 아니하였지만, 존 로버츠 연방항소법원 판사가 대통령의 지명을 받았기 때문에 유리하다.

한국은 대통령 지명·국회청문회·국회 동의· 대통령 임명의 순서이며, 미국도 이와 비슷한데 대통령 지명·상원법사위청문회·상원본회의 인준동의·대통령 임명의 순서이다.

미국은 대법원장 교체와 오코너 대법관 은퇴로 한 사람의 대법관을 더 임명하게 된다. 한국은 금년 10월부터 내년 7월까지 13명의 대법관 가운데 9명이 교체되는 전환기를 맞게 된다. 대법관 지명권은 대법원장이 갖게 되는 것이 미국과 다른데 여기에서 우리는 대법원장의 막중한 책임을 느낀다.

문제는 대법원장과 대법관의 교체가 성향에 따라 재판에 영향을 미친다는데 있다. 미국은 렌퀴스트 대법원장 사망 이전의 대법원은 보수·진보가 4대 4로 균형을 유지하고 맞선 상황에서는 오코너 대법관이 캐스팅 보트 역할을 하였다.

로버츠 지명자는 확실하게 보수측에 서 있고 앞으로 지명될 대법관이 보수로 가담한다면 미국 연방대법원은 5대 4로 균형은 깨지고 보수로 기울게 될 것이다. 이렇게 되면 부시 대통령은 연방 상·하원의 장악은 물론이고 대법원까지 우위를 점하게 되며 미국의 보수화는 가속화될 전망이다.

이용훈 대법원장은 노 대통령 탄핵 때 변호인단으로 활동했고 사법개혁 등 대통령의 의중을 잘 알기 때문에 진보성향으로 나갈 소지가 있고 앞으로 지명될 대법관도 진보성향을 띨 가능도 배제할 수 없다. 공안과 과거사 등 시국사범에 관한 재판을 두고 하는 말이다.

미국을 사법부의 우위 국가라고 한다. 위헌법률심사권을 연방대법원이 갖고 있기 때문이다. 우리나라는 이것을 헌법재판소가 갖고 있다. 입법부와 행정부가 합작하여 만든 법률을 대법원에서 5대 4로 위헌심판을 할 경우 법률의 사활문제를 대법관 한 사람이 좌지우지하니 사법부가 행정부와 입법부의 우위에 있다는 것이다.

만약 대법관이 교체되어 합헌에 가담할 경우 효력이 정지된 법률은 살아나게 된다. 우리나라의 위헌심판을 받은 법률은 무효가 되지만, 미국은 당해 사건에 적용이 배제되는 정치적 효력을 갖게 된다. 미국 연방대법원 사상 가장 혁혁한 공적을 남긴 대법원장은 1801년에 임명된 존 마셜이다. 그는 34년간 대법원장을 역임하면서 위헌법률심사권을 관철시킨 최초의 대법원장이다. 이 권한은 헌법에 규정이 없다.

연방법률을 연방헌법에 위반이라고 하여 무효로 선언한 판결은

1803년의 마부리 대 매디슨시 건이다. 이 같은 사법권 우위 때문에 대법원장은 대통령과 국회의장보다 더 국민으로부터 존중을 받고 있다. 이것은 또 대법원장과 대법관의 임기가 뒷받침하고 있다.

미국의 대법원장과 대법관은 종신이다. 제32대 루스벨트 대통령이 대법원이 전쟁 수행에 장애가 되는 판결을 한다고 하여 판사 수를 늘리는 대법원 개혁을 시도하려고 하였는데 국민들의 저항에 부딪혀 포기하였다.

우리나라의 대법원장 임기는 6년 단임제이고 대법관은 6년 임기에 연임이 가능하다고 규정하고 있으나 거의 단임으로 끝난다. 미국 대통령제 하의 연방 법관은 종신인데 우리나라는 대통령이 단임제이니 대법원장도 단임해야 한다는 발상은 소가 웃을 일이다. 우리나라는 대법원장과 대법관만이라도 종신이 되어야 사법권의 독립과 법원의 권위가 확립될 것이다.

다음은 위헌법률심사에 관한 것인데 미국은 주로 5대 4의 과반수로 위헌법률심사를 한다. 우리나라는 헌법재판소 재판관 9명 중 6인이상 찬성해야 위헌심판이 가능하다. 만약 5대 4로 위헌심판이 되었을 경우 1명이 부족하기 때문에 다수가 위헌에 찬성해도 이것은 위헌이 아니고 단순합헌 결정으로 합헌이다.

위헌이 다수 의견인데 헌법 규정상 6명이 안 되기 때문에 합헌이되니 웃지 못할 결정이 나온다. 대법원은 민주주의의 최후의 보루이고 국민의 기본권 보장의 최후의 버팀목이다. 우리나라도 앞으로 개헌이 될 경우 대법원장과 대법관은 종신으로 개정하여야 할 것이다. 위헌법률심사도 과반수의 경정으로 위헌 심사가 되게 해야 할 것이다.

신임 대법원장은 자유민주주의 수호와 국민의 인권 보장을 위해 정치적 중립 자세를 견지, 국민으로부터 존경받는 대법원장이 되기를 기대하고 있다.

(2005.09.22.)

주변 4강 중에 믿을 수 있는 진정한 우방은 미국이다

머리말

노무현 대통령과 조지 W 부시 미대통령이 11월 20일 칠레 산티아고의 한 호텔에서 21일 제12차 아태경제협력체(APEC) 21개국 정상회의에 앞서 가진 한미 정상회담에서 노대통령의 '6자회담 분위기 조성'에 부시 대통령은 '전적으로 이해한다.'고 회답했다. 지난 13일 노 대통령의 LA북핵 발언이 수면 아래로 가라앉은 느낌마저 준다.

한미동맹관계는 부시 2기에도 더욱 굳건하게 다져야 한다. 한국과 미국은 해방 이후 6·25전쟁을 거치면서 혈맹의 관계를 유지해 왔다. 북한의 6·25 남침 때 미국의 도움이 없었다면 남한은 적화통일되었을 것이고, 그렇게 되었다면 지금 우리는 공산치하에 있었을 것이다. 6·25전쟁 때 미국의 전사자는 34,000명에 이르렀고 부상자는 또 얼마였겠느냐는 것이다.

6·25전쟁 직전 미국의 극동방위선이 38선에서 일본열도로 남하하면서 6·25전쟁이 일어났다. 한반도를 에워싼 지금의 상황은 복잡하게 움직이고 있다. 미국의 상황은 급박하게 움직이고 있다. 미군의 감축과 일본이 군사대국의 개헌을 시도하며 자위대를 정식군대로

격상시키고 집단자위권을 행사할 수 있도록 한다는 것이다. 미국의 극동방위의 축을 일본에 맡긴다는 입장이다.

한반도를 에워싼 주변 4대강국인 일본은 경제로는 3위이고 이 저력으로 군사강국으로 간다면 폭발적인 힘을 과시할 수 있으며, 미국이 그 후원자로 나서고 있으니 극동에 있어서도 위협적인 존재로 등장할 것이다.

한편 떠오르는 중국은 경제로는 2위이고 아직도 정치적으로는 공산주의 국가이다. 열강의 틈바구니에 있는 한국은 과연 우리와 가장 절친한 우방이 누구이겠느냐, 소련·중국·일본이겠느냐, 4나라 가운데 우리는 미국이 우리의 진정한 우방일 수밖에 없다. 유사시에 우리를 직접 진정으로 도울 수 있는 나라는 한미방위조약을 체결하고 미군이 주둔하고 있는 미국뿐이라는 결론이 자연스럽게 나온다.

2. 한·미간의 견해 차이

우선 북핵문제 해결에 있어서도 한국과 미국은 현격한 견해 차이를 보이고 있다. 노 대통령은 북한의 핵보유를 자위수단이라고 한 것은 합리성이 있다고 했다. 북한의 핵보유가 체제수호를 위한 수단이라는 것이다. 그러나 미국의 견해는 다르다. 북한이 핵을 보유하는 것은 한반도에 전쟁이 발생했을 때 미국이 개입하면 핵으로 대항하겠다는 것이고, 이것은 미국의 개입을 차단하기 위해 핵을 보유한다는 것이다. 한국은 북한이 핵을 보유해도 이것이 위협적인 존재가 아니라는 것이고, 미국은 핵보유가 위협이 된다는 입장이다. 미국은 북한의 핵원료나 미사일이 테러집단에 유입되는 것을 절대 용납할 수 없다는 입장이다.

다음은 북한의 인권문제인데, 미국은 북한의 인권문제 개선에 적극적이다. 그런데 한국은 북한의 인권문제는 소극적이다. 유엔에서도 북한의 인권문제 표결에 기권했고 미국 의회의 북한인권법 통과도 별다른 반응이 없었다.

3. 북한의 핵문제

부시 대통령 2기집권의 한반도 문제는 북핵 문제 해결이 초점이 될 수밖에 없다. 핵문제를 6자회담을 통해 평화적으로 해결하는 것이 최선의 방법이다. 미국도 여기에 찬성하고 있다. 미국이 지칭한 3대 악의 축 가운데 이라크는 미국이 점령한 상태이고, 이란은 미국이 철저한 검증을 주장하고 있지만 핵포기를 선언했고, 북한만이 남아 있는 상태이다.

북한은 미국과 양자회담을 통해 핵 문제를 해결하려고 하지만, 미국은 이를 반대하고 있다. 키신저 전 미국 국무장관은 미국 정부는 북한과의 양자간 직접대화를 추진해서는 안 된다고 강력히 권고하고 있다. 문제는 5개국과의 밀접한 관계와 협의를 통해 북핵문제를 평화적으로 해결해야 한다. 노 대통령과 부시 대통령간의 20일 정상회담에서 북핵문제에 관하여 총론 부분에 관한 합의는 이룩했다고 보지만 각론 부분에 관하여 의견일치는 어려울 것이라는 예상이 나온다.

노대통령이 11월 13일 L. A에서 "북한의 핵 보유 일리 있다." "대북 무력행사, 봉쇄정책 반대" 등 공개적으로 밝혀 부시 대통령이 어떻게 반응할지 주목됐으나 부시 대통령은 "이해한다"는 취지로 답했다. 부시 대통령은 집권 2기가 출범되지 않았으며 새로운 안보팀도 구성도지 아니하였고, 여기에 대한 새팀과도 조율이 없었고 이같이 민감한 사항을 구체적으로 언급할 계기가 아니었기에 원칙적인 대화로 끝난 것으로 예측되기도 한다.

문제는 미국의 외교사령탑인 온건파인 파월 국무장관이 물러나고 부시의 최측근인 라이스 외교안보가 국무장관으로 등장할 경우 미국의 외교안보팀은 네오콘(신보수주의)으로 중무장할 가능성이 크다. 대북정책도 각론에 있어서는 신축성을 가지면서 강력하게 접근할 소지도 배제할 수 없다고 본다.

미국과의 공조 하에서 실현 가능성 있는 세심한 접근이 필요하다는 말이다. 현실과 괴리되는 독자적인 대북정책은 신중을 기해야 할 것이다. 핵포기 선언도 하지 않는데 일방적인 퍼주기식 지원 같은 것도 신중을 기해야 할 것이다.

미국은 6자회담으로 핵문제가 해결되지 않을 경우 북한의 핵문제를 인권문제와 같이 UN으로 가져갈 것이다. 이렇게 될 경우 북한은 정말 난처한 입장에 처하게 된다.

미국이 염려하는 것은 북한의 핵원료 푸로트륨과 미사일의 테러 집단에 수출하는 경우이다. 이는 사전에 차단한다는 방침이다. 미국 B-1, B-25장거리 폭격기들이 11월 22~23일 태평양 해상 하와이 부근에서 합동직격탄 등으로 훈련을 실시했다. 이번 훈련은 북한 주변에 비외교적인 올가미를 조이는 것으로 대북압박용이라고 단정했다.

4. 인권문제

미국이 북·미 양자회담을 바라지 않는 중대한 이유가 북한정권을 신뢰하지 않는데 기인한다고 볼 수 있다. 합의 사항을 위약할 경우를 생각하기 때문이다. 북한정권은 그렇게 할 가능성이 높다는 것이다.

미국 대통령 선거 출구조사에서 나타난 유권자의 성향에 따르면 유권자의 22%가 도덕적 가치를 가장 중요한 투표의 기준으로 삼아 경제(20%), 테러리즘(19%)를 앞섰다. 도덕성을 가장 중시하는 미국은 인권문제도 앞장 설 수밖에 없다. 이라크 전쟁이 대량살상무기에서 비롯됐다는 주장을 미국은 독재국가인 이라크를 자유와 민주주의를 이루는 나라로 만들겠다고 한다.

악의 축인 국가는 인권의 사각지대이다. 이를 구출할 임무가 초강대국인 미국이 갖고 있다는 말이다. 미국의회에서 북한 인권법이 통과되고 대통령의 서명을 받았으며 내년부터 이를 집행하게 된다. 우리는 북한의 인권에 아주 소극적이고 무관심하다. 미국은 UN뿐만 아니라 자국의 예산이 뒷받침되는 북한인권법을 통과시켰다. 인권 문제 무관심이 남북간의 긴장 완화를 전제한 조치라고 보지만, 이젠 북한 인권에 대하여 개선을 촉구할 시점에 도달한 것 같다.

부시 정책의 잣대가 도덕성이다. 부시의 잣대로는 북한은 도덕적으로는 인정할 수 없는 나라이다. 북한의 핵이 순조롭게 풀리지 않을 경우 부시 대통령은 북한의 인권 문제를 전방위로 표출시켜 북한을 압박할 것이다. 북한은 이 법을 체제 전복용이라고 강하게 반발하고 있다.

5. 맺는 말

미국이 3대 악의 축이라고 말하는 국가 가운데 심판대에 올라 있는 나라는 북한이다. 미국은 9·11테러 이후 아직도 테러의 공포에서 헤어나지 못하고 있다. 북한의 핵확산을 어떻게 해서라도 방지하려고 하고 있다. 북한의 핵생산은 물론이고 핵원료, 미사일 수출을 절대 용납하지 않으려고 하고 있다.

지금의 세계적인 흐름은 북한이 6자회담에서 나와 핵문제를 평화적으로 해결하는 방법으로 핵을 폐기하는 것이 최고의 방법이다. 핵문제가 UN으로 가거나 제3의 방법으로 가서는 안 될 것이다. 우리 나라는 이 문제 해결에 미국과 일치된 의견접근에 노력해야 하고 각론 부분에서는 보다 합리적인 접근이 이루어져야 할 것이다. 남북정상회담을 의식해 너무 앞질러가서는 안 될 것이다. 미국과의 견해차가 커지면 핵문제 해결은 더욱 어렵게 될 것이다.

민주화와 자유를 강조하는 미국은 북한의 부도덕성에 불만을 갖고 있다. 북한의 인권법이 발효되는 내년을 예상하여 북한의 인권개선에 이제 우리의 목소리도 내어야 할 때가 되었다고 생각한다. 북한의 인권개선을 권고해야 할 것이다.

(2004.12.1.)

결선투표 예상 프랑스 대선의 교훈

프랑스 대선은 4월 22일 1차투표를 실시하여 과반수 투표권자가 없을 경우. 최고 득표자 2인에 대하여 5월 6일 2차투표인 결선투표를 실시하여 당선자를 결정한다. 대선에는 12인이 입후보하여 박빙의 3파전에서 2강(强) 2중(中) 4파전의 혼전양상을 띠고 있다.

집권 우파정당 대중운동연합의 니콜라 사르코지(Sarkozy), 좌파 사회당의 세골렌 루아얄(Royal)과 중도 우파정당 프랑수아 바이루(Bayrou), 극우파 로펜(Le Pen)의 접전은 결선투표에서 판가름날 조짐을 보이고 있다.

프랑스의 통치구조 형태는 이원정부제(二元政府制)로 대통령제와 의원내각제의 중간 형태인데 반 대통령제(半大統領制)라고도 한다. 여소야대인 경우에는 의원내각제로 운영되고, 여대야소인 경우에는 대통령제로 운영되는 특색을 갖고 있다. 행정부가 실질적으로 이원화(二元化)되어 있어서 대통령은 중요한 국가적 권한인 외교·안보에 치중하고, 수상은 행정에 관한 권한을 갖는데, 수상은 대통령이 지명하여 하원인 국민의회에서 선출하기 때문에 여소야대인 경우에는 야당의 당수가 수상이 되어 대통령은 의도대로 국정을 운영할 수 없게 된다. 이 경우를 동거정부(同居政府)라고 하고 쌍두마차(雙頭馬車)라고도 한다. 통치하기가 어려운 제도이다.

대통령의 권한이 미국처럼 막강하지도 않은데, 드골 대통령의 주장에 의하여 1958년 헌법에서는 선거인단에 의한 간접선거를, 1962년 헌법개정으로 대통령 직선제와 결선투표제로 개정하였다. 대통령제가 아닌 프랑스에도 직선제와 결선투표제가 있는데, 우리나라는 결선투표제가 없는 것이 문제점으로 지적되고 있다.

권력의 민주적 정통성 확보를 위해서는 유권자 및 투표권자 과반수의 지지를 기반으로 해야 한다. 민주화 이후 당선된 4명의 우리 대통령은 과반수를 획득한 대통령이 한 사람도 없다. 노태우 대통령은 유효투표 36.6%로 당선되었다. 정통성과 정당성에 문제가 있고 결선투표제가 있었다면 운명이 달라질 가능성이 있었다. 프랑스에서는 결선투표에서 2위가 당선된 사례가 있다.

지금 프랑스 대선은 엘리트 관료 코스를 밟은 좌파 여성후보 루아얄과 이민 2세로 불법에 단호하게 대처하는 집권여당의 내무장관 사르코지의 2강 구도를 끝까지 밀고 갈 경우, 사르코지의 승리가 우세하다고 보는 견해가 많다. 3강 구도에서 막판 변수는 중도우파 바이루이다. 3강 후보 가운데 중도 프랑스민주동맹의 바이루 후보에게 젊은 유권자들이 가장 좋은 점수를 주고 있다고 하는데, 그의 선거운동 내용이 좋다고 응답한 사람이 64%나 되었다.

문제는 바이루가 결선투표에 진출할 경우이다. 바이루가 결선투표에 진출하면 당선 확률이 높다고 본다. 바이루는 결선투표에 나가기만 하면 누구와 만나든 경쟁력이 있다고 자신감을 보이고 있다. 결선투표에는 중도 성향의 후보가 유리하다는 판단에서이다. 상대가 사르코지이면 좌파가, 루아얄이면 우파가 자신을 지지할 것이라는 예측이다. 지난 달 한 여론조사에선 바이루가 결선투표에 진출하면 사르코지와 루아얄을 모두 꺾을 것이라고 내다보았다.

철저한 자유시장경제 체제 도입과 친미 외교노선을 주장하는 사르코지가 당선된다면 지지도 하락에 곤혹을 치르는 미국 부시 대통령에게는 힘이 될 수 있을 것이다. 친미 성향인 영국의 블레어 수상과 독일의 메르켈 총리와 함께 유럽의 3대 강국이 미국과의 동맹을 강화할 가능성 때문이다.

프랑스 대선의 혼전양상은 결국 1차투표로 끝나는 것이 아니고 상례처럼 결선투표에서 판가름날 것이다. 우리도 대통령제 개헌을 고집할 경우, 반드시 민주주의의 정통성과 정당성 확보를 위해 결선투표제를 도입해야 하는 것이 프랑스 대선이 주는 교훈이다.

(2007.04.19.)

이원정부제 프랑스 총선의 지향좌표

프랑스는 지난 4월 2일과 5월 6일 1·2차 대선투표에 이어 6월 10일과 일주일 후인 17일에 총선을 두 차례 실시한다. 프랑스의 대선이나 총선의 투표는 우리 같이 상대적으로 가장 많은 득표를 한 후보자가 당선되는 상대다수 대표선거제도가 아닌 유효투표 과반수 이상의 득표자를 당선자로 하는 절대다수 대표선거제도이기 때문에 2차투표까지 가게 된다.

민주주의의 실현 형태는 과반수의 정치이다. 민주주의에서 과반수의 원칙이 지켜져야 하는 것은 국민주권의 원리와 민주주의의 원리의 합치와 정당한 대표성과 권력의 민주적 정통성 확보 때문이다. 우리의 상대 다수대표 선거제도는 20%의 국회의원이나 대통령이 당선될 가능성도 있다. 심지어는 투표율이 아무리 적어도 당선이 가능하다는 말이다. 일요일마다 실시하는 프랑스의 절대다수 대표선거제도는 민주주의의 원칙에 합당한 제도이다. 우리도 투표제도에 대한 대안과 일요일 투표제 도입을 검토할 필요가 있다고 본다.

프랑스는 양원제인데 상원의원은 322명으로 각 도(道)에서 선거인단에 의하여 간접선거한다. 임기는 9년으로 3년마다 3분의 1을 개선한다.

이번 총선은 하원인 국민의회의원 선거로 전체 577석을 국민이 직접 선거한다. 투표방법은 대통령 선거처럼 이회제(二回制) 투표방식인데 1차투표에서 유권자 4분의 1 이상을 득표하고 유효투표의 과반수를 획득한 자가 당선된다. 1차투표에서 당선자가 없을 경우에는 1주일 후에 2차투표를 실시하는데 이 경우 1차투표에서 선거인의 12.5% 이상을 득표한 자만이 후보가 될 수 있다. 2차투표에서는 상대다수 득표자가 당선된다.

이원정부제 하의 하원의원을 선거하는 총선은 특별한 의의를 가진다. 지금 프랑스 총선의 지향목표는 프랑스 융성의 국운과 맞물려 있다고 볼 수 있다. 이원정부제는 정부가 대통령과 수상으로 실질적으로 양분화되어 있는 정부 형태이다.

대통령은 외교·안보·국방 등의 국가적 권한을 갖고 있으며 행정에 관한 실질적 권한은 총리가 행사한다. 총선에서 정부여당이 소수당이 되었을 경우 대통령의 권한이 위축되어 내각제로 운영된다. 총리는 대통령이 임명하지만 하원인 국민의회에서 동의를 해야 하기 때문에 대통령은 임명권에 제한을 받게 되고 야당의 당수를 수상으로 임명하지 않을 수 없게 된다. 이 경우를 동거정부(同居政府)라고 한다.

사르코지(Sarkozy) 대통령이 총선에 사활을 걸어야 할 이유가 만약 총선에서 사회당이 승리하여 여소야대가 되었을 경우 자신의 대선공약 실천이 난관에 봉착할 가능성이 있기 때문이다. 작은 정부, 성장위주의 시장경제 우선, 친미외교, EU재건 등 출발부터 장애에 부닥칠 가능성이 크다는 우려 때문이다.

여소야대의 동거정부를 경험할 프랑스 국민들은 모처럼 맞은 프랑스병의 치유를 위해 사르코지 대통령에게 집권초기 힘을 실어주기 위해 집권 여당인 대중운동연합(UMP)에 적극적인 지원을 보내고 있다고 한다. 대통령에게 호의적인 여론과 함께 작은 정부의 공약 실현으로 장관자리를 절반으로 줄이겠다는 계획도 나왔다.

작은 정부가 세계적 추세인데 우리 정부는 역행하고 있으니 딱하기만 하다. 현정부 정·차관 자리 137명은 전 정부에 비해 30% 정도 늘어났다. 이 정부 5만 명 공무원 확대에다 올해 12,000명 늘리고 5년간 5만 명 더 늘리겠다고 한다. 작은 정부를 통해 경제활력을 추구하겠다는 프랑스 대통령의 집념 같은 것을 현 정부에서 기대할 수 없으니 우리의 유력 대권 주자들이라도 공약으로 국민의 심판을 받아야 할 것 같다.

사르코지 대통령은 여론의 후광과 작은 정부에 대한 의지뿐만 아니라 첫 조각인 인선에도 성공한 것 같다. 첫 조각은 선거의 기여도 등 불공정 인사가 예상되었는데도 그는 무난한 인사를 하여 호평을 받고 있다. 새 총리 후보로 사르코지 진영의 중도 인물로 좌파의 거부감이 가장 적은 프랑수아 피용 전 교육부 장관을 발탁하여 내각에 대한 만족도 60%를 상회하고 있다. 우리 정부 임기말까지 낙하산,

보은, 회전문 등 불공정 잡음 인사에 찌든 우리가 배워야 할 점이다.

대선 때의 식지 않는 사르코지의 지지와 작은 정부, 신뢰의 조각 등의 공약 실천이 아울러져 이번 총선에서 집권여당이 과반수 의석을 넘어 압승할 것이라는 관측이 우세하다.

이번 총선에서 사회당이 승리할 경우 동거정부가 가능하겠지만 전망은 흐리다. UMP의 약진은 사회당의 부진에서도 찾는다.

구심점 없이 선거전을 치르기 때문이다.

강한 프랑스로 도약하기 위해 사르코지에게 힘을 실어주는 여대야소가 총선의 지향좌표가 되어야 할 것이다.

(2007.06.01.)

독일 사민당과 기민·기사당 연합의 격전

오는 9월 22일은 독일의 하원인 연방의회 의원의 선거일이다. 이번 총선은 한 치 앞을 내다 볼 수 없는 좌우파의 치열한 격전이 벌어지고 있다. 현집권 여당인 사민당의 슈뢰더(Schroeder) 총리와 야당인 기민·기사당 연합의 당수 바이에른주 총리 슈토이버(Stoiber)와의 격전은 여론조사에도 예측을 불허하는 살얼음 격전을 전개하고 있다.

양원제인 독일은 같은 연방제이면서 상원과 하원의 구성을 다른 연방제 국가와 달리하고 있다. 하원은 미국과 같이 주민이 직접 선출하나 상원의원 선거에 있어서는 미국은 주민이 직접 선출하나 독일의 상원의원은 지방정부에 의하여 임명·해임되고 대리가 허용된다. 상원인 연방참사원의 의원은 임기가 없고 개개 구성원도 부정기적으로 교체되고 상원의 전체표수는 68표이다.

이번 총선에서 연방의회 의원은 603명이 선출된다. 이 가운데 반은 소선거에서 선출되고 나머지 반은 지방후보자 명부에 따라 비례대표제로 선출된다. 18세 이상 유권자는 투표일 2개의 투표권을 행사한다. 즉 제1표는 1명의 지역구후보에 투표하고 제2표는 정당만이 제출할 수 있는 지방후보자 명부에 투표한다. 각 지방(支邦)후보자 명부에 던져진 제2표의 총계에 비례하여 정당배분의 의석이 결정된다. 단 전선거구에 던져진 제2표가 5%를 얻지 못하거나 적어도 3개의 의석을 얻지 못한 정당은 의석할당에서 제외된다.

독일처럼 총선에 1인 2표제가 합헌적으로 합리적이라는 판단이 우리나라 헌법재판소의 결정에 의하여 입증되었다. 우리나라 헌법재판소는 국회의원 선거에 있어서 1인 1표로 지역구와 비례대표제 의원을 선출하는 현행의 선거제도가 위헌이라는 결정을 내렸다. 이 헌법재판소의 위헌 결정에 따라 앞으로 1인 2표제인 정당명부제를 도입하거나 전국구를 포기해야 되는데 전국구는 포기할 수 없다고 본다. 헌법에 비례대표제를 규정하고 있기 때문이다.

현행 선거 1인 1표제 하의 비례대표제에 위헌 결정을 내린 이유는 첫째, 유권자가 지지하는 정당과 후보자가 맞지 않을 경우 어느 쪽을 기준으로 하든 절반의 선택권은 박탈될 수밖에 없는 구조이고 둘째, 정당이 미리 전국구 후보를 정해 놓은 상태에서 비례대표 선출이 이루어지는 현재의 선거방식은 직접선거 원칙에 위배되고 셋째, 무소속 후보자에 대한 투표는 비례대표의원 선출에는 전혀 기여하지 못해 평등선거 원칙에 반한다는 주장이다.

앞으로 현행 국회의원 선거제도는 정당명부제로 개정되어야 하고 개정되는 것이 바람직하다고 보며 이 제도를 찬성하는 측면에서는 정당의 지역별 독점을 완화시켜 지역감정을 완화시키리라고 기대하기도 한다. 독일 연방의회의원 선거의 1인 2표제는 독일 국민의 우수성을 여기에서도 엿볼 수 있다. 우리나라는 여태까지 위헌적인 국회의원 선거를 해왔다.

지금 유럽은 동유럽이 좌파정권으로 기우는 반면 서유럽은 우파쪽으로 기울고 있다. 2년새 8개국으로 늘어났다. 프랑스가 우파로 승리하고 네덜란드, 포르투갈, 이탈리아, 노르웨이, 덴마크 등 줄줄이 우파가 승리했다. 이 같은 강한 바람이 독일에도 불어 현 좌파정권이 붕괴하지 않느냐는 우려도 나올만하다.

슈뢰더 총리의 개인 인기는 슈토이버 당수보다 앞선 것으로 나타나 있다. 그런데 슈토이버 바이에른 주지사는 독일 16개 주 중에 경제적으로 가장 성공한 지사로 손꼽고 있기 때문에 실업난으로 탈출구를 찾지 못하는 슈뢰더에게는 무거운 짐이 되고 있다. 그런데 슈뢰더 수상에게 호재가 작용하고 있다.

지난 달 발생한 150년만의 대홍수에 신속하게 대처한 슈뢰더가 인기만회의 절호의 기회를 잡았다는 것이고, 이것이 정당의 지지도도 상승시켰다고 본다. 대다수 국민이 반대하는 대 이라크전을 반대함으로써 중간층으로부터 지지를 받고 있다.

슈뢰더의 발목을 잡는 것은 무엇보다 경제문제이다. 실업난 등 경제 불황을 탈출하지 못하고 있다. 슈토이버가 경제에 성공한 주지사로 실업문제 등으로 슈뢰더를 집중공격하고 있다. 집권 4년이 지난 지금 독일 경제는 침체의 늪에서 벗어나지 못하고 있다. 2002년까지 실업자를 350만 이내로 줄이겠다고 공언하였는데, 지금 실업자는 400만을 넘어섰다. 슈토이버는 강경한 이민억제정책을 펼 것이라고 공언하고 있어서 이것 또한 실업문제와 더불어 유권자를 유인하는 역할을 한다고 본다.

8월 25일 독일 역사상 처음 실시한 TV토론회는 사실상 무승부로 끝났다. 9월 8일 2차 TV토론대회에서는 슈뢰더의 승리로 끝났다고 한다. 최근 발표한 여론조사에서도 양측의 지지는 뚜렷한 차이를 보이지 않고 있어 승리를 장담하기는 어느 쪽도 자신이 없어 보인다. 투표일이 다가올수록 야당의 지지율은 부진한데 여당의 지지는 다소 상승세를 타고 있다는 점이다.

앞으로 남은 기간 여론의 향방이 어떻게 판가름 날지 모르지만, 이번 독일의 총선을 역사상 가장 힘겨운 한판 승부가 될 것으로 예상하고 있다.

(2002.09.17.)

세계 제일의 지도자 메르켈 난민문제로 진퇴양난

세계의 언론들은 2015년 '올해의 인물'로 독일의 메르켈 총리를 선정하고 있다. 이유가 난민사태에 대한 대담한 리더십과 그리스의 부도사태에 대한 유로존 채무위기 극복의 적극적 지도력이 근간이 됐다고 본다.

세계2차대전에서 패망한 독일이 오늘의 세계 일등 국가로 도약한 것은 첫째로 유능한 정치 지도자를 선택했기 때문이다. 아데나워(14년), 콜(16년), 메르켈(10년) 같은 정치 10단의 강력한 추진력, 협상력, 카리스마가 있었기 때문이다.

3선의 메르켈이 유럽 최강의 경제대국을 이끄는 비결은 용인술에 있다. 쓴소리, 직언을 하는 참모를 곁에 두고 솔직한 대화를 통해 정확한 민심의 현주소를 파악하고 최적의 대책을 추출해 낸다는 것이다. 쓴소리나 직언을 멀리하는 박근혜 대통령은 국가 발전을 위해 직언을 즐기는 메르켈의 리더십을 본받을 필요가 있다고 본다.

메르켈은 치밀함이 그의 무기였다. 대화의 상대방을 깊이 연구해 돌직구를 수없이 날려 상대방을 굴복시킨다. 그는 국민담화 같은 것 대신 문제를 세분화해 합의·타협을 이끌고 원칙과 단호함으로 위기를 극복해 나간다. 메르켈의 난민 대폭 수용이 세계적인 지지와 인기를 가져왔지만 국내에서는 반발에 부딪혔다. 생활비 부담 등 재정적 지원의 막대한 부담과 저소득층의 일자리 위협, 극우세력의 테러 위협까지 겹쳐 사회통합 여부도 문제점으로 대두하고 있다.

난민 150만 명이 온다면 노벨평화상도 유력하다는 유럽의 도덕적 상징으로 올랐으나, 그는 반대의 심각한 고뇌에 차 있었다. 이민자 성추행 등으로 여론이 악화되어 내년 총선 전 퇴진 가능성도 대두되고 있고, 이민개방 정책의 고수에서 상한제 수용으로 가닥을 잡아야 할 것 같다.

독일이 세계 제일의 선진국가로 도약한 두 번째 이유는 내각책임제라는 권력구도에서 찾을 수 있다. 대통령제로 성공한 나라는 지구상에 미국뿐이다. 미국의 대통령제를 도입한 나라 거의가 독재와 입맞춤했다는 평가를 하고 있다.

세계 선진국은 내각책임제 국가가 많다. 영국, 독일, 일본, 호주, 캐나다 등 대부분이 내각책임제를 채택하고 있다. 독일은 내각책임제이면서 독특한 제도가 있다. 후임 수상을 선출하지 않고는 내각을 불신임할 수 없는 건설적 불신임제도이기 때문에 내각이 안정돼 지속적인 정책을 수행할 수 있다. 연속집권이 가능하니 아데나워, 콜, 메르켈 총리가 장기집권으로 라인강의 기적, 독일 통일, 경제적 번영을 이룩한 것이다.

독일은 2차 세계대전 이후 단독정부가 구성된 적이 없다. 2개의 정당이 연립하는 연립정부를 구성했다. 메르켈도 집권 1기 사민당과 대연정, 2기 자민당과 연정, 3기 사민당과의 대연정을 성사시켰다. 그는 어깃장을 놓는 파트너와 타협과 설득으로 큰 불화음 없이 무난히 조율한다. 보다 나은 정책을 위해 타협하고 조정하기 때문에 정쟁이 있을 수도 없다. 여야의 극심한 대립으로 필요한 법안이 제대로 처리되지 않는 무능·불임 국회를 볼 때마다 우리도 독일의 내각책임제 채택을 갈망하게 된다.

이원정부제의 개헌을 주장하지만 여소야대를 예상하면 여당의 대통령에 야당의 국무총리가 탄생하면 우리의 정치 수준으로는 감당하지 못할 것이다.

독일의 통일과 번영은 유능한 총리와 내각책임제라는 제도의 조화로 이룩된 것을 교훈 삼아 우리 정치인은 독일의 정치력을 본받아야 한다. 또 20대 국회에서 권력구조의 개헌은 독일식 건설적 불신임제인 내각책임제의 개헌이 바람직할 것이다.

(2015.12.24.)

난국 해법 위대한 만델라에서 찾아라

세계에서 가장 위대한 정치지도자 만델라(Mandela) 전 남아공화국 대통령이 90회 생일을 맞아 '세상에 나눔'을 부탁했다.

지금 우리는 이명박 정부가 출범한 이후 여러 가지 어려운 국면에 직면하고 있다. 국가의 정체성인 민주주의·시장경제·법치주의가 근본적으로 흔들리고 있다. 난국을 극복하기 위해 만델라의 위기극복의 처방을 찾아보는 것도 한 방법이 될 것이다.

첫째, 만델라는 국민의 가슴을 울리는 감동의 정치를 하였다.

10%의 적들인 백인이 80%의 재산을 갖고 있는데 이들을 적대시하면 나라가 주저앉는 것을 직감하고, 그는 백인에게 손을 내밀고 흑인을 끈질기게 화해로 설득하는데 성공했다.

만델라가 27년 감옥생활에서 18년간을 보낸 로벤섬(Robben Island) 감옥을 클린턴 대통령에게 안내하는 자리에서 클린턴이 "남아공이 깡패국가인 쿠바·이란·리비아와의 긴밀한 관계에 대한 불만을 표시했다", 여기에 대해 만델라는 "세계지도자로서 미국은 긴장완화에 모범을 보여야 하는게 아니냐"면서 적들과 마주 앉아 평화를 논하라고 역으로 주문하여 클린턴이 더 이상 강요하지 못하게 하였다.

미국 언론은 도덕적 권위를 앞세운 만델라로부터 클린턴이 한 수 배웠다고 보도했다.

지금 이명박 정부는 우선 대내외적으로 분열된 정국을 화해와 협력으로 뭉치게 해야 한다. 만델라처럼 원수인 백인도 끌어안고 악의 축인 국가도 포용하며 이들과 대화하듯 이 대통령은 화해와 협력으로 우리의 국력을 키워야 한다.

장기 안목으로 대북·대일관계도 화해를 추구하면서 우리의 국력에 부합하게 해야 한다. 감정적·단세포적으로 대응하면 그들의 작전에 밀리고 만다. 대야관계도 대통령은 야당지도자와 만나 소통하고 협조를 받아야 할 것은 대화를 통해 풀어야 한다.

둘째, 제도보다 사람이 중요하기 때문에 인사가 만사라는 말이 나왔다.

만델라 대통령은 5년 단임으로 미련 없이 대통령직에서 물러났다. 주위에서는 종신을 권고했지만 민주주의를 위해서 사양했다. 후계자로 영국에서 경제학을 공부한 음베키(Mbeki)를 부통령 겸 후계자로 지명했고, 음베키가 대통령이 되어 국민의 삶을 향상시키고 있다.

이명박 정부의 위기는 쇠고기 파동뿐만 아니라 신뢰와 인사의 실패에서 찾을 수 있다. 고소영, 강부자의 인사난맥상과 정책의 신뢰 상실이 시국을 어지럽히는 요인이 되었음을 명심해야 한다. 국민이 납득하지 못하는 인사를 해서는 안 된다. 장관인사의 실패에 공기업

인사가 낙하산·보은인사가 되고 있으니 국민이 정권에 등을 돌린다는 것이다. 인사는 최적의 적임자를 능력본위로 적재적소에 앉혀야 한다. 국민이 위임한 임명권을 대통령이 마음대로 행사해서는 안 된다는 점에 유의해야 한다.

지금 국민들은 매우 혼란스럽다. 국가의 정체성이 흔들리고 여기에다 경제가 어려우니 고통스럽다는 것이다. 국민의 압도적 다수로 선출된 대통령에게 큰 기대를 품었는데 혼란과 고통이 과중되니 실망이 크다.

희망과 감동의 정치를 기대하는 것이 무리였는지 모른다. 대한민국은 민족공화국이지 인민공화국은 아니다. 자유민족주의의 정체성이 훼손되지 않게 확고한 민주주의관을 확립해야 한다. 시장경제의 활성화를 위해 당초에 공약한 규제를 대폭 풀어야 한다. 시장경제원리에 입각한 공기업 민영화도 차질 없이 추진해야 한다.

법치주의의 확립이 다급하다. 세상 어느 국가에서 대낮 수도 한복판에 교통을 마비시키고 경찰버스를 파괴하고, 경찰이 구타당하는 민주국가가 있느냐. 법질서 확립을 위해 불법·폭력 시위는 엄격하게 대처해야 한다.

27년 옥살이에서 미래를 준비한 만델라는 단절을 뚫고 살아난 재창조 능력 때문에 90세의 지금도 짧은 권력·긴 감동으로 전 세계인을 감동시키고 있다.

이명박 대통령은 지금도 늦지 않았으니 심기일전하여 국민에게 감동을 주는 정책을 수행해 보라. 만델라의 포용·화해·감동·신뢰·겸손·인사·강인함·재창조력을 익혀 국민이 전폭적으로 지지할 일관된 신뢰의 숙성된 정책으로 도약의 발판을 마련하여 실천하는 것이 국민의 지지에 보답하는 길이다.

(2008.07.28.)

위대한 국부 놓치는 과욕의 푸틴

2008년 5월 7일 러시아 사상 최연소 대통령 드미트리 메드베데프(Medvedev·43)가 모스크바 크렘린궁에서 제5대 대통령으로 취임했다.

메드베데프 대통령은 푸틴(Putin) 전 대통령의 상트페테르부르크대 법대 12년 후배이자 동향 사람으로 2000년 대선에서는 선거대책본부장, 대통령 당선 이후에는 크렘린 행정실장, 국영 천연가스기업인 가즈프롬 회장, 제1부총리를 맡아 푸틴의 두터운 신임을 받아 후계자로 지명 받았다.

푸틴의 후광으로 대통령이 된 메드베데프 대통령이 운신의 폭이 좁다는 것과 이를 이용 푸틴이 권력의 욕망에서 벗어나지 못하고 있는데 암투의 그늘이 보이기도 한다.

메드베데프가 권력기반이 취약하기 때문에 푸틴이 보완하며 도와주고 어느 시점에 물러날 것이라는 관측과 총리로 취임한 이후 기회를 포착하여 다시 대통령에 등극하는 미련을 버리지 않고 있다는 것인데 현재로서는 후자가 설득력이 있다고 본다. 메드베데프는 취임 직후 푸틴을 총리로 임명했다. 푸틴은 임기말에 총리의 권한을 대폭 강화하는 조치를 취했다. 주지사들이 대통령 행정실에 업무성과보고를 하는 것을 총리실에 보고하도록 바꾼 것이다. 그는 퇴임과 동시에 여당인 통합러시아당의 의장에 취임한다.

전당대회에서 푸틴을 의장에 선출했다. 총리를 맡은 푸틴은 최측근들을 휘하에 두기 위해 5부총리, 15부체제를 7부총리 17부로 늘리고, 부총리·장관 24명 중 측근 18명을 포진했다.

금년이 KGB(국가보안위원회)의 후신인 러시아연방보안국(FSB)이 창설 90주년을 맞이했는데 푸틴 정부에서 전성기를 맞고 있었다.

FSB 인원은 50만 명으로 추산하는데 푸틴의 영향력이 계속될 것으로 본다. 푸틴이 종이 대통령을 내세워 권력유지를 할 것이라고 전망하는데 푸틴의 총리 구상은 대통령직의 권한을 축소시키고 총리의 영향력을 강화해 푸틴이 사실상 지도자가 되는 결과를 낳을 것이고, 푸틴이 4년 내내 총리로 남을 것인지 대통령의 실정과 건강상의 이유 등으로 중도 사퇴시키고 다시 대통령 선거를 치를 것인지에 대하여는 전망이 엇갈린다.

푸틴은 3선 연임 개헌 부담 때문에 총리직을 구상했는데 총리를 하고 난 뒤에 3선 도전은 위헌이 아니라는 것이다.

미국 수정헌법 제22조처럼 한 사람이 두 번 이상 대통령직에 선출될 수 없다고 규정했다면 개헌하지 않고 3선의 도전이 불가능했을 것이다.

문제는 장기집권을 위해 대통령직에 있었던 자가 총리직을 맡은 선례가 있었느냐고 묻고 싶다. 무리한 장기집권은 화를 자초하기 마련이다.

우리나라의 이승만·박정희 대통령은 그의 정치적 업적에도 불구하고 장기집권으로 몰락하고 말았다. 장기집권을 위해서는 변칙과 무리수를 가져오게 된다. 만약 푸틴이 인기절정에서 후계자에게 깨끗이 권력을 이양시켰으면 그는 위대한 국부(國父)로 추앙 받게 되었을 것이다.

미국의 초대 워싱턴 대통령은 계속 연임이 가능한 헌법규정에도 불구하고 3선을 포기하여 국부 워싱턴 대통령으로 추앙 받고 있다. 백인 치하에 27년 감옥살이를 한 남아공화국의 만델라 대통령은 1기 5년의 대통령직으로 만족하고 유능한 후계자에게 대통령직을 승계시켰다.

미국 라이프지가 선정한 지난 1000년 동안 세계를 만든 일백인 중 만델라가 유일하게 현존하는 인물로 뽑혔다. 지금 젊은 러시아는 메드베데프와 푸틴의 쌍두마차 공동통치의 정치적 모험기로 접어들고 있다. 이중권력이 오래 못갈 것이라는 전망도 나오고 있다. 두 사람은 상호협조하여 효율적으로 통치할 것이라고 강조하고 있지만 러시아 역사에서도 이런 시스템이 제대로 작동한 적은 없다.

메드베데프의 부패와의 전쟁, 공무원의 감축 등 공공개혁, 국가기능의 상당 부분 민간이양, 사법부의 독립, 미국 유럽과의 관계 개선 등은 푸틴과는 다른 노선이다. 하지만 대통령은 얼굴 마담으로 푸틴의 그늘에서 벗어나 권력을 장악하기는 어려울 것이다. 그는 민주주의와 시장경제를 중시하고 분배보다 성장을 중시하고 격식보다 실용에 무게를 두고 있는 것은 미래의 러시아의 방향을 암시하고 있기는 하다.

지금까지 러시아는 석유·가스 등의 1차산업으로 국력을 키웠다. 앞으로는 시장경제의 활성화로 국력을 키워 가야 할 것이고 공산주의의 그늘에서 벗어나 민주화로 가는 방향에 메드베데프의 고민이 크다.

푸틴은 메드베데프가 권력을 장악할 때까지 반대파들로부터 보호하기 위해 총리가 되었다고 만족하고 물러날 인물이 아니다.

(2008.05.15.)

러시아 푸틴 대통령 3선 꼼수 세계의 조롱거리

지금 러시아는 3월 4일 대선을 앞두고 12월 4일 하원(국가두마)의 부정선거로 푸틴은 재집권해서는 안 된다고 지난달 24일 모스크바에서만 12만 시위대가 부정선거 의혹과 푸틴 총리의 퇴진과 푸틴 없는 러시아를 외쳤다. 푸틴 총리의 3선 꼼수는 메드베데프 대통령 당선으로부터 시작됐다. 3선 연임이 불가능하다는 헌법규정 때문에 심복 부하인 메드베데프를 종이 대통령으로 세우고 자신이 총리가 되어 전권을 행사하는 직선제 대통령제에 프랑스식 이원정부제에 내각제를 가미한 정부 형태를 운영했다.

푸틴의 꼼수는 임기 4년에서 6년으로 연장해 연임이 가능하게 헌법을 개정한 것이다. 총리로 사실상 대통령 권한을 행사했다고 본다면 12년 집권이고, 이번에 당선에 성공하면 재선에 도전할 것이고, 결국 12년 집권이 가능하니 24년 집권이 예상되므로 국민들은 차르(황제) 푸틴에 피로감을 느낀다는 것이다.

그는 하원에서 다수의석 확보를 위해 부정선거로 득표율을 사전에 조작했다는 것이다. 한 중앙선거관리위원회 지역위원장의 폭로에 의하면 여당인 통합러시아당과 야당을 포함한 주요 정당이 총선전에 모여 각각 투표를 얼마씩 가져 갈 것인지 협의했다고 하고, 선관위 직원들이 미리 기표한 투표용지를 한 번에 최대한 50장씩 투표함에 넣는 방식으로 이뤄졌다고 하니 흡사 우리나라가 1960년 3·15 부정선거에서 자유당 정부가 사전투표한 것과 같은 방법이 연상되는데, 자유당은 사전투표의 부정선거에서 무너졌다.

푸틴은 총선의 부정선거 논란을 잠재우고 3월 대통령 선거에 대비하기 위해 옛 소련의 비밀경찰인 KGB 출신 나리슈킨을 하원의장에, 대통령 행정실장에는 이바노프를 임명했는데, 두 사람의 능력은 인정되지만 KGB 출신에 국민들은 거부감을 느끼고 있다. 푸틴도 16년간 KGB에 근무한 경력이 있다. KGB 후신인 FSB(연방보안국) 국장도 역임했다. FSB의 막강한 세력이 부패와의 연계에 국민들은 혐오감을 느끼고 있다.

푸틴이 대통령 8년 집권 동안 매해 평균 7% 성장을 거듭했는데, 1차 산업인 석유·가스·광물자원의 수출로 이뤄진 경제고도성장이라고 본다. 러시아인들은 푸틴의 통치에 피로감을 느끼고 있으며, 부패한 관리나 엘리트들이 석유수출 등으로 벌어들인 부를 독차지하는 것에 분노를 느끼고 있다. 국제투명성기구의 2011년 국가별 부패인식지수에서 러시아는 183개국 조사대상 국가 중 143위를 차지했다. 앞으로 10년 안에 부패를 없애고 기업하기 좋은 나라를 만들겠다고 하지만, 그를 에워싼 부패집단을 척결하는 숙청을 국민들은 기대하지 못한다는 것이다.

문제는 그를 지지하는 측근 지도자들도 그의 장기집권에 염증을 느껴 그의 퇴진을 요구하고 있다는 것이다. 쿠드린 전 부총리는 총선결과를 무효라고 했고, 러시아 3대 재벌로 대선출마를 선언한 프로호로프도 대선에서 당선되면 의회를 해산하겠다고 했고, 고르바초프도 푸틴이 시위대의 요구에 출마하지 말고 지금 물러나야 한다며 그렇게 해야 12년간 이루어낸 성과를 지켜낼 수 있을 것이라고 말했다.

　　장기집권과 독재자의 말로는 처참하다. 이승만·박정희 대통령의 장기집권 말로를 우리는 체험했다. 미국 워싱턴 대통령과 만델라 대통령의 영광을 보았다. 푸틴의 꼼수 3선 도전은 국내뿐만 아니라 세계적으로 조롱거리가 되고 있다. 그의 3선 도전은 기정사실이고 뚜렷한 대항마가 없어 당선이 가능할 것이다. 역사에 남을 위대한 인물은 물러날 때를 가장 잘 선택하는 사람이다.

(2012.01.17.)

법학박사 이 종 상 칼럼집

강한 대한민국으로 가는 전향적 좌표

초 판   2016년 11월 10일 발행

지은이   이 종 상
발행처   문 지 사
발행인   홍 철 부

등록일자 1978년 8월 11일
출판등록 제3-50호

주소 서울특별시 은평구 갈현로 312
전화 ┃ 영업부 02)386-8451(代)
      편집부 02)386-8452
      팩 스 02)386-8453

정가 **15,000**원